卖相思豆的女孩你在哪

顾文显／著

路过心上的经典散文
邂逅一生的悦读，愿你翻过每一页

线装書局

图书在版编目（CIP）数据

卖相思豆的女孩你在哪 / 顾文显著. —北京：线装书局, 2019.12（2022.7）

ISBN 978-7-5120-3721-2

Ⅰ. ①卖… Ⅱ. ①顾… Ⅲ. ①散文集—中国—当代 Ⅳ. ①I267

中国版本图书馆 CIP 数据核字(2019)第 150817 号

卖相思豆的女孩你在哪

著　　者： 顾文显
责任编辑： 张　倩
装帧设计： 宋双成
出版发行： 线装书局
地　址：北京市丰台区方庄日月天地大厦 B 座 17 层（100078）
电　话：010-58077126（发行部）　010-58076938（总编室）
网　址：www.zgxzsj.com
经　　销： 新华书店
印　　刷： 唐山富达印务有限公司
开　　本： 640mm×910mm　1/16
印　　张： 21
字　　数： 270 千字
版　　次： 2022 年 7 月第 1 版第 2 次印刷
印　　数： 10001—20000 册
定　　价： 49.80 元

线装书局官方微信

在阅读中优雅老去

二十岁时，第一次去凤凰，不为古镇美景，只为能与偶居夺翠楼的黄永玉先生见上一面。

时逢雨季，沱江奔啸，烟波微茫信难求。苦待数日，仍没能等到想见之人。

在清冷的雨丝中独自徘徊，满心失落。无意走进一家书店，里面尽是沈从文先生的文本作品。无处可去，只好在僻幽的角落里翻阅旧籍。而后，一发不可收拾。

回程当日，总觉有重要东西遗落城中，寻思许久，才跑去那条巷子的书店里买了本周身泛黄的《边城》。这本有着深蓝小印戳的《边城》，至今仍安躺于我的书柜里——它不仅使我在未果的行程中找到些许补偿，更让我在之后的时光无比怀念二十岁的自己。

再后来，兴许命里所定，真与书结下了不解之缘。不但自己看书写书，更领着诸多热爱文学的人走上了自己想走的路。

我经常跟学生们说，阅读是写作的命脉，只有不断阅读，才能保持创作角度的新颖和思维的敏捷。然而，阅读所赐予的，又何止是这些？

不管在何时何地，只要手中捧着一本书，心里便会觉得安然。书不但能排遣无聊的寂寞，将岁月的伤痛逐一缝补，还能把心灵淬炼成一块玲珑美玉。

一个爱书之人，必是睿智且沉稳的。遇事不惊，处之泰然。古人所说的“腹有诗书气自华”，便是这意思。

生命本就是一次有限的跋涉。一个经常看书和一个经常沉迷在网游世界的人，心灵绝对是不一样的。前者，往往更能体悟一叶一菩提的真谛。

书本所给予心灵的力量，是不可言喻的。十年寒窗，说的并不是读书人的艰辛，而是意在表述读书人的坚忍和不懈。试问，有多少人可以在寒窗下十年如一日地重复做同一件事情？

正如北大教授曹文轩所说，世间最优雅的姿态，就是阅读。不论静坐还是倾卧，甚至在厕所里，它都是最美的姿态。因为这样的人，通常都会从骨子里散发出一种极具亲和力的书卷气。

阅读人物，通晓历史，可以从他人鉴知自己得失；阅读杂文，百味世事，可在辛言辣语中澡雪精神；阅读情感，温热肺腑，可居书香浓情里滋养心灵；阅读故事，体会人生，可于静谧岁月中倾情流泪……

每一种书，都是风景；每一本书，都是亟待窥破的秘密。

宋朝诗人黄山谷有一句名言："三日不读书，便觉语言无味，面目可憎。"这其中说的，就是每日读书的重要性。

本系列图书，所遵循的就是这个简单的理论。通过遴选当下不同类型的精华文章，给读者送去不同的心灵养分——成长的人生让你懂得如何珍惜青春，成功的智者让你明白如何把握自己的人生，真情的自我让你寻回本真的感动，感悟让你看到世界别样的美好……

为了能找到年度最精华的文章，为了给读者省去寻找的烦琐，我们几乎把本年度的期刊翻了个遍，目的就是为了去其糟粕，取其精华。

我们的宗旨只有一个，就是为这个时代的读者，奉献好书。

但愿我们可以放慢忙乱的步伐，一起在欢愉的阅读中，优雅老去。

一路开花

2018年12月书于云南曲靖

目录

第一辑　清贫的祖母

第二辑　梦里有条宽宽的河

第三辑　大海，我童年的梦

第四辑　荞面饺子浓浓的情

第五辑 故事，故事

第六辑 品读栀子花

第七辑　温暖的旧车

第一辑

清贫的祖母

哦，祖母，清贫一生的祖母，辛劳一世的祖母，直到您临走的那几天，您还不停地去李树下捡熟落的果实，攒满一筐。您没有多余的钱，那是要送给您山外的老朋友……我悔呀，也就是春节，才给您10元钱“压腰”，除此之外，几只鸡生不了多少蛋的。如今我搬到省城，过上了小康日子，您却被丢弃在荒山野外。时过20多年，每见到带鱼我就有内疚感。我恨自己太无用，更恨那个时代和环境。祖母，您总说知足知足，那话是发自内心吗？

清贫的祖母

将白面发酵揉好，装入刻有各种图案的木模中按实，就做出形状各异的面点，放在锅里烙熟，家乡人谓之“钵花”。某个七夕，祖母在故乡指着一个蛇形“钵花”告诉我，她就是属“小龙”的，祖母只说属“小龙”，忌讳说“蛇”字。

记忆中当年的祖母形象模糊。我 5 ~ 7 岁时，在原籍依靠她生活将近两年。只记得祖母每逢赶集前，必去叔奶家，两人相帮着用棉线在脸上反复滚动以拔除颊上的汗毛，称作“绞脸”，然后就换上体面些的衣服出门了；老人家筐里常要放上一只白色的瓶子，去集市称那廉价“雪花膏”回来美容；祖母春节后还要走亲戚，用一竹筐挎着 10 只馒头，坐在人家炕上唠哇唠，仿佛多少年没见面似的……在我的记忆中，祖母手中永远拿着活儿，打麻绳的拨锤儿、纳着的鞋底或者套在袜板上待补的袜子，如果坐在炕上接待街坊邻居，她手中就换成绣花撑子、正钉着的盖帘儿……即使睡觉，祖母的手指上也还牢牢地长着一枚铜顶针儿，那是她的劳动保护。如果大海退潮，祖母便穿上一双被海水淹透了的旧布鞋赶海，去礁石缝捡海货改善家里的生活。

13 岁那年深秋，我随父亲到东北投奔已事先闯了关东的祖母。老人家已经近60岁了，腋下夹只麻袋，带着我去东山坡，从荒草中摘得多半麻袋角瓜，随便拧根枝条扎上口儿，虾腰一用力，竟然搬到肩上，扛着下了山。现在回忆，那些瓜至少也有60斤以上，从那我才知道，祖母是小脚的，那双脚裹得变了形，大脚指头外的另四个趾头都掰折压在脚掌下，每天出门就爬山，真不容易呀。

老人家没文化，而父亲读过五年私塾，母子说不到一处。另一个重要原因就是祖父去世过早，祖母改嫁，父亲不能接受。母子俩不断争吵，两年后，父亲在祖母房后盖了屋，我们就与祖母分居。

可我与二弟跟祖母感情深厚，经常偷偷去前屋跟祖母说会儿话，活儿也帮着干一些。毕竟是一家人，父亲睁只眼闭只眼。祖母有口差样的，舍不得吃，上顿下顿总给我俩留着。那时候日子寡淡得一点滋味儿也没有，我与弟弟见到好吃的如苍蝇见血，从没想过一对60多岁的老人从牙缝里省出点东西是如何艰难。

继祖父去世后，我搬过去奉养祖母。祖母辛勤、节俭，睁开眼就没见她闲着的时候。有时候我都累，她老人家忙这忙那，当孙子的想歇一下怎么好意思呀。嫌房子小，趁祖母回原籍探亲时，我翻盖了新屋。

忘不了祖母从山东回来的情景。我按照她来信的行程去百里外的通化接站。那时慢车逢站就停，70多岁的老人，在车上挨了近三天！在站内见到祖母，她胸前悬着竹筐，背后顶着包袱，被人流裹挟上天桥。我打开一看，有红薯面、粉条子、地瓜干儿，还有一只笨重的大玻璃瓶，里面装了大约3斤白酒。知道我父亲爱杯中物，老人家背了3000多里路！

我算个无用的人，家务总是安排得不理想。祖母住东屋，那炕收拾了几次，冬天总是烧不热，我就去沟外拉回些煤，弄个煤炉子；那时刚发明塑料布缝的电褥子，老人家日夜用被蒙着，好歹温乎了些。她挺高兴，逢人就夸，孙子很孝顺呢，山沟里头一份的电褥子她享受了。

在一起久了，我与祖母也就发生了分歧。山沟人没文化，那种近乎固执的迷信我受不了。祖母也就常常夹在我与神之间受气，每逢过年，老人家必在院子里供几只馒头或一碗饺子，她跪在地上虔诚地磕头，我时不时地说上几句嘲讽神的话，祖母害怕，却不敢接茬，她是怕神灵降灾难于我呢。家里的庄稼生了虫子，她就搬几块石头，盖座虫王爷庙，十分认真地祈祷虫王爷可怜，把虫子收回去吧。我买回农药，上地喷洒前还故意刺激她："奶奶，你说我喷还是不喷？"窘得老人家语无伦次，我就仿佛为破除迷信做了点啥似的，挺高兴。现在想想，真是悔愧不迭呀。

祖母年近80岁，还经常扫院子，拔菜园的草。通常是边做边唠叨，说院子里鸡屎绊倒人了，说菜地里的草找不着庄稼了……我总拿话噎她："没人让你干，你这是何苦！"我不知道老年人的孤独，有时候她去邻居家串门，话说漏了，我也嫌她招是非……

祖母身体虽结实，也有肚子疼的病。那条件，生了病就知道吃止痛片，我给买的肝胃气疼片，差不多就是奢侈品了。山沟一粒细粮不产，她暮年时，我每天供应她一只二两重的面包，老人家这份自豪哟，全山沟没人不知道，她的孙子供她面包吃……

写到这里，我泪流满面。对不起呀，奶奶。记忆中我带您去看过几次病，疼痛稍稍减缓，您就说，好了。您知道孙儿没钱，我也就不再坚持。1984年夏，您说想吃带鱼，我仅去山外买回几条，那一次吃过，也就没了下回……谁想到，当年秋天，您一次午睡，就再没有醒来。

哦，祖母，清贫一生的祖母，辛劳一世的祖母，直到您临走的那几天，您还不停地去李树下捡熟落的果实，攒满一筐。您没有多余的钱，那是要送给您山外的老朋友……我悔呀，也就是春节，才给您10元钱

“压腰”，除此之外，几只鸡生不了多少蛋的。

如今我搬到省城，过上了小康日子，您却被丢弃在荒山野外。时过20多年，每见到带鱼我就有内疚感。我恨自己太无用，更恨那个时代和环境。祖母，您总说知足知足，那话是发自内心吗？

奶奶和草

儿时便清晰地记得，奶奶爱草，凡赶海、下田，哪怕去集市，回返中只要看见枯草木棒儿，老人家总要拾了拿回家，烧火做饭用。

故乡面临大海，背后千顷良田，短缺的就是灶下物，有吃的没烧的，以烧麦秆儿草皮为主，甚至地瓜干也偶尔抓来应急。故乡人家家有个草垛，据说，闺女找婆家要相看夫婿家有草垛没有，若是草垛极大，说明这家主人勤快有好日子过，亲事便成了八九。

于是捡柴便称为拾草，烧柴也称烧草。

我随奶奶去拾过草。奶奶挎一大篓，携二齿小刨镐，找到有草的地方，坐于地上，小刨镐便飞舞起来，将一巴掌高的小草连根刨起，抖落掉泥土，摊开来，待到日中或日落，先刨的便晒去不少水分，奶奶把草塞满大篓，塞得只见草而不见篓，死命将胳膊挤进去，挎上，一歪一趔地往家奔，我便跟在她身后撒欢儿。

直到1960年被饿到满山是大树的长白山下，奶奶见了草还止不住欢呼：“有烧的啦！”

耳濡目染的缘故，我和草也就有了感情，偶尔在海滩上，捡到大浪冲在沙滩上的柴棍棍，拢成堆，拿不动，找块小石子儿压上。那时民风淳朴，压一块石头，绝不会丢失，哪像今朝，想拿你的，保险柜也锁不住！

奶奶和草有解不开的缘分。不是吗？衣裳破了，奶奶要给我缝，不必脱下，她先找点席篾子或笤帚草让我叼在嘴里，并念念有词："穿着缝，穿着连，惹得人家不屑见。"念完了，也缝完了。邻家小孩们聚了一炕，听奶奶讲故事，不知哪个偷放了个屁，气味泄出，奶奶便佯装板了脸，说："查！看谁放的？"找一段草儿，唾沫沾在右食指尖上"当啷"着，就逆时针画着圈儿转，口里也念"当啷草，哪里放屁哪里找"。转到谁面前掉下就认定是谁。之后奶奶便张开五指，装作气势汹汹地去挠那孩儿的腋窝，吓得人家大呼大叫。这时候，是我们最欢乐的时刻。

奶奶爱草，啥事儿都离不开草；抓个蚂蚱，找根莠草串着；拾个蜇头，弄些软草垫着往家抱（海蜇触须痒人皮肤）；筐破了用草堵；鞋带没了用草拧起来代替，就是眼皮跳了，她也在眼皮上贴一根草。

人说吃土还土。奶奶说："吃草还草呢。想想看，人啥时离了草？咱老百姓不就是草民？"

遥记得故乡的院子是扫得十分光洁的，连同门前一段街道。奶奶使大扫帚扫哇扫，连灰土带草屑，待饭似熟未熟时，推到灶下，小风箱呱嗒呱嗒一阵急拽，饭熟了，炕热啦，我家的烟囱上比旁人家多一阵炊烟，我家的房屋里比旁人家多添一分温暖。

奶奶以 80 岁高龄善终，已 13 个年头，她如今静卧于蒿草丛中。我不忍心把坟外通道和四周的荒草割掉。别伤它们，它们是奶奶身上长出来的，伤着它便伤着了奶奶。

奶奶走后，她的孙子才真正知道爱草。

母亲哦，母亲

小时候多病，亏母亲历尽艰辛把我从死神手中夺回来，因此，她老人家在所生6个儿子里，几乎是待我最好。自打记事起，妈就是我心中的偶像：她慈爱而渊博，豁达而勤俭。当我牙牙学语时，她便教我识字，两周岁多一点在汽车上念标语感动得乘客奖励我一块大冰糖，这典故让母亲一直骄傲到我十几岁，这说明老人家对我寄予厚望。

母亲是大家闺秀出身，佛教信徒，她提倡仁爱，讲究遇事多忍让，多替别人想，自家吃点亏算不了什么的。她说，人切不可贪财，钱这东西没有不成，多了就是包袱；她说，善恶有报有其道理。这种处世思想一直指导着我怎样去为人，使我受到朋友们的尊敬，其实是得了大便宜。我如何不感激我的母亲！

居住在青岛市中心，我们家的生活实际很累。孩子多了，母亲只好丢下她当年的小姐身份，用双手操持家务。“到哪山，砍哪柴；过哪河，脱哪鞋。”母亲总这么讲，也是这么做。她顶瞧不起言而无信的人，为有这样的母亲，我今生不敢犯此类错误。

母亲心灵手巧。我从小记得，整座楼上的女人求针线的，讨花样的终日不绝。其实妈也未必什么都懂，她是一看就会。我上小学，她用雪白的毛巾给我缝了一套“兔子服”，在入学典礼上，所有的老师都来捏看我的衣服，问是在哪儿买的，我答：我妈缝的。立刻换来一片赞叹，那年代，妇女们很羡慕手巧的同性。我少小的心得到了极大的满足。回到家，衣服让老师们捏得尽是脏点子，妈问明原因，只是宽容地笑了笑说，老师怎么也不洗手？

上学后，我从未穿过一件买的衣服，缝纫机当时为奢侈品，我们哪里买得起？都是妈一针一线地缝。衬衫、制服……凡经济允许，妈一定满足我的要求：有一次，我评上三好学生，要在什么电影院受奖，妈竟一夜不眠，替我赶缝出一件新制服。如今想想，该是多么不易！就这样，一个穷孩子，在班级里竟领导服装新潮流。儿子获得的是心灵上的满足，而母亲付出的是早逝的青春！

有一回，在马路边和同学玩耍。路旁有一堆稀溜溜的白灰浆，这个同学乘我不备，猛一下把我推进了灰浆里。事后，他领我去他家好一阵擦洗，然后又送我到家并当面向我母亲道歉。同学走后，妈把我狠狠地训斥了一通，说我不知爱惜她的劳动，因为我脚上穿的鞋也是一针针缝的呀。挨了训，我心中十分不服气：瞧人家别的同学，全穿买的胶鞋，那多美气。从那天起，我对妈缝的布鞋横竖看不上眼了，做梦都想能穿上一双从商店买回的鞋。

机会终于来了。学校组织郊游，去汇泉公园。回返时，一个同学喊累，要跟我换鞋穿。哈，差点没把我喜死，这么便宜的事，反要对方求我！我到底实现了穿胶鞋的梦想。谁知穿上那胶底鞋踩在柏油马路上，倾刻就烫透了，我的脚下开始出汗，怎么走也不得劲儿，那同学的脚奇臭，隔着鞋随热气蒸腾上来，弄得我直要呕吐。反悔？讲好了换到家的，怎能说话不算数？这一天，我受的罪只有自己知道。问那同学，你妈为什么不做鞋给你穿？同学沮丧地答，我妈哪会呀。好歹挨到家，虽然没让妈知道这事，但我以后穿鞋却分外小心，再不舍得边走路边踢小石子儿玩啦。妈夸我，文显从前一月一双鞋，现在咋干穿不坏了呢？我偷着脸红，妈不会知道儿子心里有鬼呀。

家里日子紧，妈不得不到处找活儿干，一月挣回15元钱来补贴生活。她当过鞋厂、成衣店、绣花厂的临时工，也去大港码头扛过货物，还拉过人力车，图的是每月有十几斤重体力劳动补助粮，好解二弟没户口没粮食之急呀。妈又瘦又小，她能受得了吗？可恨这问题我那时一次也未曾想过。夜里，老人家在15瓦的小灯下，一小针一小针地缝啊缝，她不许自己做的活儿存在一处“败笔”；她有一双油闪闪的过膝长辫子，满楼的女人们都眼馋死了，可就在那最忙累的时候狠狠心剪了。我为此生过妈的气：怎么变那么丑，凭什么不梳啦？直到自己扛起生活的重担，我才渐渐地理解了母亲。

母亲笃信佛教。说人的一切都是命，该认就得认。我很小时她就教我背过《三字经》《百家姓》，对课堂上那点东西不屑一顾，课本到手，几天便全部自行解决，二三年级公然在课堂上看大书。我记忆力又好，一目数行，共读了五年书，古今中外好多名著让我浏览了个遍。1962年秋，父亲把全家迁到吉林一个水、电、学校全缺的穷山沟里，那年我不满13周岁，永远失去了读书的机会，就是凭着母亲给我打的好底子才坚持自学，成为拥有1000万铅字、200多次奖励的作家……母亲早看到这一步了吗？

1983年冬，母亲从黑龙江来我处看奶奶，我首次以显露的诗才得以出席地区文联举办的笔会，心里得意非凡；可妈听了，也不过是报以微笑。老人家宠辱不惊，实在大器得很，那次无声的教育我终生难忘。妈看了我的鞋，里面很湿，就皱了眉道，脚下受冻，人如何走好这一生！到底一针一针给我缝了两双鞋垫才走。

一晃又是29个春秋。母亲已经89岁高龄。母亲真的是老了。那机敏和渊博都远离她而去,她每天除了烧香礼佛,就是默默无语地瞅那台电视……我问她一些想知道的事,她只会摇头:忘了,全忘了。母亲已为她的6个儿子耗尽了智慧之光。老人家如同当年她的针线活儿,当纳完最后一个针脚儿之后,就不可避免地该咬断其生命的线头了……

跨入新千年,我的生活明显改善。我坚持每年多给老人家一些零花钱,并且是年初就给。2005年,在长春买了房子,距离拉近,每年必把老人家接来我家住一段时间,最多的一回,居然住了100多天,是我全家千方百计哄她开心的结果呀,瞧我这儿子当的,还有什么说的?

最近侄女小娥来看我,说起奶奶,她悄悄告诉我:“大爷,我告诉您一个秘密,奶奶不让我说……”侄女说,“您给奶奶的钱,她只用了极少一点点,剩下的全让我存到了银行里。奶奶说,将来她走了,就用这些钱发送,可不敢给你叔叔大爷添麻烦了。”

我一下子呆住了。我的老娘亲,您这一生几乎是为儿子们活的,儿子孝敬这点,您有什么不能承担的,还说什么麻烦!想想自己,天南地北干自己的事业,到处沽名钓誉,这些年,总共去看望过她老人家几次?即使去了,只顾与兄弟们赌棋饮酒,然后就把她接过来,交给媳妇……哪里曾好生陪她说说话儿?母亲退出了家庭的政治舞台,成为儿孙们的陪衬!有一天,我不会老吗?静夜想到这里,我忍不住将咸泪流到了嘴里……

此时,妻的电话响了,一接,断掉。过不久,又响一次。妻恍然大悟,笑着告诉我:“我知道了,这个电话是咱妈打来的。她准是想过来,打了电话,却犹豫不决……”

我马上回电话。果然是母亲接的。我说:“妈,查过了,今年‘五一’恰好旧历四月十一,您大寿,我过去,把您接过来住。”

妈答应得相当干脆:“好啊。”

我陡然生出一丝不祥的感觉。从前接她来,她来是来了,但每次推托:“什么岁数了,还跑那边,死了怎么弄?”而这回,却几乎是争取要来。或许是媳妇让她满意,或许……另一个我不敢想。今天是4月20日,距离老人家生日恰好10天。我手中刚接下一部不成熟的电视剧本,按理我应当潜心研究,找出最佳修改方案,这样,我会在众多高手中脱颖而出抢得改编权,随之而来的是巨额稿酬和一份体面;但是,与我89岁的慈母相比,这些可以忽略。我马上打电话给六弟:“咱妈的身份证你给办个加快的,否则买不上火车票呢。大寿过后,我要接她来长春住。”

放下电话,我开始倒计时,宛如儿时之盼望春节。

父　亲

常常有这样一些夜晚，于噩梦中被父亲吓透一身冷汗。1977年正月初三病逝，如今多少年了，他老人家竟不肯在梦里冲我慈善一些？

有两件事注定我一生蹇运：七岁时左肘摔断，此一；父亲亲自为我算命，得知我："有始无根底，平常人守己；衣食虽不缺，少妻又无子。"说不准是哪件事伤了他的心，便横眼竖眼看不上我。说是耗子见猫，这比喻只有用在我见到他时才贴切？

父亲很有才学，读过一些史书和中外名著。从我记事起，旧小说中不成器、二百五的形象便成为我的比喻对象：《失街亭》中的马谡，《错盗书》中的蒋干，《甘露寺》中的贾华……总之，没好相儿。巴掌和拳头封住我的嘴，父亲严令我内心不满，脸上也必须含笑，这对一个少年未成熟的心芽芽，该是怎样的一种摧残呀。

父亲对我全年级常年第一的成绩从来未表扬过一次，令我至今心寒的是家中丢了钱，便一口咬定是我偷的，审问方式极武断："把钱干什么花啦？"从不问"偷没偷"之类的话。想说没偷，他可没时间等，板凳、搓衣板顺手抓起，竖起来朝小屁股上擂鼓般剁将下去，常常我哭出第一声来他已剁完六七下，然后逼写检讨。他"三反""五反"中被"政府"屈打成招过一次，如今可悲的是他把这方式用来对付我。我小时候没出息，尿床，他威胁我，竟然要将此劣迹写在《学生手册》上，这对视荣誉为生命的我，无异于判了死刑。1960年大灾，老人家一句话，我便请长假，一学期只读书十几天，整日去青岛郊外的浮山所挖野菜，步行约三小时。那时人比野菜多，每天只能弄到几斤野草，往回跋涉，每一步都踩着死之音符！挖少了，怕死啦。父亲在郊外当工人，每周回家，我真希望他永不回来。曾有过一个可笑的想法，假如他死了才好，我一定快长大，拼命挣钱养活妈妈！那学期考试，我仍以191分的总成绩列班级第一时，父亲也不过笑笑："就是嘛。"

那年我10周岁。

12周岁那年，父亲一句话，我们举家闯关东，从繁华的中山路来到总共只百十口人，无公路、无电、无学校甚至缺水的一个小山村，我想这世界上只有他能走出这样一步臭棋！我从此便永远地告别了学校。至今我一见少先队员敬队礼，眼泪便夺眶而出，搬入市内在自己无房的艰苦环境下，竟半义务性地供养好几名农村的孩子读中学，这或许是对自己年少失学的补偿？

可我求学之心不死啊，一本《小学生字典》，不知从何处弄来的中学课本，后来的《毛选》……还有父亲珍藏的中医书，都被我偷偷读过，这些后来成为我搞文学的"粮草"。没电，点煤油灯。我夜里偷读书到深夜，为省油，灯头要极小——父亲查灯油的。我有时要偷一点装放于小瓶内，随时补添；晚上，他起来上厕所，我便将灯弄进被窝里遮光，怕被他从窗纸外发现我还在浪费灯油！去年眼睛突然视力下降，我就想到了40年前的少年时代……

16岁前我不是生产队的整劳力，便要给家里做零活，除了春节和大雨雪(大雨雪也要脱苞米粒子和推磨)外，冬拾柴，春垦荒，手脚全冻坏了，一入冬就痒，然后化脓。父亲过早实行了责任制，而且要求不断提高。我是“组长”，每吃饭必挨批，哪顿饭不是和泪餐！闹出了胃病，痛起来要命，但父亲不准我呻吟：“大小伙子怎那么窝囊！看咱队谁像你？”14岁，家中盖房，我搬石头把左食指砸为三瓣儿，弄点粉面子一包，了事。晚上疼得偷偷到外面哭，怕让他听见，又是打骂。祖母和继祖父见我可怜，看住我，不让干重活儿，让我在井上等水(那水一小时淌一桶，要派人等)，可一刻没看住，父亲把扦子棍替我拿到井上，让我背草去，一趟草背回，我的手指出了血。后来化脓，这手指肯定要残到火化那天为止了。15岁那年，我掉在悬崖上，差点没了命。被救离险境后，可怜的我依然坚持着把捡到的干柴装上爬犁拉回家。到家后，人们纷纷到我家道险，父亲给我的话是：“你张罗那山尖上去干什么？”

为此我说，自己没有童年和少年。

父亲1975年搬去黑龙江尚志某农村，是秋与我通信，说到自己苦恼，还写了诗，其中句云：“自思此生不自量，蜡烛还想比太阳。”我感动得热泪盈眶，头一次享受父爱，父亲把我当作朋友啦！有苦衷竟肯向我诉说！

这是他最后给我的信。次年初冬，我携女儿去看他和母亲，将珍藏了年余的一瓶正宗竹叶青献上。父亲高兴极了，晚上要我挨着他睡，“说会儿话。”他讲家中事，夸我信中“念甚”二字语法很好，说着，翻身坐起，拿出炕上酒柜中的那瓶名酒，略斟一小杯，细咂尽，才又躺下，我记得晚饭开那瓶酒时，他坚持要我尝一杯，我不喝，他眼里便有晶亮的液体溢出。

父亲老了！父亲似乎默认他大儿子并非如卦书那段狗屁诗说得那么惨。我暗发雄心，父亲，再一次来，拿我的格律诗词您看看，说不定惊得您瞠目结舌！

回吉林年底时，有亲戚去那边，我托他捎十元钱给父亲买酒喝，当时掏十元钱，我是咬了牙的。

1977年正月初六，我正在舞台上为文艺演出伴奏，大队的领导送来电报：父死！急奔黑龙江，则遥见村外夜色里纸火飞蹿，父亲棺材已候我在路口……

那年我27周岁，父亲丢下诸多惋惜，离我而去，终年51岁，肝昏迷。弥留时醒来，六个儿子，独独呼我的名字！听母亲说，我大哭。又知那十元钱并没及时到父亲手中，我更哭，母亲便劝我：“用上了，给你爸买的青霉素打上啦！”

一眨眼，30多个春秋过去，父亲不可能复生，而我也杂生华发。想想父亲，给我的影响是很深的，包括从反面教会我该怎样做父亲。

您的儿子什么时候能当面否定那算卦书的谎言呢？父亲，您会在冥冥中静候着我吗？

慈母如茶

姥姥是青岛富商，母亲少女时代别说故乡，还去过京、津求学，因此言谈举止，不是周围邻居所能望其项背的。我从记事起，就知道母亲爱喝茶。那时候，我已有两弟一妹，母亲虽然很操劳，但略有空闲，写字台上放着一套唐山瓷茶具，她就斟上半盏茶，浅浅地呷。我也就学会了喝茶。对此，母亲好像很欣赏，只是多次慈爱地嘲笑我：“茶像你那么喝，岂不成饮驴了吗？”

母亲好像就对茶末儿感兴趣。我们住四方路，楼下不远处，有家“瑞芬茶庄”，母亲常去那儿买茶末儿。她说，别看这东西稀烂贱，里面却夹杂着许多好茶叶呢。因此，我就知道了“喝茶叶末最明智“这一经验。

12岁那年，我家流落到吉林一个贫穷的农村。那套名贵茶具，从青岛搬家前就贱卖掉了。母亲沦为村妇，在“同行”面前，她做不了活儿，那满腹经纶又无人听得懂，便只剩下了自卑，也就没心思提及“茶”字。只有过年，家里办年货，她才插一句：“买一两茶叶，一角钱的就行。”就是喝这点“年茶”，母亲也不能张扬，当时大家穷得除了阶级仇恨，似乎没别的，肚里填充着全是野菜，即使请人家尝一口，必皱眉道：“苦！这东西刷肠子，有点油水尽刮了去，白送也不喝！”

山沟里盛长着一种野刺玫瑰，据说可以当茶叶。母亲听说高兴非常，立即带着我摘了满满两筐免费茶。然而，当过资本家小姐的母亲，根本不知道茶是如何制作。于是生沏，干晒……除了草叶子味儿再没别的，一个轰轰烈烈的制茶运动，就这么蔫退了。现在回忆，母亲说不定有多失望……

一眨眼40年，母亲早随父亲搬去黑龙江。次年，父亲去世，她拉扯着弟弟们生活。我在这边写作又教书，日子渐渐丰裕，经常到江南开笔会，早就接受了绿茶。突然，有一年想起来，给母亲寄了点茶去。

唉，时代有局限性啊。想母亲当年，何等高贵和有学问，而她却不懂茶，喝茶可能只是时尚，竟然说茶末儿好！我只是默默地寄了去，绝不敢提出"绿茶"二字，无知也是历史之过，我有什么资格嘲笑生我养我的娘亲！

然而，时隔年余，我去探望母亲。她兴奋得不得了，亲自烧开水，从箱底找出茶来，竟是我寄的那包！母亲说，这是绿茶，专留了招待贵客的，可惜他们不会喝。我大惊，说，妈，您不是爱喝茶末儿吗？妈惨淡地一笑，说，到哪山，砍哪柴；过哪河，脱哪鞋。

母亲原来极懂茶！她是因被儿子们吃空了钱袋，才不得不靠茶末儿维持那一丝对茶叶的依赖！我鼻子一酸，说，妈呀，这茶叶不能长期存放的，以后，我经常给您寄绿茶，我让南方的学生直接寄给您，明前茶。瞧，我又班门弄斧，告诉母亲陈茶不好喝了。

以后，我坚持给母亲寄茶叶。四个弟弟同村居住，我猜想，有客来，或许哪个去问，妈，有茶吗，给点儿？这也能给老人家一些自豪感吧，大儿子千里迢迢的一片心意！打电话，我也常常问，茶喝了吗？妈总说，多得是，别寄了。

今年春节后，我又带小儿乔乔去看望母亲，给她捎去一些湖北绿茶。这时，我观察母亲，箱子里的茶，还积存那么多。我不满道，妈，您怎么跟咱沟里那个抠门儿老太太似的，专把猪油放长毛了才舍得吃！妈笑道，我才不会像她那样。却依然没打开我送去的新茶。

次日，三弟陪我去异地采风，酒喝到深夜，回去陪母亲休息。每次我爷儿俩都在她老人家炕上睡，就是在她的晚年多陪一会儿。酒渴难耐，我不待妈亲自起来沏茶，自己端起壶抢倒了一杯。

这一倒，倒酸了我的鼻子：妈喝的还是前天为我泡的茶叶。我离开这几天，她一直喝乏茶，那水几乎透明了，细看，能发现夹杂着一点点碎渣儿。我还回忆起，她自己即使泡茶，也捏那么一小撮撮……难怪我寄的那点茶，她总也喝不完！

我严肃地批评道，妈，您说您不像那抠门儿老太太，这是怎么啦？喝过夜茶伤脾败胃。

妈像做错了事似的，抱歉地笑笑，我懒得倒腾，也就疏忽这一回呗。

此夜，我始终难以入睡。母亲的话，如甘冽的茶，让我品咂不尽哪。一个富裕家庭出身的知识女性，成人后历尽磨难，又寡居30年，将三弟以下四个儿子一个个拖大，直到见了四个重孙子，她已无力抱起，还推着童车哄重孙女儿。她懂茶、恋茶，却又咽下那种依恋，把茶的一页沉重地翻过，只因她如今不能挣钱，她认为花儿子的钱不仗义啊。

我的娘亲，您就算是一片名贵的茶叶，可禁不住千遍万遍地浸泡，将营养的汁液无私地浸润给了儿孙，把您自己泡成了枯叶！而您，喝着这样的残汁，却胜过香茗！我想，若不能圆老人家品茶之梦，我还算是个孝顺儿子吗？

女儿的笑

女儿永远憨憨地笑着。友人说，你女儿笑得真甜、真美，我苦涩的心便升起一股欣喜和自豪，就仿佛那效果是我帮助笑出来的。

因种种原因，我与妻子离异了，一双儿女都归我抚养。儿子在外地读初三，很少回来，于是我们父女俩便相依为命，她宿在学校，我搬进办公室。女儿说，她不愿吃食堂，反正不远，就到办公室来吃吧。我中午、晚上便做两人的饭，她回来，甜甜地一笑，然后吃饭，有时没话，笑笑就妥。偶尔迟回来，我就焦躁不安，楼上楼下地走，或是到大门外望她。见了我，她问，爸，干啥？我说，出来走走。她又一笑，你来接我！我说，我不屑接你，一天两顿饭伺候，欠不够你的啦？

日子便亮了许多许多。

我工资很低，养活两名住宿学生，压得骨节儿嘎嘎响，欠了几千元的债，生活得十分艰难。女儿却极知道分我的忧，小弟回来，她匀给他好吃的，我给她的零用钱本不多，她能给小弟一些，大两岁的人，竟如小母亲般关怀小弟，而小弟比姐姐高 13 厘米，此前，他们是总爱吵架的。为此我感激女儿。

春节前，儿子回来，要皮鞋，要新衣，我们爷仨走商场，进大厦，女儿很热心地当参谋，毫无嫉妒之色。忽然想到这么大的姑娘，只为家贫总捡人的旧衣穿，未免过分了，我饥荒再多，差这一点？便问，丫头，你想要点什么，爸给买。

我啥也不缺。女儿灿烂地一笑。

下午，我终于受不住良心的谴责，独自去市场买了件物美价廉的夹克衫送给她。女儿笑得更甜了，穿上五分钟，又脱下小心地装回塑料袋里，说明天年初一再穿。我怕做饭弄脏了。女儿憧憬地一笑。

我的心如被什么狠狠地攥住，好几天也没缓过劲儿来。

爸爸欠你的。可是……女儿。

但女儿从不羡慕任何同学的爸爸，什么局长、厂长、大户，还有一位市委副书记，她提到这些，表情都淡淡的。每次我发了作品，她表面无动于衷，暗地里却偷偷地拿去学校。

她高考在即，我手腕受伤骨折。做饭很痛，但我能忍，女儿的笑起止疼作用。日子穷，我也得给她增加营养啊。困难，不能做双份，因此我推托有文友邀饮，让她自己吃，她走了，我再敷衍点了事。女儿很高兴，她乐意吃好的。

突然发现她牙痛。我问，怎不吃药？便把我的消炎药给她。她说，我不吃。我恍然大悟：她关心着我手腕的伤！

活腻了的时候，有。想想女儿的笑，又充满信心，大人用孩子来激励吗？

终于有一天她发现了我“文友邀饮”的谎言。我替她摆好，她问，爸，谁总找你喝酒？

我说，张大爷、刘大爷、于大爷、宋叔。

我要维护我的谎言，便笑着催她，快吃，一会儿宋叔来找我，看见你吃饭，多不得劲儿。

女儿转身大口吃起来，几乎没嚼。我看见，她的眼泪扑簌簌溅到碗里。吃了一半，她说饱了，转身就走。永远忘不了这一幕，女儿的笑动人，女儿的哭更动人！

爸爸一定混出个样儿来。你等着看吧，我们不能总穷，女儿！

儿子

眨眼，儿子蹿得比我高了，但仍是伸一只手到眼前：“爸，给咱点钱呗。”我故意板起面孔：“见天要钱，我哪那么多？”他不恼，可怜兮兮地说：“吗话儿？养儿养儿，您老人家不管，谁管呀？”每逢此时，心里便觉得挺熨帖，父亲嘛。

儿子小时候聪明、好动并且善良。听故事常常缠我到深夜。他不让关灯，两只眼睛不转地盯住我的脸，有人故意挡他的视线，他便歪着头，或挪挪屁股，眼睛依然瞪得溜圆，有趣极了！这孩子忒有同情心，捉只青蛙放进缸里，整天跟它们玩，说些没头没脑的话。这时候，我特别喜欢他，总有说不完的故事奖励，伴他的童年……

一段时间，我调离工作，离开他老远老远，十天半月难得一见。他也跟小伙伴们到十里外的村办小学读书。由于生性怯懦，常有淘气的孩子欺侮他，使他渐渐变得冷漠起来。念过几年书，他独自看课外读物，再不用听我讲故事，我们之间原有的那种关系日渐疏淡，以致再度与他聚在一块儿时竟难以接受，这孩子怎么变了？

儿子长了能耐，笼罩在父亲头上的那圈智慧与神秘的光环随之消失。一些事说服不了他，他甚至常常瞒着我自行其是。有一天，他做了点错事，我吼他两句，做儿子的歪着头和我顶起嘴来，噎得我火冒三丈，拽过来打了他几下。这下坏了，他要自杀去。我狂怒中想，“养不教，父之过”，不能被他唬住。于是，冷冷地告诉他：“自杀有三种，卧轨跳江摸电门，你可任意选择，但要等到明天，现在我气还没出够。”我把他好一顿“收拾”，直到他哭够了睡着了作罢。

儿子当然没去自杀。不过我可没自认胜利了。仔细一想自己做得也过头，干吗要“逼”他走这一步？还有，儿子大了，一般不宜动手，伤他的自尊心；我小时饱尝父亲的老拳，难道还要让这种粗鲁的行为一代代传下去吗？

想到这，直觉得对不起儿子，态度上也自然好了些，我们的关系很快地融洽起来。有一次，儿子谎称学校收费，一个月骗去我40多元，全部挥霍掉了。事情败露后，他站在我面前，蔫得如一只瘟鸡，肯定已做好挨打的准备。我却没打他，只静静地看他半天，才缓缓地叹口气：“下不为例。爸爸太贫困，抗不住这么折腾，你是大孩子啦，自个儿想想去。”

夜里为生计爬格子，赚点稿酬补贴生活，回头见儿子肩头露在被外，便去为他掖掖被角，这时，我看到两行晶莹的泪珠从儿子眼窝中缓缓流出，他根本没睡！

此后，他又来要学费，我如数照付，并不再去学校核查，我信任儿子。假如父子间连这点信任都没有，人活着还有味儿吗？

中考落榜，儿子要求去一所乡村中学复读，于是我们有了第二次别离。他在那边住宿，月耗百余元，日子够清苦的，偶尔回来，狼吞虎咽，只吃得我心惊肉跳、眼窝发潮。儿子，你受委屈了，在长身体的时候，让你吃不饱。可是爸爸太穷，实在没能耐呀。

儿子经常囊中空空。而有一天，看到一个乞丐，他便掏出一元钱送她。我假意说了他几句，心里却自豪得不行，儿子像我，极富同情心！

最近儿子又惹了祸：在学校打抱不平，帮一弱小同学，把另一个学生打伤，被学校罚款。要钱呢，无法隐瞒，只能如实检讨。我免不了狠狠地教训他一顿，接着说，可怜那个挨打的学生，否则，这钱我不能拿。

钱到手，他如遇大赦，又说："那学生也不是好东西，找来社会流氓，把我好一顿揍。您看。"可不，脑袋上挺大个紫包，我心里一哆嗦，嘴里说："不多，让你知道挨打的滋味儿。"

是夜，儿子偎依在我身边睡去。傻东西，不知做的啥梦，竟笑出声来。我难以入眠，坐起，于灯下久久凝视他头上的血包，心一阵阵痉挛：我多想摸摸你的伤，你多需要听听父亲几句抚慰话呵，然而不能。为了让你不闯更大的祸，为了让更多的父亲不再为自己儿子的伤痕揪心，我不能。

等到有一天，你当上了父亲，那时，我的儿子，你肯定会理解我！

儿行千里

去年大病，84岁高龄的老母亲，竟千里迢迢从黑龙江农村来到长春看我，见我确实没事，这才长出了一口气。

我这人比较注重结果，轻视过程、礼节。开始上班前，还知道说："妈，我上班了。"久了便觉得乏味，哪个不知道你上班啊。干脆悄悄走开。

如此又过了一段时间，我要出差几天。得跟妈打个招呼？一转念，说什么？媳妇待婆婆比儿子还热情，通常也是她照顾，吃饭时见不着我，那还会不知道。

前后走了四天。第五天中午，兴冲冲地回家。正赶上吃午饭，见母亲坐在餐桌边，我便对她说："妈，我回来了。"妈抬头望望我，还没开口，妻就数落上了："你出门怎么没跟咱妈打声招呼，害她老人家寝食不安好几天！"

"啊？"我辩解道，"说过了吧？"

妈道："哪里说了，我寻思你哪去了。"妈的眼圈一下子红了，哽咽着说："我没看见俺文显在家，心里这个不得劲儿……"

两个多月来头一次见母亲落泪，我的心仿佛一下子被什么紧紧攥住！原来事情严重到这地步，我真是混账透顶！就是一句话，纵然说重复了，难道真会累着我？儿行千里母担忧，我怎么就忽略了，无论她老人家清醒与糊涂，无论她的生活如何舒适，可首先她是母亲，牵挂儿子的心思，永远不会改变！

给小儿乔乔

晶亮亮的眼睛一直凝视着我，你在想什么呢，儿子？

我已饱受等待的煎熬。手术室外，医生说，20分钟，而我足足站了一个半小时！那是怎样的一种忐忑呀，儿子，爸爸将一千种一万种幸福与不幸翻来覆去地在脑海里折腾，怕想，可思维由不得我。当护士抱着你，让你响亮的啼哭灌满整条长廊时，儿子，我看见她怀中一团小小的蠕动。这阵子，亲友们催促我接过，可我的双腿竟一步也迈不出去。你无法想象那距离该有多长，迎向护士，我几乎消耗掉半个生命呀，儿子。

为什么，当我一接过你，哭声戛然而止？你将所有的委屈与不满顷刻间全咽了回去，怕我讨厌你，儿子？不会。我固然可以拒绝你，但是你更具备拥有父亲的权利啊。儿子，因此爸爸必须服从。

如今是9月6日22时，你降临到这世界上，已足足6小时。这世界必须有你一小份，为什么不哭？莫要怕爸爸，这是你的权利啊，儿子。放开喉咙，把你生命的存在声明出去，无论是院长乃至国家元首，哪个都无力遏止，我的儿子。

你仍然不哭，双目依然亮亮地望我。看出什么来啦？怀疑我的真诚，怕我不接受你？那是6小时以前的事。爸爸望到你的第一瞬，便无条件地承认你了。乖孩子，你不哭，无妨，只管坚挺地活下去。无论你英俊还是丑陋，无论你聪明还是笨拙，爸爸都爱怜你，我的儿子。

爸爸用心跟你交谈呢，你肯定听懂了。瞧，你双眸中那份专注。只为这，爸爸将成为一匹老马，任背上有千斤万斤，仍要你坐上呀。爸爸将驮送你，走走走走走。送你到该去或想去的地方。近一寸，再近一寸，直到疲惫不堪地睁大两眼倒下，爸爸仍旧遥望前方。

那时候，你一定要坚强，要撑住啊，我的儿子！

我与继祖父

5岁半时，我认识了继祖父。那阵子，我在出家为尼的姑奶奶的庙里寄住半年，继祖父用独轮车把我推往50里外的一个靠海的小山村。一路上，我给他唱了好几本大戏，好家伙，把爷爷喜得逢人便夸我天资灵！

继祖父与我们同姓，闯关东回来，落得孤身一个，认本家在我祖父家当长工。祖父母只我父亲一个儿子，又在青岛做事，相互难得有来往。祖父去世时，我3岁，继祖父和我祖母大约产生了感情，这样就留在我家。我和二弟便称他爷爷。

爷爷待我不如二弟好，二弟乖巧，生得又女孩似的，而我从小就找不出个讨人喜欢的地方，这怪不得他老人家的。但是，老人还是领我上山砍柴、搂草，下海抓鱼。野外风大，他把棉衣脱下来将我裹严，寻个背风处嘱咐我躺好，过一会儿还要来照看一番，直到活儿干完了，才背着沉重的柴草，拉上我一同回家。冷是冷了点儿，但是跟爷爷上山我十分快活。

小时候我多灾多难，4岁时腮上生一巨疖子，那时继祖父就顶着大毒日头去好几里外求土郎中，治法也怪：用炭火将烙铁烧得赤红，然后郎中提起红烙铁，向舌头上刺啦啦地一舔，烙铁逼向我的患处，烤得我小脸先红后白，直冒油汗。爷爷守在一旁痛苦地咧嘴，又不敢建议人家轻一点，那时，有点技术的江湖人脾气了得！烤过三五天，疖子生生被烤"熟"，郎中讨一把剃刀，放火里烧烧算消毒，去我那巨疖上一刀就划出了花花搭搭的脓血，爷爷先哇地哭出声来……以后我日益晓事，听邻居诉说治病的经过，心里着实感激爷爷，他待我如同己出！6周岁半我跟弟弟淘气把左肘摔坏，老人家推车送我到50多里外的某医院，拍片子，打石膏，整夜整夜地陪着，这些，我什么时候才报答得上呢？

爷爷极会讲故事，许多故事成为我日后创作的素材。爷爷以他人格的魅力，在后来的岁月也给过我相当大的影响。严格地说，他未必是个好人：他在旧社会下赌场、抽大烟，可能还嫖过女人。在我的心目中，赌徒绝无良善者，但是，爷爷有过两次惊人之举：一是他感到鸦片这东西再也不能抽下去了，这个远近闻名的烟鬼一咬牙把大烟枪摔掉，他毒瘾发作时被折磨得奄奄一息，躺在炕上七个半月。有人担心他熬不过，劝他，要不就悠着点儿？他摇头。当然他活了，否则这篇文章得另换个主人公。二是他赌瘾特大，一次赌博坐的地方不得劲，他跪着赌，须挺直腰杆才够着高，三昼夜下来，几乎瘫痪，用门板抬回家去的。后来他说要成个家，一句话扔出去，戒了，从此再没进赌场。现在我看到形形色色的人为蝇头小利那副陶醉样子，那副发一百次狠要忌要忌，可麻将一哗啦他又浑身没二两重的样子，我便不知道恨谁的是：比不上大字不识的他！是不是他老人家的这种文化熏陶了我，本人如今办起事来，就是比常人有毅力。

继祖父的疼爱使我这从小没人疼的苦孩子感受到人间的温情。有一次，我独自绕过海滩走了很远，看到了潮水冲上一只海蜇头，不禁喜出望外，一个小孩子连抱带搂弄着只海蜇头往回走，那东西的触须刺得我难受极了，我大哭。那一阵子海滩上风刮得很狂，继祖父几乎寻到我面前，我才听出有人喊我。好多年还记住爷孙俩拥抱在一起时的那股温暖劲儿。

7周岁半，我离开继祖父去父母身边求学，接下来他和奶奶在1960年被饿到吉林一个山沟，5年后，我父亲领全家也投奔他们，这是我和继祖父第二次相聚。

受旧礼教束缚，父亲总觉得奶奶的再嫁于他不光彩，与继祖父处在一块儿，怎能不争吵？他一方面跟老头儿打架；一方面背后警告我和二弟，不得忘了亲爷爷，离那个老头儿远一点儿。我们哥儿俩阳奉阴违，只知道老人待我们不薄，只知道人不能以怨报德，所以，这些父子间的不安定因素也被记在了那位可怜的孤老头子账上。

1970年夏秋之交，继祖父患病，痛得日日夜夜不能躺下，只好跪着呼喊，样子很是怕人。家里的经济条件，又是那种关系，找个人推到公社卫生院看过一次便算最高待遇，哪里解决得了问题？继祖父只能等着让疾病折磨至死。我束手无策，便笃信天上有神。在经过许多个夜晚权衡之后，我毅然决定给玉皇大帝写封信，情愿用自己的寿数为老人换点残年，我也就那么点本钱了。但是，天上的事不可通融，我真诚的请求没得到答复，老人耗尽了生命之火，终于撒手而去。

由于我是长子，父亲在老人临终前，明确表态，你只能让老二给指个路。老人喃喃：知足，知足。这样，出殡时，二弟给摔的盆。

继祖父葬在路边一小块荒地里，面向东山。扔下奶奶无依无靠，我便去照顾。14年后奶奶去世。奶奶多少次提到葬址问题，说，我得跟你们亲爷爷并骨啊，记住。她讲的是不是心里话，我不敢随便推断。

曾经多次想，继祖父对于我家有天大之功，父母把奶奶扔在乡下，又反过来指责她不守妇洁，何等荒唐！看奶奶的心思，她当然对继祖父好。我暗下决心：等奶奶去的那一天，给她与继祖父合葬，我能做这个主！

真到了那一天，亲戚朋友都拥了来，平时走动的或者不走动的。众口一词，奶奶不能与后夫合葬，这是规矩！我妥协道，那就在一旁埋了，我上坟还方便。

奶奶葬在了继祖父坟边。这些年，极少到那边去看看，理由是人死如灯灭，我现在已经彻底无神论啦。奶奶万一有灵，原谅孙儿软弱，顶不住世俗的压力。我坚信继祖父会找您去。那是个响当当的男子汉呢。如仙如死的鸦片惑不了他，消磨多少金玉年华的赌蛊误不了他，几千年的世俗观念拦不住他，何况三步短路两层黄土……

故乡的大爹

大爹是我五服内的族叔，1964年他23岁，到吉林农村投奔过我祖母。冬天结伴入山捡柴，我失足坠落悬崖，多亏他连接起好几根绳子，救我得脱。这恩情一直埋藏在我内心深处。可成人后，生活艰难，想报答，有心无力呀。1987年夏，杂志社出资请我游崂山，借机会我绕道即墨鳌山卫的盘龙庄，去看望当渔民的大爹。得知他救下的侄儿成了作家，大爹高兴得忘乎所以，喝至颠三倒四时，总念念不忘地絮叨：“文显，（把相聚的经过）写写啊。”分手时，大爹紧攥我的手，嘱咐我定要再回来。我真诚地承诺，会。大爹仅比我大7岁，并且体壮如牛，日子长着呢。

然而关山阻隔，我生活中又多坎坷，回一趟山东，谈何容易。这一晃又是16个春秋。2003年，我被聘往省城某杂志社当副主编，便寄回几本新出的书和杂志，说我一人住挺大的房子，邀请大爹到长春住些日子，而大爹只字未回。我想，挂号信不会收不到吧？事务一忙，我竟把大爹抛在了脑后。

2006年患腰椎骨结核，我躺在太原的医院里想起了大爹。想起那个寒风刺骨的严冬，大爹背倚悬崖，将我一寸一寸地上提，双手让绳子勒得鲜血淋漓，才抢回我那条15岁的生命，是他竭尽全力，让我拥有了

800万铅字呀……这天大的恩情怕是报答不上了！

回长春休养期间，我千方百计地找到了大爹的电话。打过去，接电话的是小卖店，人家去给喊了半天，回来告诉："没人。"我当时确认，大爹一家还好。他既不肯来，那就攒些时间，等我退休后，回去多陪他一段。

去年夏末，得知大爹家装上了电话。我激动万分地拨过去，说我的电影剧本通过后，一定回去看他。大爹很兴奋，说他身体很好，就是膝盖疼痛。我知道那是长年在海上被冷风吹刺所致，就告诉他，我有秘方，马上配些药酒给他寄去。大爹笑了："我又不是一朝一夕，你捎回来就行。"那段时间，我几乎三两天与他通一次话，即将实现的久别重逢给了我俩无限憧憬。

国庆第二天清早，一个电话差点将我击昏：大爹在散步时突然摔倒，再没有醒来。悔呀，积攒了多少年的思念，这一下，给摔成了泡影，早知道是这样，我还等什么电影！

我赶赴故乡，把一瓶瓶药酒倒在大爹坟前。

药酒很快渗入黄土里。可堵在我心中的那份遗憾，到哪一天才能完结呢，大爹！

· 母亲的病因

去年(2008 年)春天,老母亲来长春,刚住了月余,就给我带来了好运气:我的两部剧本处女作同时被长影拍摄为数字电影。听说一个编剧同时拍摄两部本子此为首例,本人幸运地被媒体鼓吹“改写了共和国的电影史”,那种窃喜可想而知! 由于对拍电影充满好奇,且知道亲临一次现场,会为今后的创作扫清不少障碍,所以制片主任一怂恿,我便痛快地答应了,随剧组过去看看。

这个好消息我立即向母亲汇报,心里不免有一丝自豪,瞧您儿子,可以吧。

然而母亲只是微微点了点头,说,你就去看看吧,我这里不用惦记,你媳妇待我比你好得多。我不为母亲淡漠的态度失落。母亲就是个宠辱不惊的人。

第一部刚刚拍完,二弟就从我家打电话给我,说他和几个弟弟都来了我家,给母亲做寿。说之后,母亲要跟他们回去。二弟还宽慰我,老太太就这样,回去想这边,到了这边又惦记那边,由她吧。拍摄未结束呢,我也只好顺水推舟,说了句“按照老人的意愿行事,是最大的孝顺”,就由弟弟们把母亲接回了那边。

着实有些内疚。从山沟坐车到尚志市再改火车，还要七八个小时呢，老母亲只住了两月。要是电影早一些拍摄就好了，我可以事业、孝心两不误。

而后，想起来就打个电话。五个弟弟在那边四个，他们时常问我，大哥，电影咋样了，等着看呢。我答，省内正审着呢，通过后，还要送北京去审，急什么，好饭不怕晚。

唯独母亲通话时对电影的事只字不提，弄得我心里怅落落的，您老人家当真跳出三界外了？拍电影，在儿子身上也算是大事了呀。

我当然焦急，当然盼望影片早点上映，至少弄个碟片，接受老人家检阅呀，我是她最得意的作品呢。可审查程序依然慢条斯理，弄得我心急如焚。

初春，六弟突然来电话："大哥，咱妈身体……有点毛病。"

我大吃一惊。87岁高龄，这电话可不是好兆头！忙追问。六弟声音极其平稳，说春天打什么雷呀，把咱妈给折腾病了。

"哎呀，你想急死我，妈的病跟雷到底怎么个关系嘛……"

六弟笑了："大哥别急，我一直没敢告诉您。你知道咱妈急着从那边回来干什么？看电视。在那边你的大背投电视，考虑太费电，老人家心疼。这一回到家里来，就盯住了中央六频道，咱不知道她老人家咋就知道您的电影得上中央六。谁料到开春打了一个雷，把转播器给震坏了，近期不能修。妈担心漏掉你的电影……"

哎哟，那俩片子直到12月北京才发布了通过令，天知道哪天公映……87岁的老母亲啊，哪里是宠辱不惊，您一直把儿子这点成果举到了至高无上的位置！我对着电话，声音颤抖："赶快把咱妈护送过来。今年就算能拍三个、五个片，我也哪都不去，就一直在家陪她。"

好几个泪瓣砸在电话上。活到61岁，始终没悟清楚，儿女无论如何回报，也抵消不了父母的那份情呀……

·与命运抗争

1962年深秋，我和三个弟弟泣别青岛闹市区，被父母带到吉林东部一个偏僻山沟。那时我未满13周岁，是青岛市芝罘路小学五年级年部最优秀的学生。来东北前，我开了转学证明，把书包装得满满登登，我想，到哪儿还不是读书，凭我，差不了。

哪晓得自私、专横的父亲一到东北，便作废了自己的承诺，我和11周岁的二弟便沦为童工，睁开眼爬山干活，黑到看不清路，靠感觉摸索着回家吃饭，脑袋一砸上枕头就昏睡过去，读书的梦想化为泡影。

我得说说那个山村：这里总共100多口人，缺水、没电、没学校、没有商店，过春节甚至有人用木炭在红纸上乱涂一气，贴在门上当春联！20世纪80年代后，全屯的人陆续搬走，小屯消亡，可以想见，它是多么荒凉！

读书梦破灭，可我一颗好学的童心不愿死去呀。父亲假惺惺地安慰我："你可以自学，不有本字典吗？"当时我唯一的财富是一本《小学生字典》和小学六年级上半年的语文、算数，我很快就浏览过几遍，然后呢？

我们小屯距离山外大队所在地有10里，有人到这里买我家的葵花籽,父亲让我帮助人家扛到山外。在买主家,我发现了许多长篇小说,就借回家读,我悄悄割苫房草送给他卖掉,作为回报。此外,生产队订的报纸还有父亲珍藏的几本中医书籍,都成了我自学的工具书。

我开始没命地学习文化。14岁那年,家中盖房子,我搬石头不小心砸碎了左手食指,血流如注。受伤了去医院?休想。祖母从灶坑抓些草木灰替我掩住鲜血,撕片破布缠上,就是包扎……包扎过后,仍然得用另一只没伤的手坚持干活儿!夜间,痛得我连胳膊肘都颤抖,只好悄悄地溜到院子里散步。不幸中我趁这养伤的机会背诵文章,复习生字。那伤养了一个多月,尽管挨了父亲数不清的挖苦与责骂,可我学了不少东西,居然有因祸得福之感。

15岁那年,上级号召生产队创立民办小学,于是,父亲当上了首任民办教师。老人家读过私塾,管理全是老一套。发的课本,汉语拼音他不会,只好晚上问我。那个时候我不知道有代沟一说,只吃惊于他怎么那么笨呀,教多少遍就是记不住。我想,要是我去教拼音,该多好。

这机会终于来了。有一天大雨无法下田,父亲突然跑回家,让我代替他上课去,并关照,教拼音。我冒着雨跑下山坡,去了队部兼饲养所那座茅草屋。一帮孩子正乱哄哄的打闹,两三位20岁左右的青年怎么咋呼,就是安静不下来。我站到了那张简易讲桌前,学着我的老师那样巡视着学生们,就是不吭声。好久,同学们到底静了下来。

那一上午我获得了极大成功。此后,蒙父亲恩准,我幸福了半月时间,代替他一直把拼音部分讲完。小山沟首次办学,学生最小的7岁,大的与我同龄。有两件事印在了我脑海中,这辈子不会忘怀:一个与我年龄相仿的女孩捣蛋,我命令她站起来,她不服从,我索性过去,揪着辫子拉出座位,她居然不敢还手;还有一个男生淘气,我用教鞭打他的手,教鞭打断了,第二天,他竟然割了一小捆赔偿我,还刻上了漂亮的花纹。

山里孩子如此渴求文化,令我感动至今,我暗下决心,我一定得对得起这份信任!

梦想不是现实。拼音教学结束,我还是得给父亲让位。匆匆告别的那天,有好几个学生哭了,我的心也给哭得零零碎碎。

那天,我彻夜失眠。短短的教师生涯,让我对学生们产生了依恋感,我一边自叹命苦,一边不服气,除非不抗争,否则,命运主宰不了我,我为什么不能当老师,我还会长大!

我开始加强自学的力度。

小山村一直靠点煤油灯照明,从10里外买回一斤煤油要点两个月,所以,刚入夜,满屯子一片漆黑,为的是省油。父亲用一只小药瓶分我一点油,我万分珍惜。夜深人静,我把灯头弄得极微弱,趴在炕上,读呀,写呀,那种灯油烟很重,全呛到鼻孔里,第二天用小手指一挖,就是一个黑圈。尽管父亲说过我可以自学的话,但他从来就没认为我会坚持下去,他担心熬夜会影响次日劳动效率,发现我这边灯亮,便吼:“几点了?睡觉!”我马上吹灯。吹灯却不敢睡去,睡去,这一夜珍贵的时间岂不浪费了吗?于是我在黑夜里边掐大腿边威胁自己:“你不能睡,睡了就没文化了!”估计到父亲进入梦乡,我再次悄悄把灯点燃……

那段自学的日子异常艰苦和劳累。生产队有干不完的活儿,而且相当累,我体力不支,劳累一天,骨头架子都快散了。但我不敢休息,每天熬到下半夜。有时实在累极了,打算早睡一夜,而出门上厕所突然发现,天空落雨点了,便自欺欺人般地庆幸:“机会难得。明天不必起早,得继续学习。”结果又熬了一夜。令我失望的是,雨刚刚落了一点就停了,次日一早,照例被父亲粗大的嗓门从梦中吼起,几乎是眯着眼睛,跟在他身后上了山……有一回,随劳动力人群后面去锄地,我机械地前行,居然睡着了。由于我在最后没人发现。走着走着,感觉膝盖前面被什么绊住，这才猝然惊醒，一看，自己走进了小径边的荒草中，那裤子上溅满了绿色的草汁，多亏裤子是破旧的。

下一年，父亲被淘汰掉。小学校先后换了好几位老师，都不讨学生欢心。由于上次教拼音给学生们留下极好的印象，村民们也惊奇于我的魅力，我借机得以再次登上讲台。

第二次得到机会，我咬紧牙关，决定不放弃。这只有三四十学生的小小舞台，督促我坚持不懈地进修，不断充实自己，其中的付出，只有我自己知道。

经过 10 多年的奋斗，我不但胜任教授小学生，甚至胆敢挑战中学课程。1977 年，10 多名五年级学生毕业要到山外中心校就读，孩子们恋恋不舍，因为经历了“文革”，那里的老师素质极差。感激这份信任，我与另一名同人胆大包天地在小山沟办起了初中班。由于我年轻几岁，主动承担起语文、化学、物理、生物等课程，另一位老师负担数学、政治和史地（当时没有英语），现在想想，小学之外平添了一个初中班，负担超过了几倍，不过，我把这份负担当成鞭策自学的压力与动力。我自修了古文、语法与修辞，自学了物理、化学的基础部分。自己透彻了，讲课时，能引导学生举一反三。山沟外陆续有三名无人要的孩子慕名前来，这样的孩子我们照样敢收。毕业时统考高中，全公社考生前 200 名，第 2、3、6 名是我们的，12 名参加考试的，最后一位排名第 101！因为我们的中学班不被上级承认，所以成就再辉煌，也不会有人表扬。

我不计较。凭自己的勤奋，制造出一个常人难以想象的奇迹，还遗憾什么呢？2009 年，我编剧的两部电影同时被长春电影制片厂拍摄，头一部《翻过那些山》反映的就是那段生活。怎么样？付出终有回报吧。

靠这份努力，在山沟挣扎 26 年，我先转为正式教师，后被调入市区，从事全市的文学创作辅导工作，迄今总共获得过 500 多次奖励，发表了1000多万字的文章。

有人说,假如当年让你读书,现在会是什么样呢？我答,生活没有假如。与其整天抱怨命运不公、处境艰难,莫不如拼出去抗争一回,说不定会改变一切！

第二辑

梦里有条宽宽的河

又是零点，我登车北返。回家去，要将姐姐的事告诉我的母亲和5位兄弟，像姐姐通知姐夫时那样郑重。人生苦短啊，离恨更长。但我不用为姐姐挂肚牵肠。姐呵，你如此宽宏地对待岁月、对待人生，岁月和人生又怎忍心辜负了你！梦里有条宽宽的河。那河淌在姐姐村头，清澈而娴静，其深处正不知几许几许……

癌症与谎言

“四人帮”倒台后，我们那边还有路线教育工作队，他们把大队会计整了7个月，整出人家贪污7200元的“战果”，还在全市通报。当时我当小学教员兼小队会计，很懂账目，只用了6个下午，便把那贪污额推翻了6300多元，工作队长焦某不再让我插手。此后我挨了一年整，幸亏账目清，他们无隙可乘，才免于劫难。

这件事给我最大的收获是认识了二小队姚会计，彼此欣赏对方有正义感，相处得如亲兄弟一般。后来，他摔了一跤，脑袋疼，颧骨处凸起一个包，疼痛难忍。去市里看了多次，无效，医生说，怕不是好东西（指癌），到省里看看吧。那时我调到市群众艺术馆工作，见姚大哥病成这样，便借了钱，陪他去长春看病，临走时，嫂子暗暗嘱咐我：“你大哥心窄，万一看出是绝症，千万瞒住他，不然的话，怕要扔在长春了。”我暗暗上了心。

一路上，我尽买好吃好喝的，哄他开心，到了省医院，盼到一个专家、教授亲自出诊的日子，我领他去看病。事先，为了麻痹他，我与他喝酒谈天时，把肿瘤跟癌区别开来，说肿瘤恶性的厉害，要手术的，因为我知道农村人怕癌，却不知恶性肿瘤是何物。

看了片刻，姚大哥出来：“兄弟，大夫让你进去一下。”我的心咯噔一下，不祥之兆，大夫找我干吗？

老大夫对我说：“你哥那病，是恶性的。这样，先化验化验再说。”

化验室外的走廊里光线特暗，抽完血，我把姚大哥送到楼上，骗他说，医生让他在二楼等，我怕他看到结果。安排好后，我怀着焦急而沉痛的心情，去化验室外候着，心里还要酝酿一个个方案，癌症十有八九，我得设法瞒住他！

化验室特忙，几番进去催问都被人家赶了出来。我正焦急呢，忽然对面一个房间里水龙头坏了，满走廊是水，整个楼层顿时大乱。我好奇地挤过去看热闹，正在这时，耳朵里听到一声“姚忠林——”我知道出了结果，一扭头，坏了，姚大哥等急了，下来问呢，听到女护士喊他的名，就说：“我是。”伸手接了过去！

我顾不得走廊里有水，噔、噔、噔地跑过去一把将化验单抢回手中，只瞥了一眼，便揣进上衣兜里，说：“走，找大夫看去，它写的英文。”

只瞥那一眼，我从头凉到脚跟：化验单上盖着一个长方形大戳，5个字：“找到癌细胞！”

我恨不得找到那个女护士，扯腿劈了她！这样残忍的事实，怎好随便交给患者本人，若不是我手疾眼快，后果不堪设想！

结果我都料到了。当我把姚大哥哄在门外，单独去找那老大夫时，他看了看，说：“赶快回去，最多俩月，过不去阳历年。你到纽约去，也没治。”

我强作镇静拉着他回了旅店，说：“教授让我明天看结果呢，我自个儿去就行。”这天我们又是吃得相当好，我知道他的时日不多，所以特舍得花钱。

第二天，我冒着刺骨寒风在长春转，终于在一家药店买到一种小粒儿补脑药，药片上没任何文字，我又买了一些白纸药口袋，把那瓶药分份儿包装好。回到旅店，我皱着眉头。姚大哥问我："怎么样？"我说："不太好，大哥，大夫说你这瘤里有癌细胞，假如心情不好，只能活三年啦，就是心情好，五六年也还得送命，幸好他们才研究出这一种新型抗癌药，说让你回家吃了试试，有效，接着吃，也许能把癌细胞全部杀死，那样就没事了。"

我知道姚大哥心眼特多，若说："你没事儿，很快就好。"他准会识破我的谎言，这么把事实缩小讲出来，他果然上当，兴高采烈地吃了两个鸡大腿和一些酥饼，并说："还有三年？那我的小瞎女儿也长大了，没心事喽。"

安安全全把姚大哥送回家，他的精神一下子好起来，与去省城前判若两人，吃完饭，干些轻微劳动，他的一只眼已失明，仍然乐观地说："什么三年？我一使劲儿，备不住赖过去了！"

我暗自庆幸。精神这玩意儿真了不得，将近一月末，姚大哥还打发他儿子送来一些礼品，并邀我去喝了好几次酒，他对家里人说，就想小顾，等病好了，到市里找个打更的活儿，见天有时间跟他俩泡！

姚嫂子也感谢我，说："小顾就是机灵，换个别人，老姚回不来的，年更甭想过去。只是让你花那么多的钱，啥时能还上？"我十分激动地说："再提那笔钱，咱立即断交！"

旧历正月十三，我出门归来，山里派人捎信已两天了，说姚大哥生命垂危，想我。我脑袋登时大了一圈，连夜赶去那里。

姚大哥已瘦得不忍触目，整个脸上只有那红鲜鲜的肿瘤特别刺眼，昏死过去几次了，听说我来了，他抓住我的手，好久，睁开那只能视物的眼，说："兄弟，你可来了！"

他示意别人出去，只留下嫂子和我。然后，姚大哥使劲儿握了握我的手，说："兄弟，我对你不住，大哥实在挺不住了！"

停了好久，他积了点精神，道："化验单一到手，我就看见了那印戳，知道完了。我看见你压着悲痛演戏，你知道我多难受！我想，一定硬挺着，为我的好兄弟，挺。挺过阳历年，挺。挺过阴历年，还挺。我想坚持到春暖花开让你高兴，可是不行了……"

我大吃一惊，嘴张开半天没合上！姚大哥原来早知道了结果，只是为报答我的一片情意，他硬挺过来这么多天，临终前，又一直坚持到我出差回来！

当晚，我抓住姚大哥的手，直伴他到生命最后，而他再也没开口说话，甚至没有呻吟。事后据嫂子说，我没来之前，他常常痛得大吼大叫……

至今我仍旧时常忆起那位坚强朴实的大哥。

梦里有条宽宽的河

我主编了10年的《浑江文艺》要停刊，上级不给经费。我想挣点钱吧，万不可让这刊物葬送在我手里，于是，废寝忘食，连想带学，搞了几个赚钱的方案，无非是开笔会、编诗集，等等。征文时接到过河北一位名叫李秀云的农民作者来稿，写的是旧体诗，古香古色，凄婉悱恻，很有一些韵味的，只可惜不懂格律。我一眼便断定作者身世非同一般，否则怎会有这样的感受？作者又极有灵气，字里行间洋溢着她的才华；从她繁简掺杂的字体上，我又度知，肯定为中华人民共和国成立前生人……我不由想到了自己：当年困陷深山，举目无书，知音谁何！千伤百残挣扎了出来，想不到几千里外更有同病人。相逢何必曾相识。我把她的几首词发表了，且去信赞誉几句，信末云："看你的文风字迹，当比我大10岁许，我应叫你大姐。"

不过随意一笔，大姐竟当了真，回信很长，写得十分真挚、动人，也是信末，赘上一句"你来信称我大姐，我感动得流下了眼泪"。

好啦，就此打住，我再也不信花言巧语。

13岁之前有过一个姐，与我们住对门，闲来几乎是长在我们家的。1962年秋我们迁往东北，唯一一个去火车站送行的亲友就是她。火车徐徐启动,她在车窗外哭了,那时,车内广播一首器乐曲,相当悲切,如西风扫枯叶。于是,我也在车内哭。

此后,我心里总有一个长我5岁的大姐姐,她在青岛想着我一家呢。漫长的思念摧残了我整整26年,这段时间我写过十几封信,都是泥牛入海,这更使我忧心如焚,血雨腥风的“文化大革命”,青岛是前哨,我姐姐她……凡遇去青岛的人我都不厌其烦地拜托,好歹有个消息反馈,说她仍在原单位工作,并亲手接过了我的信,可回音杳然。我甚至怀疑那朋友讲的是不是真情?终于,1988年我拼得了一次由编辑部出资去青岛笔会的良机。登上那片故土的凌晨我就凭儿时的记忆去大姐姐的单位门前徘徊,几经周折找到她现在工作的分店,同事告诉我她在里面那间屋时,我双腿一软,几乎就要哭出来。哪知见了面,不过淡淡几句家常,连我带去的好几百元的见面礼都没机会掏出来……那次我自己伤害了自己,哪个也怪不着。不过我咬咬嘴唇,记住,这辈子别再干此类蠢事啦,什么年代了这都?

立下这个誓,才短短6年,怎又故态重萌了?青岛一位姐姐还不够吗?何况,我连她一面都没见过,有什么感情?但越这么想,心里越矛盾,多么善良多么有才华的人啊,她在那样的环境下奋斗到今天这一步,容易吗?我不敬她谁敬她!就这样,糊里糊涂我又回了信,那阵子,我相当忙。

信越写越多,我和大姐的心越靠越近。她先是称我“老师”,后来在我的一再要求下,改为“弟弟”“小弟”。姐姐在一本书上得见我的照片,便来信说:“我的小弟慈善、清瘦,一脸书生气。”总之,她真正地走入一种境界,仿佛她有个弟弟,自幼散失,如今被她寻着了一般。

1995年6月,与妻赴京,绕道几百里,终于姐弟相逢。姐姐欢喜得不能自持,几番郑重地通知姐夫:“我娘家有人啦,往后你不可欺负我!”

姐夫唯唯诺诺,对我谦恭有加。我与姐夫对酌,姐姐既怕我酒喝不好,又担心我误了谈心,那神态令我感动至今。

姐姐住处偏僻,清晨只一班过路经唐山的汽车,殷殷话语犹在耳畔絮絮呢,姐忍痛唤我登程。出她家小院,一挥手,姐蓦地转身回屋,我知道,她受不了这打击!

姐几乎是个孤儿,磕磕绊绊长大,谁个知她疼她?汽车拉走我一副躯壳,心却留在那个叫喑牛淀的小地方啦。我的姐姐,就是在这清凌凌的滦河岸边,蹒跚过她的童年,然后,吞咽着酸咸苦辣的生活,一点一点地啃啮祖先留下的文化遗产,她付出的是怎样的艰辛!姐姐给我的见面礼是她刚刚获得《农民日报》征文的一等奖,这让我十分吃惊,这是她特意的安排?姐,长嘘一口气,好好活着,晚年有小弟陪伴呢。

姐是真正地疼我。每来信,总叮嘱我莫太累,寄来营养品,为小弟的每一点点业绩喜不自胜,千针万线替孩子缝的衣服,内衬要用她贴身穿过的衣料。姐总是不许我惦念她,说她活得很好,有我这么个弟弟,什么也不缺啦。

今春,突然月余未收到姐姐来信。我生活中恰似删去许多内容。好容易盼来那熟悉的笔迹,才晓得她患了一场大病,属于脑血栓一类的,险些动不了!

立即复信,我定去看她。4月末,拼得去杭州参加《山海经》笔会良机,会间便与大外甥女江山通了电话,然后,匆匆忙忙到唐山,已夜半零时,那颗心简直在旅店里经不住再折腾!翌日一早,江山便赶来接我,我才知道,她远嫁丰南县,距娘家80多里,想念舅舅已久。见了面,说不尽的亲热。我也像早日便有这么个外甥女,打小哄她笑背她玩耍,她一颦一笑,都带有姐姐的影子啊。

离杭州前,我动了一番心思,为姐姐姐夫买了两件衣服。哪想到,怪我心太粗，选购的衣服太“细”，姐姐姐夫原来都是大体格，比上次一面留下的印象还要大得多，夫妇俩都穿不上，闹得我十分内疚。姐却道买了她也不舍得穿，正好藏起来做纪念！

到了姐姐家，我几乎足不出户，姐姐几乎寸步不离，对着我讲啊讲啊讲啊，讲她坎坎坷坷的大半生，尤其是她的童年，比我苦得多，几番听得我两眼潮潮的。又讲她家庭生活中的恩恩怨怨，也让我脊背发麻：她与姐夫昔日有过很深的感情裂痕，她曾发狠一辈子不再见他，但后来那个人犯了精神病，姐姐获讯，又赶赴川中，把病人领回，并宽恕了他的过去……从唐山乘车时，江山就对我讲过她母亲的人格魅力，讲她母亲如何宽待一个万人不齿的乡邻令对方感愧无限的故事，江山提到她妈妈，思往神驰，为她的母亲自豪。江山，你不及我得意，我仅因一个偶然的机会和动了一念之差，就拥有了一位德才兼备、宽厚仁爱的姐姐！

又是零点，我登车北返。回家去，要将姐姐的事告诉我的母亲和5位兄弟，像姐姐通知姐夫时那样郑重。人生苦短啊，离恨更长。但我不用为姐姐挂肚牵肠。姐啊，你如此宽宏地对待岁月、对待人生，岁月和人生又怎忍心辜负了你？

梦里有条宽宽的河。那河淌在姐姐村头，清澈而娴静，其深处正不知几许几许……

·访　友

八年前《采风》邀我去黄山笔会，与建德张祖荣兄携手共同攀上天都、莲花、玉屏三高峰，文友20，无其匹也，这友情铭心刻骨，均化作墨汁，倾吐于张张信笺，日子久，思念越甚几度谋求再次同行，但参加这种由编辑部出资的会，也不是易事，侥幸拼了去，这次缺我，下次少他。

1992年10月，终于去温州笔会。事先查地图，得知归途中完全可以小绕其道，去已改为建德市的祖荣兄家中畅叙。一封挂号信，在我们笔会游雁荡山的汽车中得到他的复函，赶巧他18日去三门峡市笔会，我只要早去一天，17日到，有一昼夜狂饮畅叙，次日共赴南京，游夫子庙，看秦淮河，然后徐州分手。我高兴得不知所措，16日夜让会务组买了夜车到杭州的空调汽车票，下午盛宴，吃王八，舍了。赴建德找故友去，8年了呢。

乘那车的共3人，会上委托一老者为组长。我太老实，在宾馆里等候。16时30分从四楼到一楼上下不止。我怎好擅自行动，倘让老同志到处找我，怎对得起人？

酒醉舞足之后，两位南方人坐车径回了杭州，而我，坐出租被阻，达半小时，跑步到车站，正一杭州车驶出，堵住，看我的票，说："北站！"

温州还有北站？我敬爱的老组长把我坑了：午间我曾问他，车站在什么地方？他说不远。不远和北站字数相同他为什么不说后者我永远也不明白。当时我不惜重金雇一辆三轮，令车夫尽快到达，结果到北站时我被告知，车已开出90分钟。

笔会跟我结完账，一个空调车票是我自掏腰包，又回到水心宾馆。尽管几位中原朋友大骂南方人心术不正，但我心里仍然得不到平衡。

次日一早，我又根据地图知识，查出温州到金华，金华再到建德，我仍于17日夜可到建德，那边祖荣兄跟我通了电话，南京车票替我买了。到车站，女站长对我说得十分科学："正常的话，你到金华可以赶上去建德的车。"

7小时路程，因为堵车，走了近18小时，顾文显生平第一次真正领略了什么叫焦灼！至金华已过午夜，车次日才有，我赶到张祖荣家，他那患精神病才见好转的老妻告诉我，昨天老兄汽车、火车站到处跑，几乎一夜未眠，早上7时半，已上车赴南京！

我把精心携带近7000里的鲜人参，用毛刷细细刷完，使白酒泡上半盆，留给我的兄台、文友与师长。

新安江风光远近闻名，我无心绪。朋友访不着，还玩山水，这新安江若是属于我的一张琴，我也一定摔了它！

又是4年，彼此老矣。刊物上相互读读姓名，人却正不知何日谋面。有时我想，不烦恼吧，没见着无妨，我们呼吸在一个国度里，更关键的是我去了，去他那小小卧室里小坐过。张祖荣的长相忘得一干二净，但他的名字和那日益被提纯的友谊，想把它忘却？难！

笨人于老大

我知道你行，于连顺。这话已讲过十好几年了，所有的文友都可以做证，包括你本人，相信不？

早先，作为白山市轴承厂磨工车间的一名普通推料工，你从没自卑过。是啊，工资没少给，奖金没少拿，更重要的是这几年你连篇累牍地在省内外报刊上发表散文、小说，发得咱市区内那些颇自负的小青年一双双眼睛滴溜溜圆：老于头怎么回事！于是，你说，没白活。你说。我知足了，还能咋的。

也有人嘲笑你，老于，活脱脱一个“出土文物”，百分之百的“老社（员）”。当你三伏天捂着一件千皱百褶的涤卡中山装参加我主持的一次文学讲座时，我的嘴角也无意识地下垂一次，现在是看衣着论层次，你怎么不好生打扮打扮呢？我的老大哥。

猛地你获了一个文学奖。别人说，咦，于连顺？听听。都说你笨，脑子死。你自己也认账，可是老于，他们说的是真心话，而你总是口服心不服。你这些年孜孜不倦地一篇接一篇地发表小说，要是打心里认输，你还不早停笔了？我的于大哥。

那就是别人有意丑化你？胡扯。有疼你的有怜你的有鄙视你的更有：那人太死。我不得不点头。一个党龄比工龄都长而且才思敏捷作风正派的共和国公民，在厂子一哈腰就是二十几年，到退休还是个推料工，怎么会呢？想想叫人热了眼窝。

远在1984年秋，你坐三站的火车，又跋涉10里山路赶到我家。那时候我憋在一个偏僻的小山沟里当教员，你是在杂志上读过我发表的一组诗歌，就专程拜师去了，多虔诚啊。记得你带去一首诗，叫作《步步登高》，我当时大加赞赏鼓励。垫着木墩儿剁杀一只鹅，为我们佐酒。你是多么容易满足哇，老大哥。那只鹅子你咀嚼了20年，弄得我面红气短，央求你别挂在嘴上。从那时，我们的友谊便开始了，质朴而执着。后来，我调入市群众艺术馆，你反复说，这下好了。你这从不知后门是何物的呆子，难道是暗示让我关照你？老于。

于是，我俩的距离越缩越短。你在郊外的小板石村，当时没汽车，我冒雨步行赴约。好家伙，那天给淋的！你获得了去四川泸州领奖的殊荣，匆匆骑车向我报喜，馆里找不到我，推20分钟自行车，爬到南岭敲我家的门。可我又不在，喝酒去了。凭着一点点线索，你找了多少门户，到底抓住了我的手。那天黄昏，大雨滂沱，瞅着你在那家地板上，一步两个大水印子，我该说什么呢，大哥，你偌大年纪了呀。

你读书的方法也笨。一本杂志到手，差不多要拱进去。不挑不拣，似李逵杀人，排头儿砍将下去，不是浏览不是读，简直是吃！直到把一本书翻毛了，变得有两本书厚了还不罢休。你这整天摆弄轴承钢件的手哇。

你写作的方式也不聪明。到家里看，孩子的废作业本、旧报纸的空白处，尽是你的草稿和提纲。定稿了，又来了你的笨劲儿，像小学生写小楷，一笔一画，抄得认真；错一个字，重来，这回你反又不心疼纸了。你说，尊重编辑。咱笨，别处可能失误，卷面上别丢分。你笨？我看你鬼着呢。我反唇相讥,屁,稿件不是书法。这个时候,我们有过几十秒的分歧,然后握手言和谈文学。

提起谈文学,我便想起了一件趣事。有天夜里你文思大发,起身将一些文字写于废纸上,第二天睁开眼正想自我陶醉一番,哎呀,草稿少了三页!你迷迷瞪瞪觉得小儿子仿佛去了厕所,你以冲刺的速度赶到现场,一把夺回你的心血。

说你笨,这结论很精辟。你当兵那阵子,换军装,别人都会撒个谎,逃避上缴,以求多赚几套,复员回家送给亲友,这大概谁都会吧?你可好,实打实:我的能穿,不缴。不缴旧的就不发新的,总后有规定。直到某一天,首长检阅,要求统一着装,一片草绿,唯有你,一抹淡黄。连长气疯了,训司务长:怎么搞的,给他补一套。你当了6年铁道兵,赚一套军装,就这么领的!

还有,复员后,别人都跑武装部、安置办走后门,要工作,过了这村没这店呢。你坚信政策,政策说得清楚啊,哪来哪去。解甲第二天,你就挑着土篮子归了田。倘若不是后来碰上复员军人“优先”的规定,你注定当一辈子农民。

活了大半生,你于连顺在别人辅导下撒了一次谎。那是你家属户口在农村时,生产队的稻田荒了,每口人派二分地的薅草任务,完不成秋天分大米便没份儿。你只好趁上夜班的机会跑回农村,一个白天你差点累瘫在田埂上。当晚咬着牙回到车间,两条木头腿提醒你站一夜恐怕要出事故,于是,你20多年唯一一次去卫生所开了张休假条。大夫问你哪儿有病,其实你随便说头疼肚子疼都行,可你又来那个笨劲儿,说薅一天稻子累的。大夫长叹一口气:“老于呀老于……”提笔写了:“右大腿扭伤”,这是你最对不起组织的一回。

就这样的人能写出小说?能获奖?难怪你的文章发在报刊上,一些认识你的人三番五次地核实，就是轴承厂那个？在六道江当过农民、脸挺长的那个？

1989年我曾对文友们说，于连顺要冲出去了。文友们笑笑，我也笑笑，笑与笑不同，你信不？

班上，你穿一身埋埋汰汰的工作服，弓着腰把工件一摞一摞装到车上，推到车间。那车轮子总是压得很瘪，像你这个人。中午，你又以同样的姿势钻进了书本里。之后，写，写，写……严肃认真，字字斟酌，像你那么写东西，我早就放弃了，我得不着奖，活该。接下来便是你去泸州领取"首届冰心杯文学大奖赛"作品奖，是小说《比重》，你带回的获奖名单我看了，于连顺又是名列第一，怎么了你，笨人于老大。

轴承厂的厂长拍着于连顺的肩头，"老于，去泸州，该吃，吃；该喝，喝。别坏了身子。"老于很受感动，感到厂长像叮嘱出远门的孩子一样。在泸州，领奖的作者，这个是作家，那个是记者，名片一亮，头衔一大堆。于连顺想，我报个啥？省作协会员？宣传干事？可话一出喉，又变了辙口："我是白山市轴承厂工人。"回到工厂，如释重负，向厂长汇报：我没给轴承厂丢脸，就是那虚荣的念头只是萌了那么点芽芽儿。酒桌上老于也对我抖落出来了。你这人还能藏住点东西不？

现在作小说，都摆弄写法，有事没事上万上万字地黏乎。你不。你说作品要反映生活。你把沉甸甸的积累，用最简练、最质朴的语言献给读者。你说，我这人笨，不会玩那些洋技巧，中国货还没消化完呢，忙着进口干什么？有篇小说叫《笨人王老大》，我是笨人于老大。

对，大哥。既然认准了这条路，咱就一直往前走，管别人说什么。

1991年8月9日上午，你急火火地给我打电话，告诉我你昨日23点从泸州归来，渴盼去你家一叙。酒满满斟上，是泸州老窖，笔会赠你的纪念品。第一个菜上来了，炒笋丝。我一看明白了，都是我无意中夸江南竹笋，害得你跑遍了重庆、成都、泸州的农贸市场，买了玉兰片。有这份心思，应当讨好那些有用的人哪，你何至于是现在。

你又说，昨夜，我在车上祷告：老天爷，千万别下雨冲坏了铁路，8号赶不回去，酒就变味儿了。忽然你打住话把儿，哎，你猜，今天是什么日子？见我茫然，你有些失落，又提醒：8月9日，说不出罚酒一杯。我依然不知所云，你的生日？你脸色一白，旋即正常，顾老师，7年前的今天，手拿一本杂志……我恍然大悟又大惭，可不，相识前我俩只是通信，书面约定要见见面，手拿一本杂志，新华书店门口……我抓起酒杯，一口见底。10杯酒也赎不下我马虎的罪过，我对不起这颗诚挚的心。我根本没把8月9日当回事，而你却千里迢迢奔回来纪念我们相识7周年！今生就这么定了，来世如能托生人，我与你还是文友，我的大哥。

听你在泸州又参加了酒城笔会，顺手牵羊又拿了个三等奖，之后你的《铃声响了》又进入了全国小小说大赛的评选圈，你获过世界华文小说奖、全国故事奖、宋庆龄基金奖，你被《故事会》等几家杂志出钱请出去参加笔会……还有完没完了你？再这样下去，连我这大度量人也觉得命运不公啦。

在文学上，我对你帮助不大，因为我也是笨人。你赠我一本《酒城史话》，扉页上题着“大弟子于连顺”真让我消受不起。相反，在做人上，在刻苦为文上，在观察生活上，我永远不及你呀。

笨吗？想想你开病假条那事，你是对的。人为什么要说谎呢？相识20年来，你对生活、对朋友的态度，我无法不由衷地折服：你不欺骗生活，生活怎会忍心欺骗你呀。

让我跟你一起，探讨最真诚的生活……等着我，老于大哥，您才63岁，路长着呢，让我们相搀着一起走。

日出那一刻

1978年早春，我所处的那个小山沟仍有市委派驻的工作队，他们要“继续革命”的成果，将一个除了下力挣工分什么都不关心的地主子弟传到一间空屋，体罚了一夜。

那时我是民办教师兼小队会计，被指派做现场笔录。学校一间闲置的空屋子成了审讯室，被害人吃过饭老早就等在那里。工作队一共两人，为首的姓庄，他们穿着军用棉大衣和大头鞋，进屋先用极其卑鄙的流氓手段，让被害人承认他老婆用色相拉前队长下水的事实，对方回答不知道。庄队长大怒，喝令面对他弯腰。另一帮凶向前把被害人按了再按，直到低于90度，然后，他们自顾抽烟，让被害人好好想。时间过去半小时，被害人额上冷汗如雨，双腿筛糠。庄某再次问，想不想说？回答，确实不知道，不敢瞎说。庄某往那铺废炕上一仰，抬脚就点在对方肩胛处，一用力，被害人咕咚倒在，呻吟连声……那帮凶嘴里边骂着“少耍狗驮子”边踢被害人的肋骨，命他站起来。第一次单独面对这样残酷的场面，我恐惧得浑身哆嗦！

庄某眨眼间又变得和颜悦色了。问对方，都道十个社员九个贼，你平时小偷小摸有过吧？对方说，想过，可不敢，咱成分不好，抓住就要命了。庄某又问，那你经过地头，发现地上丢着玉米棒，你会不会顺手捡起来呀？对方想了想，说，会。庄某就问，你一秋天，这样的事有多少次呀？被害人先前折腾了一头汗，如今又停下来“谈心”，时至零点，头发上已结了冰，嘴唇有些泛白，就口齿不清地答，有个十次八次吧。庄队长喜形于色地对我说，顾会计明天还要战天斗地，回去休息吧。我如遇大赦似的逃了回去。第二天一早，庄某向我报喜，坦白认罪了，盗窃分子盖了手印！我看了“认罪书”，对方承认自己15年来，盗窃生产队玉米棒260根。被害人是全队为数不多的存款户，几番批斗之后，庄某当众宣布，按每棒玉米罚款一元，从“盗窃分子”往来账扣除以上款项。我们那儿穷得尿血，这笔钱相当于一个整劳动力两年工分的总值！

这令人发指的兽行使我好几天心潮难平，面对这可怜的人儿受虐，我却连抗议都不敢，良心上过不去呀。待工作队一撤，我便擅自做主，把那笔钱给抹了去。谁知道，工作队安排的爪牙队长很快知道了此事，没几天，大队一个姓高的小支书怒冲冲跑到山沟，直接质问我，谁给你的胆冲掉那笔罚款？我一咬牙说，会计制度规定，会计有权拒绝不合理的开支，当然也就有权拒绝不合理收入，这笔钱无中生有，我有权拒绝，不必请求哪个。合该我倒霉，那个工作队的队长被任命为我们公社的书记，接着就派下专人来查我的账，折腾了一年多，搞得我筋疲力尽。那时，混乱了十多年的教育开始见到了曙光，我辞掉了会计职务，专心教我的书。

我时刻等待着暴风骤雨的来临。经验告诉我，当权者虽然查不出我贪污的把柄，他们依然不会罢休。我父亲当过几天旧警察，称作历史不清白，我其实是准五类子弟，蒙受羞辱不止一次。那年头，阶级斗争是纲，五类分子挨斗，其子女必须违心地率先上台批斗，公开声明与反动老子决裂，哪有人性可言！这回我偏袒地主，无异捅漏了天，我有心理准备,如果压力太大,就以一死相拒!

果然,那位时年20多岁的高支书几次率团来沟里,勒令我把那笔非法损失的“集体财产”找回来。我把那做账的单据找出来,让高书记签字后我再纠正错误并在大会上检讨。没想到那高书记坚决不签。其实这位极会钻营的年轻人已经嗅到了什么!我哪里知道山外的整个中国已经开始了翻天覆地的变化,只隐约感觉到自己抓住了对方的软肋,到底把那件小小的正义坚持到了最后,当年冬天,冤案一事不了了之。

我清楚记得,小山村总人口104人,落后而荒凉。我把心思全用在20多名孩子身上,业余时间,写点诗文消遣,同时把一些萌芽状态的文艺思想灌输给这些孩子们。这时,生产队解体,我们队的一位历史反革命分子被请到乡,还当了政协委员,我知道,变了,那个不生产专整人的时代结束了,心有余悸的我小心翼翼地试探着发展,我于1980年夏创建了文学社,两年后,在省报发表诗歌,同时,我冲破重重阻抗,与另一名教师坚持在小学的基础上加办了初中班,吸引得山外孩子跑来就读,这些孩子初中毕业,考试成绩震撼了全乡!我也以创作小有成绩,调入市群众艺术馆,后来,又定居省城,23年过去,有800万文字见诸国内外报刊。

小山村总共走出大中专学生7个,我一算,不禁出了一头冷汗,7人中6个是“高成分”家的子女,这些无辜的人才险些埋没了,他们同是中华儿女呢。最露脸的是那位“盗窃分子”的儿子,中国人民大学毕业,现在是法学博士,在北京某学院任职。失去联系多年,博士最近突然找到我家,执弟子礼。说到当年他幼小时听父母说,顾老师是真正的男子汉,正义,咱家辈辈不敢忘记他。听到这话,我鼻子立刻酸了,若不是三中全会,你老师30岁前就屈死了,说什么忘记不忘记!博士有些不解:

“那时候，改革开放不是已经开始了吗，怎么……”

不假。改革确已开始。然而，太阳蹿出东山的那一刻，人们往往感觉特别冷，那是阳光把冷气逼了过来。我与他父亲经历的，恰是日出那一刻。当然，冷风过去，便是艳阳天……

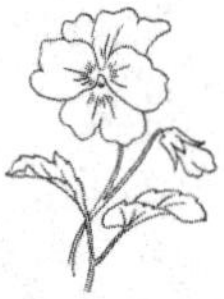

斗　士

当编辑那几年，我简直进入大公无私的境界了，对作者来稿，恨不能当成自己的血汗来爱惜，遇有可塑之文，扔下自己的创作，不断地给人提建议，一遍一遍地指导人家修改，有时候，干脆把自己成熟的点子都送给人啦。事过之后，常悔得要命，可遇上下一次，还是改不了这好为人师的贱毛病。

不久，有了网络，写手们在网络里一阵撒欢，禁不住诱惑，我便以实名登了录，经常去那里发表点看法。记不得是哪天啦，收到一位网友的问候和感谢，署名是江西广昌肖洪。为什么感谢我呢？详细询问才得知，原来是我帮他修改了一篇故事稿子的结尾。

就这点事啊。此类活儿我自己也不知道做过多少，哪里值得一谢。我感觉这是个很重情谊的后生，便通过短信息与之交流，再后来，又相继编发过他的几篇稿子。我夸他散文文笔和思路都不错，一来二去，我们便成了知音。每次，他都虔诚地问候恩师和师母。尽管“恩师”的赞誉有些夸张，我还是很高兴，被人尊重的感觉挺好！

不过我渐渐发现他写的内容与我认定的年龄不符，就核实他的岁数。肖洪的答复让我大吃一惊，他居然长我好几岁，原来他不喜欢别人知道年纪那么大了还上网，故意用年轻人的口吻发表见解，竟使我上了当！我连道失敬失敬，老大哥面前，怎么敢以师尊自居，我从此改“肖洪先生”为“肖大哥”，两人交往得更密切了。

2006年夏，肖大哥告诉我，为了与域外的亲友“见面”，他装上了摄像头，说如果方便的话，能否与我视频。我欣然答应。某个夜晚，我俩联系上了，我一看，哈，跟印象里的那个灵敏精干的网虫差异太大，肖大哥是个和善的胖老头儿！他在视频中看到了我，欢喜得手舞足蹈，我的情绪也不由受了感染。都不太会操作，视了频就不能通话，他干脆把电话打了过来，告诉我，见到面了，真是见到面了。据说，那次他兴奋得一夜没睡好哩。

肖大哥悄悄告诉我一个隐私，他患直肠癌做过手术，腰间一直悬着粪兜，非常麻烦。可他为了自己的追求和爱好，硬是与癌症顽强斗争，这一挺，就是13年，而他虽已64岁，却完全有信心活到正常人的年龄！

这回是我彻底感动了。想不到文质彬彬的肖大哥，行为令赳赳武夫汗颜！与病魔斗争，信心、勇气和毅力缺一而不能为。我本来就尊敬年长于我的人，对肖大哥，更是近乎崇拜，他与病魔抗争的精神，与贪生怕死不可同日而语，那是体现了高智能生物蔑视邪恶的一种神威！

2006年秋初，灾难突然降临到我的身上。不慎摔了一跤，接着就发烧，又遭误诊为间质性肺炎，最后高烧常达40摄氏度，那真是痛苦不堪。最终查出是腰椎骨结核，远赴太原求治中医，翌年夏天才得痊愈。每当万念俱灰时，我便以肖大哥为榜样，告诫自己不可轻易放弃。死里逃生，有肖大哥的功劳！我的病情，牵动着肖大哥的心，网上不见消息，他就打电话问候。想象我重病，爬起接电话一定很艰难，那真是打也忐忑、不打也忐忑啊。

去太原的前几天，突然收到肖大哥寄来一包莲子，说他家乡莲子远近闻名，让我煮粥食用，聊补身体亏虚。妻将邮包取回来时，我差点落泪，肖大哥那样的身体，还惦记着我，这份如山的情谊，我承受得起吗？

肖大哥确是位重情谊的好兄长。在音乐方面，他造诣深厚，足堪为我之师。家乡有一种地方戏，就通过他的一本专著保存下来，那专著文采飞扬，体现了他渊博的学识，令我叹为观止；而他明知我小他好几岁，称恩师绝不更改。当编辑时，他与我信息不断；我回家赋闲养病，他问候得更是殷勤。

春节期间，与肖大哥断了联系，网上搜寻，不得回复，我才知道，此生缺了他不行。于是隐约有一种不祥的感觉，他可是患了癌症的！这样折磨了许久，到底某一天收到他回复的短信，我方松了一口气。敢情是他家乡雪灾，电路坏了，根本无法与外界联络；及至通了电，他手脚已全被冻坏，无法打字，这回是坚持着用拇指基部按键盘给我回复的。

哦，肖洪大哥，坚强勇敢的斗士，癌症都无奈你何，冰冻岂在话下？！我猛然想起，少年时年年犯冻疮，百治不愈，我自己研制出一种冻疮药膏，把山沟几个患者全治好了。我一定努力搜寻记忆，再度把它研制出来，为你与癌症搏斗中，剔除一点小小的烦恼。

三年相处，为期不长，可那种顽强乐观的精神，不知不觉传播给了我。肖大哥，在人生的道路上，你才是我的恩师！

·夜访故事家

小路弯曲、坎坷，干盼走不到头，累得你通身大汗。向导频频鼓励："快了，拐过这个弯就是。"

这个弯儿，拐了20分钟。

就踏起一阵紧似一阵的狗叫，几个黑暗处亮了窗口，踏过木杆搭的简易小桥，大石人乡文化站站长张光明喊一声："老王！"

立刻有两个孩子冲出，不睬我们，却径自去摁住两条狂扑乱叫的狗。

大嫂热情稳重。孩子憨厚羞涩。只这个顶满脑门子酒汗的大胡子农民，便会是民间故事家王庆友？

肩上觉得沉甸甸的。下午到大石人乡，党委副书记钟兴远同志一再表示要陪同前来，我说，你事多，再说，只是去鉴定一下，究竟够不够，两说呢。

走出很远，钟书记还在路口目送我们。现在，全省已有故事家11人，不幸又去世1位，倘若王庆友成为第12个，不仅是三岔子区的殊荣，对于在全省发掘民间文学遗产，弘扬民族文化，都有很深远的意义！

王庆友有些激动，说些不着边际的感谢话。张光明了解他，说："来，咱们喝酒。"

我一愣,跑这大老远,为喝酒?

其实王庆友早知道我要来,特意杀了一只羊,今儿盼,明儿等,已经没信心了,我们又踏月来访,瞧把他喜得!

一杯酒干下去,庆友下地,去外屋搬进一个纸箱,打开,全是红高粱酒。我有 4 两量,见这阵势也怵:“庆友,可不敢喝大了!”

“你不是写诗的嘛,‘李白斗酒诗百篇’,喝了酒才有文章呢。”

知道我会写诗?看了张光明一眼,我晓得准是他替我瞎吹的。

庆友讲了他第一个故事:

李白不但号称“诗仙”,而且有“酒仙”的美称。名声传得远了,惊动俄罗斯的一位酒王。酒王想,我喝遍天下,没撞上个能喝的呢,怎么中国又出了位比我厉害的?就捎信来,要和李白比试喝酒。李白说,哪天你来吧,我请你喝。

李白找人切了七大缸萝卜块儿,调上黄豆煮了,放上盐。等俄罗斯酒王来赴约。

来了。盛一碗黄豆萝卜块,一人一坛酒。喝了一阵,酒王吃了一块萝卜。李白说:“兄弟,省着点,这么吃法,喝到半截,菜早没了!”酒王一看,哎呀娘,七缸咸菜,喝到半截,没菜了?我喝不过人家,不如早逃。爬起来,跑了。

哈哈大笑。我点了点头,对路,这就是民间故事。

王庆友的小儿子在一旁听。庆友撵他“看看羊去”。光答应,不走。赶出三次,三次又偷偷溜进来。

民间故事这么大吸引力?这天晚上,谁也没看电视,边喝边听庆友讲。也真是,如此老实木讷的农民,喝上酒,那故事没完没了的!

王庆友是山东安丘县人,20 世纪 70 年代才到东北,在童年,家乡的齐鲁文化养育、熏陶了他。见天晚上,他跑去听人讲故事,哪有讲的他往哪里去,往往讲着讲着,别的孩子陆续走开,或是在一边睡去,唯独王庆友,蛮有精神,于是大人们给他起了个绰号“靠杀灯”。

靠杀无数盏灯,藏了一肚子故事。多少年,不敢大张旗鼓地讲,就自己在心里一遍一遍叨咕。如数家珍,越叨咕越少。岁月是最残忍的销蚀剂!

那就都讲出来吧。庆友仗着酒胆:“我不怕,再来运动,我也活得不大离了!”甚至有好心人劝他:“你别胡咧咧!”

我给他讲,放心吧,那场浩劫,作为历史的耻辱,作为民族的耻辱,已深深刻在后人的记忆中,绝对不会重来!要相信党。

庆友无话,抓起杯一饮而尽。不是党的政策,他日子这么富?

这是去年冬天的事。而今,我与庆友打交道已几十次,他讲述了300多个故事,目前,我已将其事迹上报省民协,作为吉林省第12位民间故事家,对王庆友仅是个时间问题。

夜阑。酒酣。星斗一天。我们咋咋呼呼出门留影。故事,记在纸上,庆友的形象,我记在心里。

旧历腊月,时进春节,我头一次在酒桌上谈工作,并且取得了从未有过的成功。

你说,我会忘记吗,庆友?

·友情考验

去年5月26日清晨，突然接到远方一位老哥哥的电话：“弟弟，我病了，住进武汉协和医院。我很想你呀，你来看看我吧。”

知道情况不妙，可我正让稿债逼得脑袋嗡嗡响，实在脱不开身。还有个更重要的核心问题，那就是钱！我大脑飞快地计算了一下，长春到武汉，往返车票至少千元，加上其他花费……惭愧地讲，往常对朋友付出都是小打小闹，因我不具备视金钱如粪土的男子汉资本，也从来没有对朋友做过如此大的付出。然而，老哥哥口吻是那样的无助与凄凉！我心疼钱，可我更心疼友谊！前年我患腰椎骨结核，病在距家乡280公里的省城，高烧达40摄氏度。躺在病床上，逐个思念我的朋友，那时，即使一个问候的电话，那是怎样的安慰啊。那段时间，让我饱受了感动与失落的煎熬，现在，同样的难题摆在我面前，不能让我的朋友失望。我冲动地对电话喊：“哥哥，等我，我马上看你去！”

我与他起先只是做了3年的笔友。他是我的“粉丝”，年龄性别皆不清楚。后在信中称其“兄”，他高兴得忘乎所以：“我是独子，肯定比你大，你当我弟弟，可不许反悔哟。”对所有年长于我的人，我都尊称“某哥”，我的词汇中不存在“老张”“老李”的称呼，这是原则。于是，我便结识了这位哥哥。去年到湖北长阳参加笔会，首次绕道去看望过他，两人相似处竟有许多，彼此相见恨晚，都庆幸得到了一位好弟兄。

都说人生如戏，可我们俩的戏刚刚开幕，不，不能就此结束。

29日中午，兄弟相拥于汉口协和医院楼下。我吃了一惊，老哥哥脸色惨白，目痴气短，果然病得不轻！据说是颈椎两侧血管堵塞，没形成脑血栓，实在是万幸。

我最初的打算是赶到那边见他一面，最多陪他三天，绝对尽到了弟兄的义务，家中事情实在太多了。然而，见面后，嫂子欣喜已极，说："你哥哥见你，一下子变了样，前天吵嚷着要租车回去安排后事，说是撑不住了。"我更是大吃一惊，他平生极少交朋友的，千挑万拣看上了我这个兄弟，他已经对我这个存在不少缺点的朋友产生了感情依赖，我无论如何不让他后悔，冲的就是他这份信任。于是，协和医院对面道南有家叫海丽的旅馆，成了我的栖息地。

放下所有的设想，我安心陪哥哥治疗。早饭后，我上班似的去他那边陪他聊天，做贼似的躲避医生形式主义的查房；下午，陪他到中山公园散步。他的病情一下子得到了逆转，我知道是药物的功劳，但是，也不能忽略我的精神慰藉和鼓励。我想象得出，如果当初以某种借口不过来，对他将是致命的一击。夜晚回到旅馆，小房间热如蒸笼，蚊子不断在我耳边制造恐怖，害得我通宵折腾。这种时刻，想到自己正在做着别人极难做到的事，我居然充满了成就感。

老友出院，为稳定其情绪，我陪他回了大别山区。又是四五天，最后，老哥哥于心不忍，这才放我离开。

从山区到河南信阳车站，要140公里，凌晨4时多，在出租车前，老哥哥将我拦腰抱住，只说了一句："还能见面吗？"就泣不成声！

40年前，我曾将煞费苦心积攒了准备买一把二胡的40元钱拱手资助了一位去北京上访的朋友；此番离家长达 19 天，历史将从我的写作成绩中抹掉数万字的记录。然而，在金钱与友情之间，我选择了后者。不悔。那点损失与我战胜自己小气的弱点，让我更深切地理解一回人与人之间亲和的魅力并完成人格的又一次飞跃相比，简直可以忽略不计！

会见善良

偶尔发现一个女孩故事写得不错，编发完，便回信鼓励了一番。8月，邮箱收到回信是女孩的哥写来的，说他妹妹去外地打工了，邮箱由他代管。我很感动，如此懂事的孩子，不但有才，且肯为父母分担苦难，我应当扶持她！接连去信，告诉她打工时，别扔下写作，她很有前途的。女孩的哥哥被我感动，回信实言相告，小妹在广东被拉入了传销圈子，如今六亲不认，谈了数年的男朋友小王，都遭受了她的白眼！小伙子愤愤不平："小王人品、才华都比我妹强，我们全家都恨我妹……"女孩的哥哥说，妹妹宣布断绝关系后，那小王悲伤之余，想到"岳父母"，女儿陷入传销，可能比他更难过。竟从邻县坐数小时汽车，又攀20里山路，几次去他们那偏僻的小山沟里抚慰双亲。男孩在县中学教务处工作，每个月挤出300元，接济两位老人……

我被深深打动了。物欲横流的时代，哪里寻找如此重情谊的年轻人去！错过这个男孩，不但是那女孩的损失，也将是我终生的遗憾，如果他因为失恋再受了刺激，那我更应该帮他。我要求，如果小王不介意，我想与他沟通、交流。不久，男孩发来邮件："顾老师，我就是那个小王……"几封通信，我们的心贴得很近，没想到这个男孩如此善解人意！

是在去年9月中旬。其间，我去了趟北京。男孩屡次发短信，告诉我，女孩已另有所爱了，还当着新男友的面，打电话羞辱过他！眼下女孩被套牢，没有生活来源，向他求援。男孩说，想起那番羞辱，他绝对不可能与女孩和好，然而他不能见死不救。多重情义的孩子！我感动得眼睛都潮湿了，我建议不要给很多钱，那会让女孩陷得更深……男孩立即给她打去了生活费。

那么有才华的女孩，人也差不了，遇上痴情男子，是意料中的事。我感觉，男孩患难中帮助她，或是在期待她回心转意。我就暗示，想尽力说服女孩要她回心转意。男孩说，他不可能接受她了，这次帮她，完全是出于道义！

道义？曾经爱过的女孩，一边接受着他的资助，却与另一个男子耳鬓厮磨，并当着那男子的面打电话刺激他，这是怎样的伤害呀！尽管，我知道感情这东西，绝对不是局外人能左右的。我仍然婉言劝说他原谅那女孩，我真害怕女孩失去了他。男孩恳求我："您千万别出头。她对您敬若神明，假如知道您掌握了她的行为，她可能会死……"唉，女孩，我真为你惋惜。你今生还能遇上另一个如此为你着想的男孩吗？

与男孩交往一个月后，我突然应邀到宜昌参加一个颁奖会。年近花甲的老汉我从来没如此激动过，我要会见这个被称作"小王"的男孩！查了一下地图，男孩在谷城县，距宜昌虽远，也还是本省啊，错过这机会，此生怕再见不到了。我给他发了信息，问他能否去宜昌见我。小王简直有些受宠若惊，表示一定前去，并反复核实我的电话，叮嘱我可别忘记手机充电。我告诉他，会议主办方没有通知在哪家宾馆报到，10月26日午后3时，我在宜昌站下车，希望他提前到站，坐他们接站的车，那就方便多了。万一他迟到,再打电话找我,既然在宜昌,那就不会失之交臂。

我这颗心如秀才望榜,好容易盼到宜昌。我故意等到出站人走完了,也没见到小王。坐到接站的车上,给他打电话,男孩说,老师,您先报到住下吧,我随后肯定找得到您!

没想到,那汽车一路狂奔,将近两小时,才到达目的地,原来会议地点定在了长阳县!小王若是追到宜昌,举目无亲,这孩子……我岂不是害了他吗?我马上打电话,男孩还是那话,放心,今天夜里我会赶到您下榻的宾馆!

男孩到底追我到长阳。我握住那双有些柔软的手时,会议晚饭都吃过了。听他讲,男孩觉得应该向“岳父母”报告这大好消息,他从谷城乘车到漳南县,又到巡检镇,再由“岳父”骑摩托接去那山寨。爷儿俩守着火堆,直唠到黎明。老汉极想随他一起来见我,又恐我怪他唐突……我还知道,女孩的母亲对男孩欲言又止,最后一咬牙:“小王,她(女孩)不值得你搭理,你看她小妹……你中意不?”现代版的《姊妹易嫁》!男孩鼻子一酸说,妈呀,你和爸永远是我的双亲,可与小妹,不行。

回到宾馆,男孩马上给女孩的父亲打电话:“爸,我见到了顾老师……你尽量劝劝妈妈,别让她太费神了。”

男孩兴致勃勃地陪我观看了土家族的民俗表演。次日一早,他要赶回去,学校只给他这点假。相逢只一夜,何其匆匆。我送给男孩一点钱,算资助他的路费,可小王不收。交谈中,我得知,女孩那个新男友抛弃了她,因为新男友家里嫌她个子矮。这回我彻底清楚了,男孩帮助她,完全是一种同情和怜悯。一个容貌清秀的大本毕业生,经不住家长再三催促,他已经有了女朋友。男孩说,如与女孩再续前情,那也会伤害现在的女朋友啊。

我为那未曾见面的女弟子惋惜。接触了善良,就绝不该错过,我会用余生去呵护这笃重情义的男孩。我坚信我的判断不会错,已经60多岁的人啦,还看不透个后生?

今年力争专程看小王去。长春到谷城,路很远,但我俩的心很近。

· 童年玩伴

刚到姑奶奶家，我便实实惠惠撒一泡巨尿于她老人家褥子上。姑奶奶终生未婚，从未见过这阵势，把我那“艺术杰作”看了一遍又一遍，笑得眼泪鼻涕都出来了。

屋里不知怎的进来一个小姑娘，大拇指优雅地放在嘴里吮，见姑奶奶笑，她看看那尿窝，看看我，终于把拇指吐出来，也笑了。

为此我对姑奶奶有很大的意见。庙里还有几个令我呼之为姨的女人，姑奶奶冲她们怎么取笑，我能承受，唯独当着这个和我般大的丫头说这事儿，太让我害羞！后来得知这女孩叫小杭，仿佛没爹，她娘是个绾疙瘩鬏裹小脚的旧式妇女，与姑奶奶关系甚密，姐妹相称。不上三天，我便与小杭熟了。

那年我五周岁，旧历正月底随姑奶奶从青岛到即墨县城，城内河南磨市街有座茶棚庙，姑奶奶出生三个月便被送入庙中为尼，中华人民共和国成立后，蓄了发，却已熬成该庙的“看守政府”的“一把手”。她去市里看我父亲，被我当时的小聪明迷惑住，坚持要领了去，谁知弄了个尿炕精。姑奶奶觉沉，睡过去便被我作了案，有时竟半夜半夜地坐着守我，直到最后唤起来尿到她满意的量，才战战兢兢入睡，我真不知她后悔没有？姑奶奶是爱我的。她是个京戏迷，庙里吃剥削饭，没多少应酬，她便教我京戏。我儿时嗓子细，小孩子记忆又佳，没多久，《玉堂春》《武家坡》《四郎探母》等大戏差不多让我学了个遍。姑奶奶脸色白白地说："这孩子，未必好养。"就让我磕头，认王母娘娘为干妈，如今细算，我还是天上的皇亲国戚呢，别看在凡间没混出人样儿来。

我唱戏，小杭便站在一边呆呆地吮指头，那目光一刻也没离开过我。姑奶奶一离开，她便从兜里掏出自己的核桃、杏核、沙包毽什么的小玩意儿巴结我，教我游戏。我就咿咿呀呀酬她一段儿，小杭便又吮着指头呆看，我唱完半天她才醒过神儿来。

"真好。"她说，仿佛我不会尿炕专能唱戏。

老实讲，我不爱学戏专爱找小杭玩。

姑奶奶让我平时说话用京剧对白。早上，她便用老旦唱腔唤着我的乳名问："昨天夜里可曾将炕与我尿了？"

我得勒着嗓儿答："小奴不敢尿炕，请姑奶奶查看。""待我看来。"姑奶奶走着台步，揭那被子，"果然未曾尿得，哎呀呀，你真是我的好孩子呀！"长了，觉得没味儿。姑奶奶见小杭与我形影不离，就和小杭娘说："把小杭给俺孙子当媳妇吧。"

事情就这么成了。

我却不高兴，觉着别扭。特别小杭她娘，动不动逗我："把你媳妇看哪去啦？"我烦，又不敢打她们；有时下决心不理小杭了，可又忍不住要跟人家玩，唱戏也比唱给姑奶奶们听有更高的积极性。就这样，一个"包办婚姻"并没影响我俩的关系。

小杭常常在姑奶奶家玩到半夜，姑奶奶讲些吓人的故事，"红眼绿爪子，专吃小人儿脑子"，小杭吓得拱进我怀里。我也怕，可在小杭面前，要装成英雄的样子呀，我拍她肩："糊着窗，妖精进不来。"

跟小杭相伴，赶集、抓杏核、踢毽子、藏猫儿，还由大人领着看过一个彩色电影《梁山伯与祝英台》。小杭娘挺疼我，每有好吃的，必要揣来或邀我去她家吃。当然，她和姑奶奶关系好，抑或没有儿子的关系吧，总之，绝非因为我是"女婿"。仿佛是六七月间，某夜，小杭在姑奶奶家找我玩，很晚了，她娘纳腻了鞋底，说："你在这儿吧。"喜得小杭搂住我笑。她娘道："看这小两口亲的。"

姑奶奶铺好被子，戏问小杭："跟我搂着，还是跟你女婿？"小杭朝我噘噘嘴。其实只一套行李，姑奶奶让小杭挨着我睡，我因她娘那话还生着气呢，见小杭脱衣，戴个花兜肚，兜肚下摆缝着一枚大钱，忍不住好奇便又和她搭话，问她这钱是干什么的。她说，肚脐大，用它压着，是银的呢。

谁知这一次竟成永别。第二天，继祖父过来，用独轮小车把我接回乡下，事先连姑奶奶也不知道。车子走出庙门，看见小杭，车子没停，我知道她也看见我了。那时连句"再见"也不会说。

半个多世纪过去，姑奶奶"文革"间被红卫兵斗死，我12岁便流落到吉林……小杭现在儿孙绕膝了吧？还记得"小女婿"否？磨市街小巷黑门深院内，曾住着一位与我同龄的女孩，妍媸胖瘦，甚至梳什么辫子，我全然忘却，独有一件事却铭记在心：小杭，同你分手前夜，我奇迹般地没有尿炕，只因你睡在我身边！

咸鱼白米饭

40年前，每到冬季，我便半夜起身，装一爬犁干柴拉出山沟外，到10里外的道清镇去卖。年少乏力，将干柴拉到街头，往往是傍午时分，而干柴每斤大约值6厘到一分钱。

这天，风雪交加，我站在街上，一些围观的闲汉不仅不买柴，反而对我的柴百般贬低，有说我的柴漏过雨色泽不鲜的，你若是硬木他说不爱起火苗，你若是软柴他又说不抗烧……那架势仿佛我不但应当白送给哪位，还应当越多越好地付补偿金！天冷肚饥加伤心，我不禁在冰天雪地中大放悲声……

正哭着，有个干瘦的老头儿挤进人群，问："谁的柴，咋卖？"我连忙说一分。那老头儿抬脚往爬犁上踹了几下，对我说："送到我家吧。"

其实一分也是我"要谎"呢。我不由得暗自欣赏自己多亏喊出了个天价，看来人老实了活该吃亏！那天气可冻死个人呀。

爬犁便进了老头儿的院子。屋里一个老太太闻声出来吵道："不是才买了吗？怎么又……"老头儿冲她一挥手："别管！你没瞧见街头那帮死人儿拿这孩子取笑，我买下不就得了。"说罢，他拉我，"先进屋暖和暖和，不急着卸。"一下子将我让进暖烘烘的小屋里。

“多大啦,小伙子?”老头儿问。

“16。”

“16? 这么矮。”老汉不信。

我答生日小,还不足15周岁呢。老头儿盯了我半天,突然扭身去了外屋厨房。听到他跟老伴似乎争论了半天什么,最后,老头儿过来问我:“你这爬犁柴火大约有多重?”

“180上下。”这是我的记录,每次过秤都在120~160,凭感觉,这老头儿可能没秤,买卖双方商定一个均能认可的数字成交,谓之“估堆”,别看他买下我的柴,分量得往上顶,说不定他想捡我的便宜呢。

没想到老头一笑:“就是180。”他指挥我卸了柴,又让我进屋。如数点钱给我。我心头美得不行,这是最顺利且效益最好的一次!

揣起钱来,老头儿又极慈善地按我在炕上稳坐,他老伴从灶间端上一大碗白花花的米饭,上面三块油汪汪的煎鲅鱼。老头儿温和地说:“这么点年纪,受的是什么罪啊,现在柴钱结清了,你放心吃了再走吧。”

身居荒僻的山沟,细粮只是偶尔有点黄米和荞麦面,我几年没闻到白米味啦。那盖在饭上的煎鲅鱼,说不出的好吃。我狼吞虎咽,和着泪水吞下了这顿终生难忘的美餐……

转过年来,全体社员都被集合到一个矿山俱乐部开批斗大会,揪上台的黑五类分子让我大吃一惊,他就是解我风雪苦并赠我一餐咸鱼白米饭的史爷爷,我才发现,老人家仅有一只胳膊!

老史爷爷那次挨斗之后便自杀身亡,我当然没机会到场看最后一眼。然而,批斗那天喊口号时我可没吱声啊。老人家罪名是笑里藏刀用小恩小惠拉拢贫下中农,以达到妄图变天推翻无产阶级专政的目的。我无推翻“阶级敌人没好货”的理论,可我更相信,史爷爷那番怜悯那顿美餐跟变天和政权什么的挂不上边。

二胡之梦

很小的时候，我就喜欢音乐，特别是羡慕那些器乐演奏家，你看，就是那么普普通通的一个乐件，经他们一吹或一拉，优美的曲子就奏响了，比大活人嘴里唱得更动听，真是奇妙无比！我想，我将来一定要当一名乐师，往舞台那么一坐，啥名角儿都得听我的，神气透啦！

可是，12 周岁那年，我父亲傻乎乎地把我们全家从青岛市中心迁走，搬到一个无电、无水、无学校，只有 100 多人口的偏僻山村，这儿除一个跳大神的会鬼哭狼嚎地吼几句，再没会哼哼调儿的，也就等于把我永远地关在音乐大殿的门外，那时候，没有禁止使用童工的法令，我只好成为生产队的劳动力。

5 年后，我们队回乡一位初中毕业的青年，姓薛，他很聪明好学，有一天，不知从什么地方搞到一支简易竹笛，并能吹一些曲子，我和二弟跟着他在小山沟里唱完正月、二月，小山沟开天辟地头一回有了歌声，我们受到各家贵宾般的接待！这一下子燃起我心底隐藏多年也并没熄灭的火苗，我花了 1 角 4 分钱托人从十里外的小镇买回一支笛子。

谁知道，刚吹了几天，我父亲就出面干涉。他不想承认自己专想把我培养成劳动工具的用心，爱音乐必然耽误干活呢，他说，吹笛子伤气，为你以后的健康,不准吹。他又说,拉二胡可以。

二胡,我当然也喜欢,但去哪买?父亲明知我根本买不起才开了这个“恩”,那位小山村文化的启蒙鼻祖薛老师搞到了一把破京胡,这是我们当地最高档的乐器,我只能干眼馋,费尽心思从山上搞回一截烂心木筒,剥一段蛇皮做成琴仓,真是太遗憾啦,蛇皮太薄,制造技术又差,用尽九牛二虎之力做成的“土二胡”根本发不出声音!

这件事让我伤心了好久。但我要成为二胡演奏家的美梦绝不肯轻易破灭啊,我想,一定要攒钱买把二胡,我在十里外的大队看到毛泽东思想宣传队的一把二胡,很高档,带机轴的,真把我眼馋死啦,一问价,让它吓个半死:54元!

54元,在当时要1000工分,相当于一个整劳力不吃不喝辛苦100多天的工资!我在家里毫无地位,一年难得几次去外地买东西的机会,回来要把账目跟父亲一分一分地算清,要买回这样的二胡,太难啦。

可我已经有了12多元,藏在草房的檩条里,既怕父亲发现,又怕老鼠咬,一年中要察看300多次的。下决心买二胡以后,我千方百计攒钱,割草、采药,还必须瞒着父亲托邻居帮助卖。一旦漏了风声,就得归公,父亲在家里实行公有制的。有一次去市里,看到一把摔掉了脑袋的二胡,减价到34元,那摔断的琴脑袋完全可以用万能胶粘上的,但是我总共才积攒了29元多,只好干着急……

我觉得再奋斗三五年,说什么也能实现我的二胡梦,于是,我开始在大脑内想象一把二胡,左手练指法,右手练弓法,无论是挑粪还是扶犁,我总把左手按在扁担上或绳套上,一边默唱着曲谱一边练手指,夜里,在炕沿上、棉被上,一练大半夜,我的左棉裤膝盖以下棉絮动不动就滚了疙瘩,母亲感到奇怪:这是咋啦?只有我清楚,我在腿上练指法呢。

1971年,我为二胡整整地攒了六个年头,钱还差一些。这年冬天,我随生产队的马车组去通化市五道江搞副业，结识了一位叫刘法常的鞋匠朋友，他因病被煤矿无理开除，家中5口人蜗居于路边一间小简易房内，吃了上顿没下顿，跟我讲起他的经历时，30多岁的汉子，鼻涕一把泪一把，他打算去北京告状，可钱在哪里？

我连夜赶回家中，走了30里路，从房檩上取下我多年积攒的血汗钱，一遍又一遍地数，数够了，心疼地藏回原处，想一阵，又把它们取下来。这样直折腾到天明，我一咬牙，将钱揣在兜里，送去给刘法常，还帮他写了份上诉状。

刘法常获得了每月每口人8元钱的生活补贴，直到他13年后病死。

我呢，命里和二胡无缘，终究在音乐上毫无造就。然而，我从未因此后悔过，我酷爱二胡，但更忠于朋友，二者之间，你说我选择什么！在刚刚迈出真正人生的第一步，我用46元钱，写成了我自认为十分精彩的乐曲，凭什么还要再苦苦地想那二胡？

树　王

有惊呼从四面八方传来：森林资源锐减！森林资源枯竭！

没有森林，地球上的一切生命乃至人类都将灭种。

那么中国呢？中国森林面积不及世界的四分之一，这只是个数字，关键的是我们的森林质量不容乐观。假如树木影响着人类的生命，那么，谁更需要拥有更多的树呢？

怪不得中国有了植树节。全党动员全民动员一到节气便浩浩荡荡奔赴荒山野岭，可树木干栽不见多，没效率。栽活的没有栽死的多，栽活的没有砍伐的多。笔者在一个弹丸小乡驻地住过一段时间，这儿有较大的森林。就在先进林业站的眼皮底下，竟然存在着合法经营的5家木材加工厂，我们的森林在减少吗？不。就在我的故乡，30年前，那山沟森林是国有林，里面巨大的树木比比皆是，而现在去一看，广袤的森林里几乎找不到直径半尺的树，问原因，有位小学教师说：“偷光了呗。煤矿是祸根，利益是元凶。”是的，从图表上看，某些地区森林面积扩大了三倍，可实际上是把一株合抱粗的树砍走，栽上了四株手指粗的苗苗。我们能躺在这虚幻的数字里自我陶醉吗？

于是孟广财说，不。

孟广财是山民之子,从小就与荒山在一起。说不准是什么原因,他父亲很爱栽树,于是小孟也喜欢。他经常偷偷摸摸地在房前屋后东捅咕一棵西捅咕一棵,这爱好直到他当上小学教员后仍没改变。望着房前屋后光秃秃的大山,小孟经常想,这要是全栽上树,那可“海”了。

早在1982年,原浑江市石人镇后堡子大队的土地分给农民耕种。小孟的脑细胞空前活跃起来。他把房前屋后的荒山粗粗地步量了一下,一个念头便随着他坚定的步履扎下了根:包下这片山,栽树,栽上属于他自己的树。

栽树最起码得买树苗吧,得有钱。没有钱,理想只能是空话。我们本文的主人公以鹰隼般的目光盯准了这样一个结果:生产队一解体,个体农民急需小型畜力车。他决定在畜力车这一点赌一把。果真,当孟广财办的专做小型车轴轮的厂子一开张,立刻生意兴隆,顾客盈门,钱便如流水般哗哗而入。孟广财小心翼翼地挣了两万多元。两万元户。万元户算个啥?可那是贫穷北方的1983年呐,1983年全中国都缺少万元户。孟广财面临着痛苦的抉择。他要从大把大把赚钱的轴轮厂抽出身来,到一个大荒坡上去摆弄十几年后才见利的树苗,而且要押上他所有的钱。

在跟我讲这段经历时小孟神色平静得仿佛在谈论外国某处的一场雪崩。别扯了,小孟,当年你的心被欲望之虫钻成了莲藕钻成了蜂窝你承认不?作为教师,那地位虽不显赫,但那可叫国家干部在农村高出别人半个脑袋哪,伙计。老婆爱你就一点不为这?邻里羡慕你就一点不为这?而今要你扔下铁饭碗放着堂堂国家干部不当却去干连目不识丁的农民都不屑干的造林事业?反正我知道,你老婆从来没说过你这么干对。

这个故事再啰唆下去意义似乎不大。小孟于1984年承包了他房前屋后的三面山坡,并动用现金购买了40万棵落叶松外加1万棵杨树树苗。当第一批真正属于他的树苗在春风中拱出一星星的嫩绿时，小孟的心也发芽了:他可是名副其实地当上山林的主人啦。主人，了得嘛。

事情没有写文章简单。栽上树以后，树当然随着时光哗哗地成长。人吸收营养，树莫非是吸吮时间？将来能得济吗？20年，天！政策会不会变？揪心。这些不说，假设将来会获利，假设，可眼下吃什么？你对肠胃说，请耐心等待，面包会有的。肠胃大怒，本部门一律现货交易，吃的拿来否则咱们哪个也别打算好过！

此刻的孟广财感到事情确实有些严重了。树是另一码事，高兴几晚上顶吃还是顶喝？目前更重要的是活下去，他的那个厂子还没等他抽出身来便迫不及待地垮了。会管理白搭。原材料涨价，道高一尺，价涨一丈，黄铺吧伙计。泥饭碗不如铁饭碗好，这回尝着味了没？

但小孟有大山样固执的性格。他认定一条路便一准要走下去，任何艰苦决不动摇！厂子黄了，原材料涨价，种下的玉米和满山的青草似乎没处涨价，于是他搞畜牧业。1984年他养鸡100只，养猪40头，当年获利2000元。2000元维持一个4口之家在当时不算寒酸了吧？

不，这个小孟刚刚有了钱又开始折腾。再买树苗，栽。1985年他栽的树达到51万株。

否则我们说小孟性格固执便毫无根据了。他栽树光工钱就投进去4500元，这笔钱要20年后才捞回来。这举动令小孟的所有亲友均为之扼腕。将来有大钱？好比有人借你1万元，保证20年后还你100万元，你干吗？你眼下造得倾家荡产寅吃卯粮就等着20年后的英特纳雄耐尔？得了吧。

好一个孟广财，人家不在乎。他养40头猪时就开始打算第二年让猪场下马。当年他又办了个酒厂。小孟实在请不起技术员就自己学着干，如今他的酒厂已天天有白酒源源流出，供养着4口人以及51万棵幼树。小孟在树上舍得出血，锄草施肥什么都干，经济上一缓过劲来，他又补栽了5万棵树苗。

东北，有一个山民的儿子在默默地植树。他坚信森林能改良环境，稳定气候。他的门前有一条小水沟，从前下雨便涨水天旱便停溜儿，栽上一坡树后才几年，便渗出了长流水，事实这东西最讲理了你信不信？

笔者不由得眼窝发潮。《聊斋志异》里讲过一个术人与朋友的儿子埋碎砖瓦于花园中后来变成金银的故事，而小孟将几万元的积蓄埋进土里，将来会不会反而变成砖瓦呢？

“我得顾这些树，心血嘛。不过万一政策变了，它们还是中国的。而我是中国人，何况它们制造出的氧气我已经免费享受着了。”小孟一席话，令那些亭亭玉立的树苗棵棵挂满了激动的泪花！

1985年1月5日，林业部、绿委会、团中央在兰州召开“全国青少年绿化祖国表彰会”，孟广财受到了表彰；同年3月，吉林省也开了一个同样的会，被表彰者当中首先有孟广财。

同年8月，小孟被选为白山市政协委员。

荣誉，也有实惠。毕竟有行动给这位辛勤的育林人以安慰了，虽然有些辛酸。

孟广财不计较这些。有什么用？我们年年表彰绿化祖国先进人物，先进人物如云如星如林。可祖国绿化了吗？1986年一场黄檗大劫，仅长白山区，何止上百万上千万棵黄檗树被剥光了皮？这些无能的管理者，纵有几十个孟广财累断腰椎洒尽血汗，我们的祖国会绿化吗？

绿化。我们要绿化祖国。中华人民共和国森林覆盖面积占总国土面积的12.7%。那么全世界的平均数呢？是24%。我们排第21位。

绿化，谈何容易？小孟不管这些，他太忙。他干他的，有一个人总比没有强，何况不止一个。

他的树已过了蹲苗期，正呼呼地上蹿。树这个东西，相互挤着，就爱向上，因为它们要争夺阳光呢。

就有人仿效小孟。他的乡邻们植树200亩。

小路铺满阳光。有酒香遥遥飘来。有松叶清香袅袅绕你。小树，有两米多高了吧。20年，有一个人将成为千万富翁，那时他57岁。

从环保的角度，他的树们贡献给人类的，该用多少金钱去购买？目前，无法算清。

这就够了，小孟。人生一世，草木一秋，留下点什么，值得。一位身材矮小的青年，用其热血用其青春为自己为大自然艰苦地奉献着，壮夫。

你便是一棵树，一棵树王。你浑身上下结满了树种，你的脚印，是树娃的准生印戳。

你的妻子终将理解你。终将。

一个也曾在这块大地上植树8万株的山民之子，写这篇东西并向你致敬：兄弟，你比我强。

异乡吃饺子

立冬过去许久，湄洲岛仍然是满路鲜花，一眼翠绿。对这种沾着仙气的地方，本应当是“相看两不厌”的。然而，大家随《妈祖》剧组上岛近50天了，就算是身在仙境，也难免有思凡之意念萌生吧？要命的是拍戏得按计划来，一连八九天没戏，每天抻长脖子去看拍摄通告，没戏，就退回房间里期盼下一天，这情绪好得起来吗？我是剧本改编，因救场饰演了一个角色，拍戏期间结识了演员赵贵祥、宋佩杰、焦真、胡彪、高明伟等，常会到一房间里小酌，叙叙友情，并借以缓解待戏、思乡的焦虑。

某夜，不知哪个把话题说到了饺子这儿。焦真提出，哪天咱包饺子吧，并自荐她做这活儿如何如何拿手。

忘记了大家是怎么呼应的，反正第二天我就把此事丢到了九霄云外。住在酒店里，要什么没什么，包饺子？那么繁杂的工序，不过是说说而已。

待戏的第六天，11月16日下午，贵祥兄告诉，晚上有饺子吃了！初犹不信，直到傍晚赵兄约我去小焦的房间拿东西，这让我好不惊诧：面和馅已拌好和好，包在塑料袋、盆中了。此时才知道，这小女子忙碌了一下午，买肉蔬、海鲜、佐料……好不容易找到一把刀，好似是切西瓜用的，用它切馅，可想而知有多艰难，她手上竟磨起一个血泡！

打开盖馅儿的塑料布，哎哟，一股香气扑鼻而来。好一个细心的女子，她居然设计了白菜、韭菜两种馅，肉及佐料分配得恰到好处，轻轻一嗅，我甚至有想吃生馅的冲动！

几个笨爷们儿七手八脚地掺和，嘿，其中不乏包饺子的好手，看来接受家庭厨艺强化训练的不止我一人。就是呀，在家庭里负点责，帮助妻子做些啥，有什么可难为情的！伴着饺馅的鲜香，大家挤在一起忙，这正是家的气味，久违了呀！我心中漾着一种温情，左瞧，右看，这些朋友似乎结识了好久好久，分明是兄弟姐妹嘛。一餐集体参与的包饺子活动，瞬时拉近了彼此间的距离。

小焦所言不妄，她调的馅儿可以与任何大师的杰作媲美！众人品尝着这美味，相互敬酒，多日来的烦躁不复存在，把一份乡情和着家庭的憧憬与温馨，一并融合在节日的气氛中，我心中暗想，这是过年了呀，与一帮新家庭的成员，在一个新家里过年！陆陆续续有串门的，也一律贪婪地品尝小焦的手艺。就是呀，如此好吃的东西，如此久违的亲情……那小高，更是一副饕餮相儿，我知道，他近一星期的减肥努力，付诸东流了！

酒足饭饱，我仍然盯着盘中白生生的美食发呆：一堆馅儿，一堆面粉，就这么一擀一捏，居然就凝聚成一份亲情，一个节日，把一段美好的记忆铭记在你心中，陪伴着你去打扮今后的每一个日子。哦，当年这饺子的发明者，肯定是一位浪迹天涯、饱受乡思折磨的游子！

不管你是谁

找到自己的铺位，我已累得精疲力竭，行李架早被人占满，只好把密码箱什么的放在铺上吧，然后急不可待地脱掉羽绒服，江南的天气，实在不适合穿这东西。

"哎哟，哈哈。"虽然是笑着抗议，也让我一惊，知道自己错了。脱衣服时动作太夸张，把拉链甩在对铺坐着的一位年轻女子的脸上。看她时，人家虽然抚揉着打疼了的嘴角，而脸上仍然挂着灿烂的笑，让你研究不出丁点儿怨意来。

我深深地感动了。江南女子，温柔如细细雨丝的江南女子。若换成我们北方人，不大吵大闹，刻薄你一顿算你捡着！我忙不迭地道歉，那地方委实不能替人家触摸。

"没关系的。"女子够不上漂亮，但笑起来极妩媚，她见我有些窘，便不再去抚那痛处，只下意识地颤几下嘴角。

她肯定吃了点亏，我真的恼恨自己冒失，想寻个缓和的方式，一时又找不到，听之任之吧。

都去自己铺上躺下。哟，那女子跟我对铺。参加笔会，我在江阴听的新千年钟声，从无锡回返；她元旦日匆匆上路，到北方做什么去？普通话说得很好，但用手机与家人聊天，我却一个字也听不懂，全是无锡方言。

列车员一路嚷过来："烧水锅炉坏了啊，打水到邻近车厢。"

瞧我们北方的女性，真够剽悍。我急忙跳下铺去打水，对铺女子素手擎过一只水杯："请您帮我打一下，好吗？"

正好给我个道歉的机会，我痛快接过，答应得既轻松又惬意。

水打回来，她已蒙头睡着。不忍惊动她，我把她那杯水放在自己枕畔。

列车又驶了好久，她突然艰难地坐起，吭吭地咳嗽……我忙问怎么啦，并把水递过去。"谢谢。大概是昨晚上贪玩，有些累，又感冒了。"

"我这里有药，你可以吃吗？"

她接过去，看了一眼，不由眉开眼笑："我在家吃的也是它。"

顶瞧不起出门在外，见了女性就黏乎个没完的浅薄男人，我不能再跟她说什么了。不过，心里确实有些感动，书报上总介绍一些常识，旅行在外，陌生人给的食物、饮料是不能用的！而她不但喝了我的水，并且吃了我的药，这种信任，是好高的奖赏啊。离家太久的人往往容易感受家的温暖……想着想着，竟迷迷瞪瞪进入了梦乡。

一觉醒来，日已大西。刚刚坐起，就听到一声温柔的问候："你醒啦。"是对铺女子，她殷勤地剥一香蕉递过来。男子汉怎好吃人家女性的零食？我推辞。对方噘起小嘴："我求你打水，又吃你的药……出门哪好这样？"倒是我错了，只得乖乖接过。

这时，售货车推过来，该吃饭了。我买了挺奢侈的一堆食物和一瓶啤酒，想了想，试探地问："我给你来一瓶，咱俩一道吃？"小女子红头涨脸，慌乱地说："不吃不吃，你自己来。"我怎敢相强，这顿饭便吃得寡淡无味！

我们之间的气氛不知不觉融洽起来。我不再紧张，笑问：“陌生人打的水，给的药，你敢吃？”

“分谁。”小女子认真地看着我的眼睛，“我是常出门的人，这常识能不懂？但不可谁都戒备。你这人打眼一看，就是善良的长者。若对谁都戒备，那该多累多苦啊。”

这么富有哲理的见解？我得刮目相看了：“谢谢你的信任，真的。”

“人生苦短，如匆匆过客。人与人，不能毫不设防，可也不应当把大家全想得太坏。中国人13亿，你得多少万年才跟哪个有一面之识呢。就算活得了多少万年，这期间又生出多少个13亿？我珍惜一面之缘。吴歌道‘十世修来同船渡’，我特别喜欢这句。对了，你是搞文学的吧，要不准是搞艺术的。”她小心翼翼地帮我摘去沾在衣服上的毯子毛儿，温顺得俨然是个小妻子。她又说：“刚才你请我喝酒，我差点就要参与了，我会喝一点点的。”

说得我好后悔，为什么不坚持再邀请她一遍。

人在旅途，没有西风古道瘦马、杨柳岸晓风残月之凄怆。江南的小阿妹给我他乡故知之遇，其感受如微雨沾睫、轻风拂面，让你心旷神怡。昨天是2000年元旦，有这样亮丽的开头，往后的路会差吗？

江南小阿妹，无锡人。姓什么，叫什么，没问。又何必问，留一点神秘的回味多好。此后，定有一种美好的感觉伴随左右，温暖我许多高兴或者烦恼的日子，知道江南有如此美景，知道人世间有个好女子足矣。不管你是谁，江南的小阿妹。

卖相思豆的女孩，你在哪

告别庐山瀑布，不知怎么就游览到一处涧下森林，游览的什么景区现已忘记，只记得从森林间一条小路穿过，风清草幽，惬意无比。此时，从树叶筛漏的斑驳阳光中，我看见一个花朵般的女孩，女孩穿着鹅黄短袖衫，把一张白白的小脸蛋儿衬托得更加稚嫩，她胳膊上挎一装满商品的小布包，手拎几串红色的相思豆，把所有能作出的讨好神情尽数堆在小脸上向游客推销。而游客们或是贪恋美景，或是不屑于购物，均是匆匆忙忙擦身而过，那女孩被孤零零地扔在树下，小脸上挂满失落和尴尬。

我陡然起了同情心。这女孩也就十岁出头吧，离家这么远，她一个人不害怕吗？于是，我落后同伴们几步，站到了女孩跟前。

“多少钱？孩子。”

“两块钱一串，叔叔。”女孩普通话不怎么好，但我还是听得懂。

“没人买你的？”随意扔出这句，我马上就有些后悔，这么直接，会不会刺伤这孩子，她才这么小。

女孩尴尬羞涩地笑了笑。

“你这年龄，应当读书，怎么反而做起小生意来了，将来的前途考虑过没有。”

“今天星期天！”女孩有些不满地反驳，“我读三年级了。家里穷，卖一点，就可以让爸妈减轻一点负担，不好吗？”

“那，我买你五串。”我已经看清楚了女孩的商品，一种普通的南方小果实，是不是王维的红豆，已经无关紧要，就看她用红线那么随意地一串，这东西就丢了品位。但似乎为了我刚才一些不得体的问话，为了奖励这么小的年纪就懂得为父母分担的这份孝心，我只当扔掉10元钱，又有什么。

“叔叔，您买一串就行……要不两串吧。”由于这意外的惊喜，女孩有些语无伦次，这更让我产生一种怜爱之情，我说：“也好，那就3串吧。”

“好，3串收您5元钱。”女孩接过我递过去的10元钱，很老练地找回我5元，同时又从包里掏出一些相思豆，一只小手擎得老高，让我选。

这样一打折，我感觉双方都有了台阶下，便随意拿了三串，顺理成章地与女孩聊了几句。通过交流，知道女孩父母是农民，家里有爷爷奶奶，所以父母负担很重。她父母重男轻女，哥哥读书给的钱多，而她就不行了，要点钱特别费事，所以平时只能努力表现，一旦爸妈不高兴，她恐怕小学都读不完。

原来是这样。想我一介书生，当年就是因为父母不让读书，害得我吃下数不清的苦头，若让我救过多的失学孩子，那实在是无能为力，帮帮这个可爱的女孩，难道不也是积了些阴功吗？我默算一番，当时我月工资一千出头，稿费比这多……一年拿出一个月工资帮她，生活绝对受不到影响，可那样，这孩子就不会走我当年的路了！

掏出纸笔，我写下地址交给她：“孩子，叔叔能力不大，但叔叔可以捐献一些钱给你，让你保证有书读。不必跟我去北方，仍然在你爸妈身边。你想想，想好了答复我。希望回去后，能收到你的信。”

女孩接过纸条，认真地看了看，双手贴在胸前，许久，说：“谢谢叔叔,我会给您写信的。”

相思豆没法送人,我把它们放在办公室的卷柜里,时间一久,这件事也就淡忘掉。

这年冬天,我突然收到一封信,信封字迹幼稚而工整,拆开,那个卖相思豆的女孩正笑容可掬地站在我面前,原来这孩子并没忘记写信的事,只是迟了些。

信的大意是这样的:敬爱的顾文显叔叔您好,原来您是个作家,早知道这样,我应该和您照个相,好给同学们看呀。我叫黄薇,是某小学三年级学生。那天分别后好久,我心情一直不平静。您肯定没有识破,我是欺骗了您。其实,我爸爸在乡里农技站当技术员,有固定工资,妈妈开着小卖店,每天都有收入;我爷爷奶奶早都去世,我连面都没见着,家里的生活哪里会像我说得那么穷,我是把我们班另一个男同学的故事编到我身上了。我卖红豆就是跟妈妈赌气,妈妈骂我寄生虫,我定要赚些钱给她看。可是,叔叔您却信了我的话,还要给我学费,我真的很感激您哪。那天好多游客都不买我的账,您一下子要买5条,我不该欺骗您这样善良的人。叔叔,钱我坚决不敢要了,我会把您的善良和感激永远保存在心上。我学习不好,可总有长大的时候,等我长大后,有了自己的收入,我会去东北看望您。

原来是这样。我为孩子的纯朴诚实所感动,当即回信告诉她,说清楚了事实,我反而更喜欢她了。将来如果确实有困难,仍然可以给我写信。

信发走,我想,过两个月,孩子再不来信,我就追加一封,她是个学生,信或许未必收得到呢。我一定珍惜这点缘分,我要关注这孩子,看她将来会是什么样子。

可是就在这年年底,我们市的领导做主,把占在全市最中心位置的艺术馆强行卖给了开发商，而我们只能搬到当时被视作偏僻的近郊区域，我的文件、书籍匆匆打好包，雇了许多三轮，浩浩荡荡地搬往新址……

这次搬家给我造成了影响到终身的损失，我其中一个编织袋不翼而飞，里面有当届申报职称用的40多个获奖证书、一些其他重要物品，其中包括黄薇小朋友的来信……

没有来信，我记不住她的地址，回复的可能渺茫了。我想，那么诚实的孩子，她不会失约，她一定是没收到我的信，她一定又追加过一封信，问叔叔会不会是因为她说过谎得不到原谅了？可是，这一切对于我，永远成为解不开的谜团。

认识小黄薇，是2001年初夏。至今已经17个年头，我仍然时时想起那封断了的信，卖相思豆的女孩，如今你在哪？你大约接近30岁了吧，北方的叔叔没有忘记你，他时常祝愿你有个美好的前程和快乐的生活……

第三辑

大海，我童年的梦

是夜难眠。童年的茅屋，缥缈的炊烟，忙碌着的祖母，日夜咆哮着的大海和甩不掉驱不尽的海腥纷至沓来……继祖父拉着石磙子下海，傍晚拎回满桶蛤蜊；叔爷摇着渔船撒网，载回半舱墨鱼、对虾，淡盐水中煮熟，吃得我满嘴漆黑……墨鱼背上抽出的硬壳，插草棍代桅，穿纸片为帆，放在水中就是微型的船……渐渐地蒙胧入睡，梦见我怀揣银行卡找饭店，出这家入那家，却无论如何也没买回独特纯真的海味……

· 彩蛋 · 粽子 · 五色线

在甜丝丝的梦中，被奶奶热哈哈的鼻息弄得半睡半醒，我深知那神圣的仪式在进行，便乖如羔羊，一任她老人家轻轻抚弄。待轻轻的脚步声点出屋子，我猛地睁开眼，啊，好俊呐，手腕处，脚踝上，都拴了五彩线。天明后，跟小伙伴比一比去哟！

这是若干年前，在老家山东。每当端午节来临的时候，奶奶那份心啊：泡竹叶，洗糯米、黄米，然后点上小火油灯，包啊包啊，粽子包一种又一种，煮一盆又一盆，再然后，拉个小蒲团坐下，看我和弟弟狼吞虎咽的吃相，奶奶便将五官往一块聚，笑成一只粽子似的脸……

那真是我们孩童无比重大的节日：第二天，光着小脚板，顶一头毛毛雨水珠儿，麻痒痒地在黄土小道上走——寻伴儿。伴儿问："分几个鸡蛋？""你先说？"伴儿若讲三个，我必定要说四个。其实哪有恁多呀，日子穷，我父母丢俩儿子给奶奶，常常几个月见不着钱毛毛，于是节前奶奶房前屋后草窝柴垛翻来覆去找，总希望能有落下的蛋，而每次都是两手空空……

我就说："我不吃鸡蛋，一股屁臭味儿。"奶奶便揽过我，用她干枯的手指理我的头发，两眼望着远方。

端午一早，奶奶喊起我："拉露水去。"牵着我和弟弟，扯把杏叶儿，拽把桑叶儿，用上面的露珠儿洗眼。奶奶说，用这洗眼眼明，出日头就不管用了。这一说，我登时觉得眼真就亮了许多。奶奶又捡粽子让我送左右邻居，一碗，一碗……不需任何报答，第二天只要人家夸："嫂子真煮得好粽子，俺就弄不出那样来！"她立时无限满足，捯着小脚开始奔新的360天，盼下一个端午。

奶奶把鸡蛋表皮画上猫啊虎啊的花纹，塞给我们，将一个普通节日装扮得花花绿绿。奶奶用五彩线拴住我们手脚，说我们是天上仙童下凡，不拴住再跑回去怎么办？奶奶又说，拴上五彩线，不怕长虫咬。端阳过后第一场雨，奶奶必定要神色庄重地叮嘱我们，别说话，默默地剪断扔进雨中，它会化成五色蛇来保护你哩……

我童年彩色的端午节哟。

长大了，奶奶分归我赡养。某年端阳，醒来，发现手脚又被拴上那五彩线，顶讨厌迷信行为的我十分恼火："扯什么淡！我不拴，看长虫敢咬我！"奶奶一声不吭，蹲在灶坑烧火，低着头使劲地看灶膛……还有一年，她正搓五色线，大约是送给邻居孩子的，见我进屋，慌忙藏起来。

都远喽，奶奶已在那口荒坟里长眠了多年。年纪大了，我却越活越产生一种怀旧情绪，那儿时的端阳，那彩蛋、粽子、五色线……

定居省城8年了，竟无暇去奶奶坟前站上片刻。奶奶，您生前计较过这些吗？

找个端午，我亲手缚上五色线，煮好彩蛋、糯米粽，到那堆黄土前，喊："奶奶。看哟！"

奶奶肯定听得着，我用心去喊。

压岁钱

奶奶有个夹鞋样子、花样子的厚本本，里面常有些大票，图案上是人头像，现在回忆不是孙中山便是蒋中正，因为后来奶奶糊针线盒子时用这些钱当装饰画了。乡下人管这叫“国民党钱”。我对这钱的概念是摸一摸亲一亲可以而买糖果皮老虎儿或小竹喇叭却不行。其实奶奶家大约没什么人民币，即便有，怕也千包万裹锁在那栗子色的柜子里，我如何看得见？

谁晓得究竟盼了多少个夜晚，年终于慢腾腾地来了，我兴奋且有些恐惧。爷爷奶奶此前不知训练过我和二弟几百遍：过年要学说吉利话儿，特别是一定要给全屯子各家磕头拜年，我牢记在心中。二弟自小由奶奶养着，各家都熟，吃过饺子，在飘忽摇曳的烛光里，我牵着二弟的手，先去对门二叔爷家叩头。

演习多遍的仪式，临时却乱了套。我俩走进叔爷家，老两口正对着油灯守岁呢。我进门便趴下磕头，磕反了，屁股朝向叔爷叔奶，俩老人笑得眼泪都出来了。

叔爷从贴身的兜里找出一张新钱，给我和二弟“压岁”。我俩紧接着又挨家拜年，可屯子里只叔爷跟我们血缘最近，其他人家只赏吃花生，钱是不能给的。

爷爷奶奶相当高兴，叔爷够面子，赏了我俩压岁钱！可这钱只一张，怎么办？奶奶给我和二弟贴身处各缝一小兜，把钱让我们一人揣一天，出去正月再交公。

我和弟弟从此生活中多了内容。每天，睡得很迟，醒得特早。轮到谁揣钱啦，特珍惜这天，隔着小兜摸啊摸，这是钱呢，我们磕头挣的钱，可以买东西的钱；而没机会揣钱的另一个，次日一准早早醒来，推开对方，要求进行移交。这时候，那种惋惜和企盼折腾着两颗幼小的心灵。奶奶也每当我们从外面疯回时，第一句话差不多都要问："钱呢？"揣钱者陡地一惊，捏捏内衣，在，马上又幸福自豪得无法比拟，简直就是保存住了镇宅的传家奇宝。

爷爷奶奶似乎没用过什么钱，不存在诸如牙膏、酱油之类的奢侈品。偶尔捡到一点破皂盒、牙膏皮，奶奶会极兴奋，连同她梳头攒下的缕缕长发，向小货郎换两块橘瓣儿糖。奶奶看着我和二弟吃，她苍老的心里一定充满温暖和甜蜜。

爷爷去世后，我负责赡养奶奶。年轻不晓事，只晓得供她吃喝，却没想她也需要钱。一年除夕，我给她 10 元钱"压腰"，奶奶高兴得逢人就说……

现在，儿子长大了，花我的钱动辄数千，我真心疼。我想起我和二弟叩头得到的那张压岁钱，真应当讲给他听，但他会相信吗？

那是一张灰蓝色的钞票，上面印着一架大飞机，票额面值 2 分。

五十年前的七夕节

旧历六月刚过，农家就开始忙节了，祖母还与几个邻居妇女聚到一起，相帮着用两股线绳在脸上搓弄着拔去脸上的汗毛，称作“绞脸”，每逢赶集或重大场合，女人们才有工夫这么打扮。儿时随祖母在山东即墨东南隅的一个渔村过了两个七夕，五十年过去，我仍能感觉出这七夕在当时是很有分量的。

孩子印象中最深的还是吃。家家将发好的白面按入木刻的模具里拍实，做成大大小小的鱼、兔、蝙蝠……放到锅里烙熟，故乡人称为“烙花”。烙花小的仅与拇指肚相仿，大的长达三寸多，各家都有不同的模具，相互借用，那真是花样繁多！祖母找些白线，将烙花按大小体型依次串起，宛如一个个硕大的项圈，给我和弟弟挂在脖子上。全村的孩子们都戴着这“烙花项圈”各处疯跑，饿了就啃。好看的形状，奇特的取食方式，使普通的面食变得格外香甜。

现在看来有些不卫生，但那阵子只有快乐，谁顾得这些呀。记忆中的邻里关系也非常融洽。早饭过后，各家也如拜年似的相互串串门儿。传说织女姑姑每年这一天与牛郎相逢，她是要哭泣的，因此这天必有雨。

七夕好像偏重于女性。女孩除了与男孩同样拥有一大堆“烙花”之外，晚上还要吃“巧巧饭”。几个女孩凑了面粉、油、菜等，聚到某一女孩家包饺子。男孩被排除。可我家有个长我五岁的小姑奶奶，负责带我，于是我得以参与大女孩堆中，看着她们叽叽喳喳边笑边折腾：女孩们铰一点布条儿，铜顶针儿还有微型线团儿，再从炊帚苗上撅下一根“棍棍儿”……这些东西包进饺子里，节日就有了神秘气息。

我只能看着大女孩们吃饺子。吃到顶针儿、线团、布条的，高兴得炫耀，而哪个噘着嘴的，准是吃到了草棍儿，那就“证明”女孩中数她最笨！吃完了饺子，女孩们又到漆黑的院子里穿针，此时，包括那位吃到草棍儿的也高兴了。我至今猜不到女孩们咋都那么能耐，好像没有穿不上的。

还有一项刺激的活动，就是夜晚躲到黄瓜架下，听牛郎织女相会时说的悄悄话。据传只有不满12岁的孩子才听得到。那时我胆虽小，也还是咬着牙钻了进去。黄瓜秧上的刺把胳膊划破，让露水一沾，很疼！可我坚持着憋了好一阵子，果真听到了有人私语的声音，我的脑袋登时涨得老大老大，一口气跑回去汇报：“听见了！”

如今明白了，那可能是黄瓜秧生长的声音！

哦，半个世纪过去，家乡的孩子如今还戴着烙花项圈，疯跑着过七夕吗？

元宵轱辘冰

“文革”时代，连春节要过“革命化”的，至于元宵节，更算不得什么了。小山沟人想起一句古老的民谚，“正月十五轱辘冰，一年到头不腰疼”，30来户人家，吃过晚饭，恰逢月亮又好，东坡西崖一片喊声，“轱辘冰去”！父亲就着一碟炸虾片喝上一点小酒，高兴了：“走，我领你们轱辘冰去！”父亲难得一笑，我和二弟、三弟受宠若惊，立即跟在他老人家身后，去了山神庙下的空地。

所谓“轱辘”，就是从表面上滚过；说是轱辘冰，其实是轱辘雪。

我家住东半山坡，房后有块背阴的斜坡地，雪特厚，父亲率先躺在雪地上，就势往坡下一滚，哎哟，连人加雪，白茫茫的一堆，开始还斯文，到了陡处，滴溜溜加了速，父亲的皮帽子一下子甩出去老远……我和弟弟拼命夸张地笑，仿佛向整个山沟宣告：“我爸领我们轱辘冰了！”

爸滚到坡下，爬起来，胡乱拍了拍身上的雪，喊我们：“滚呀！”

受到鼓励，我与弟弟们也放开了……

父亲年近50，开心得像个孩子，根本顾不得雪钻进了裤脚、灌进了鞋壳。渐渐一头热气，满面红光，就是冲着我们哥几个笑。滚到最后，父亲有些晕，一下子栽倒在雪地里。我赶紧神色凛然地伸手拉他，他的手上全是半融化半不融化的雪。父亲握住我的手，笑得竟然有些腼腆……我一辈子也忘不了那个笑，那是他老人家冲我笑过的最动人的一次，我鼻子一酸，好想扑在他怀里哭上几声……

今年在省城遇元宵，不知怎么我就想起当年那个轱辘在冰雪上的元宵节。眨眼40年，好快呀。父亲离去已经31个春秋……我想，老人家如在世多好啊，找个有冰的地方，由我滚给他老人家看，然后，爷儿俩就地拧开一瓶白酒，他一口，我一口，抿干了算……

海蜗的回忆

故乡的大海辽阔富饶，据继祖父说，海里的活物就算崩星有不能吃的，也还可以入药，大海真是个聚宝盆！那时我七八岁的样子，从青岛到乡下，笨得可爱，捉海鲜想也甭想，印象最深的，就算是海蜗了。

我这里指的是微型螺类生物，它们附着在礁石的缝隙里，青岛市民叫它们“菠萝”，家乡俗称海蜗。海蜗品种繁多，形态各异，它们与森林中的蘑菇有相同点，那就是一个鲜字。也有不同点，那就是蘑菇中大有毒菇存在，而我从没看见海蜗中有毒螺。

小时候故乡的大海，海螺真多呀，像影视剧中制作螺号的大型蜗，我只玩过壳儿，大约它们生在深海，小孩无缘得见。我通常能捕捉到的有如下几种：黑蜗，像拇指肚大小，肉多，吃一个顶好几个；香蜗，小指肚大小，味道异常鲜美；还有一种黑色的小蜗，叫“抽蜗”，长一厘米，状类鼠粪，通常一堆堆地聚在礁石上，找个筐子，一划拉就是十几、几十斤，回家烧滚水，撒入点盐，奢侈的人家，再放点佐料，将抽蜗入水煮熟，大人孩子各揣上一兜子，这抽蜗不必像其他的海蜗那样，用缝衣针小心翼翼地把肉挑出来吃，只须将细端用牙齿咬碎，然后，用嘴吮粗的一端，借空气的压力，螺肉就吸入嘴里了，恰似别处人嗑瓜子儿，方便得很。

我在青岛街市上，也常见卖这东西的，用茶杯量，五分钱或者一角钱一杯，青岛人顺理成章地称它“抽菠萝”，此是20世纪50年代的价钱，现今，您想也别想。

长大后我沦落到东北山区。山林里到了季节蘑菇成趟，山民们都抢着拾，唯独一种叫“辣蘑菇”的菌类，个儿大还不生虫，却极少有人垂顾，原因是它有一股辣味儿，口感不佳。我却大得其手，别人不要，我在其他蘑菇捡尽了的时候，就捡这辣蘑菇回家吃，总比大白菜可口吧。说来也巧，故乡的海礁上也有一种叫“辣蜗”的海蜗，这种蜗外壳特别坚硬，浑如浓缩了的螺号，里面的肉有一股辣味儿，大不及其他蜗肉鲜美，可能也就因了这缘故，它繁殖得特别旺盛，经常在礁石边瞧见一堆一堆的，多多竟至上百斤！我愿意拾辣蜗。祖母说我，要它干什么，怪辣的。我就划拉些，挎回去，也很好吃的，毕竟是自己的劳动成果嘛。比辣蜗儿更被人瞧不上眼的还有两种，一种扁的，花纹秀丽，个头儿比南瓜种子还小，肉极少又没法挑，当地人称“港蜗儿”，攒多了，弄回家喂鸭子；另一种形状像抽蜗，可外壳坚硬无比，咬不动尾端，挑起来费事，也不受人欢迎，倒是寄生蟹看中了那个外壳的安全系数，经常跑里面生存。

除了礁石，淤泥中生有更大的海蜗，有栗子大，更有拳头大小的，花纹奇特，相当好看，肉自然也肥实，就是现在宾馆饭店里那炒、烧螺肉的原料，跟上述包括辣蜗在内的微型蜗相比，味道可差远去了！

时过30多年，梦里嘴边时常飘过童年的海蜗香。近期回故乡一次，特意去了海上，就为圆童年的梦。站在礁石边，我吃了一惊，童年的海蜗哪里去了？偶尔找见一只，小得可怜！后来，转到一个叫于家沟的地方，这儿偏远些，海产丰富，我总算在一道礁石缝里见到了聚集的辣蜗，尽管大约有半斤，那也叫成堆呀。遗憾的是，这辣蜗比儿时的那些，小了一倍，乡亲告诉我，没等长大，就让人拾了去……

在某本科技杂志上读到，人类将来还要进化，个头儿要比现在矮小得多。我想，这海蜗倒是进化到了人类的前面。不过，就算它变得再小，也难以保存，对付美食，人类有足够的耐心！

地瓜干，地瓜干

我想，从1960年过来的人，对饥饿的恐惧大概至今难以忘却。

那时候，中国除了饥饿几乎没别的，自来水以外凡能入口的都限量购买。肉，每年见不到三两回；豆腐，崩星儿能按人发票，每票一块，交8分钱，总之，一切离了票儿不行。

我在青岛市芝罘路小学读四年级，刚开学。这天，爸爸从市郊回来度周末。他要喝点酒，想了想，找出一个豆腐票和一角钱，让我买块豆腐去。

我拿起一只碗，奔向市场。我有些忘乎所以。爸刚才对我似乎是笑了笑，他难得给我个好脸色呢。

我边浏览着两边楼墙上贴的戏剧海报，边寻找豆腐摊。不知从哪儿蹿出个野孩子来，撞我一下，叭，手中的碗掉在地上，打得粉碎！而野孩子早钻进人丛中了。老天，我才发现，我手中的豆腐票和那一角钱不见了影儿。脑袋登时大起来，左找右找，所有的兜都翻了数遍，没有，当然不会有！

这时我成了一个游魂，闹喧喧穷飕飕的青岛市对我仿佛已不存在，眼前闪现的全是爸那千篇一律的狰狞目光。死吧，我想，我早就该死了。不敢回家，虽然我坐在礁石上的时候细回想家里还是温暖的，可爸的摧残这回肯定要升级到我无法承受的地步。

在海滩,我坚决要自杀的,可当海水涌来时又胆怯了。这时,我遇到卢光由。他是我班成绩特别差的学生,平时,虽然在老师的安排下常帮他补功课,可内心顶瞧不起他,而这回,却如见着了救星,把心里的苦恼一家伙全冲他倒了出来。

卢光由道:"你去我家吧,明天是礼拜天,办法总会多一些的。"

卢光由的父母搭了个小铺让我和光由挤着睡。晚饭没吃,肚子连咕噜的劲儿都没了。他们不可能问我吃饭了没,问了,也白问:那时候每人一天只几两粮,家家有秤,称着吃,而且啥副食没有!

我和卢光由没敢将丢豆腐票的事说出,怕惹起他父母的同仇敌忾。那时候,丢一个票证就等于败家。次日一早,我悄悄说准一个地方,饿着肚子去等卢光由。

在约定的地方,我等了也许是今生中最漫长的一个多小时。他会不会失约,这个我平时最看不上的同窗?他若不来,我可怎么办?

可没想到的是,卢光由不仅来了,并且带来6个同学,都是学习不好或不甚好的。我呆在那里,昔日的自豪感荡然无存,虽然有了这么多熟人,但他们能帮助我什么?

一方脏兮兮的小手绢里包了5片地瓜干,是那种生切了晒的,还有一片干巴巴的玉米饼子,一块夹菜的窝头。卢光由说:"俺们从家里偷的,一人就能弄这点儿,你吃吧。"

饼子和菜窝头是熟的,地瓜干本应煮了吃,但我什么也不顾,放到嘴里就嚼,我敢说,此后,我再也没吃到过这么可口的东西!自打懂事起,我最恨的便是个"偷"字,偏偏几个同学用我最反感的手段给了我怎样的援助啊,人的意志和信仰原来是如此容易动摇!

豆腐票还是没有。我害怕他们几个离我而去,然而他们终究要回家的。

太阳很毒。一个同学提议，分头在各大马路捡碎玻璃吧，废品收购站2分钱一斤。别的也行，凡是能卖钱的，如烟头、破布、铁。

我沿着划归我的几条马路寻找，虚汗淋漓，可我咬牙坚持，我应当多干。后来，大家聚到平度路附近那个小公园时，我目瞪口呆：7个人唯我收获最少！那一刻开始，我才认识到，自己是个很低能的人。

7个同学卖掉废品，又搜光所有口袋，为我在黑市上购得一块豆腐，战战兢兢地送我到严厉的父亲面前，一律用颤抖的声音哀求："大爷(伯)，别打他啊。"

父亲在答应了同学们的求情后当真说话算数，破例没有给予我惩罚。

这年寒假过后，一开学，我被一个消息惊得半天不会说话：卢光由死了！他家生活太贫困，一个弟弟从农村挤来，没户口，当然不可能供应口粮。他得了浮肿、肝病，临死前，还跟他父母说，开学要跟着我补课……

事情已过40多年，我与活在这个国度的人同样，今非昔比了。走南闯北，山珍海味，吃过也就拉倒，独独有一小堆包在脏兮兮的手帕中的食物，在我的记忆中顽强地存留着，一小片玉米饼子、小半块菜窝头和5片很小的生晒地瓜干。

卢光由走了，其他6名同学都在哪儿呢？

1962年父亲把我带到吉林的一个偏僻山沟。由于生活所迫，直到1985年，我才挣扎出去，31年后，去了一趟青岛，也凭记忆在长街上寻找了多半天，然而，那些楼房多已扒掉重建，只有当年那几个少年，依然在我的脑海闪现，他们是：卢光由、刘冬平、葛东文、王绪栋、刘贵传、王小松、李建国。

远了，无论记忆如昨，岁月的脚步也还是远了。我能做到的，就是选个庄重的日子，把这个故事讲给我的子侄们听，同时告诫他们，要珍惜粮食，要珍惜友谊。

芋 头

闲着没事，陪妻散步。妻说："我今儿在市场上看见芋头了，那东西好吃吗？"

什么？芋头！我立即严肃起来。我说，明天，肯定买了你尝尝……

哦，芋头……

我已经精疲力尽。从市内步行十几里，才到这郊区。满山荒草，但不知哪种野菜能吃，常常听老师说哪儿哪儿有人全家吃野菜毒死，我怕死，只能掐一种秋天二度萌发的苦艾的尖尖，这东西做菜团，啃一口苦得你直哆嗦，但是没毒。

在一个小土坡前，我又掂了掂小面袋，还是不够做一顿菜团子的，苦艾也被人掐光了呀。

似极遥远有人唤什么。渐渐地，觉得就在耳边。急睁眼，原来我昏倒在地，面前有位穿白补丁褂儿的老奶奶在守着我。她问："学生，你怎么啦，一头撞在了地上？""我饿。"眼泪唰唰地涌，我真想抱住这老奶奶，求她别这么问完就走开。我说："俺家粮不够。弟弟没户口，我捞不着上学，见天弄菜。"

老奶奶翻开我的面袋，吃惊地问："这东西能吃？"我说，俺家尽吃这。

她犹豫了片刻，一咬牙："学生，你跟我来。"

山东名城青岛郊外，有个浮山所公社。我走进一幢泥墙草屋，老奶奶没让我进屋，敞开锅，从锅梁上架着的一只碗里，拿出两个芋头，想想，又拿出一个，将它们塞到我手里。

我抓过芋头，正要往嘴里填，里屋有个男人的声音传出来："我说，你在那弄什么呢？"老奶奶赶紧递给我一个噤声的眼色，然后，冲屋里喊："没啥，学生找水喝！"边说，夺过我手中的芋头，塞进我那装野菜的面袋里。

老奶奶推开里屋门，炕上一个老头子倚在一垛被上，脸肿得发亮，双腿有小水桶般粗细，根本穿不上裤子。腿干上，松树皮般剥翘着大块大块的鳞片，那双脚，五趾张开，其色泽已如老牯牛的角。我看到了一双绝望、疑惑而又恶狠狠的眼。

走出那间草屋，老奶奶抓了一大把胡萝卜缨子，偷偷给我装在面袋里："学生，俺也是没有。几个芋头，还是给老东西留的，旁人动他的，眼珠子都红了。看见你，我就想起俺那孩子，端午才死，饿的。"

那一年我11周岁。告别老奶奶，望一眼高大的湛山寺，我发誓："有出息的那天，好好报答这善良的老人。"

三两口，连皮吞下三只芋头。我那时全然忘了哺育我的母亲，她也在家中挨饿！

回到家，妈高兴得直掉眼泪，用胡萝卜缨子做了两顿菜团子，世上再没有这么好吃的东西了！

但我对母亲说，胡萝卜缨子是我捡的，我要她结结实实地夸我一顿。那年月，得到父母夸奖不易，当儿女的总偷嘴吃。

此后有了饭吃，老奶奶的事便逐渐忘净，我走以后，她家又发生过什么？我从未想过。27 年后，参加了一个笔会，我从吉林返回阔别 26 年的家乡——青岛，参观的行程竟路过湛山寺！坐在车上，我忆起那位老奶奶：她是社员、工人？姓啥？什么也不知道。她现在可活着？

可是团队参观不容我说了算的。某些建筑在我犹豫中一闪而过，我便告别湛山寺……

芋头很贵，抵斤鱼钱。我仍买了 2 斤，认真地洗净，煮熟。

妻迫不及待地尝了一口，无限失望，说："什么破玩意儿，黏糊糊地，凭哪样值恁多钱？"说什么也不肯再吃了。

我剥去皮，一咬，蓦地回到那个童年时代，曾有三个芋头救过我。

咳，妻，思维莫要乱跳跃，凡事要细品呢，还有一个令人辛酸汗颜的负心人的故事，你一定要听完……

·赤贫的年代

小时候，听母亲说，在早，咱吃粮不定量，随便到哪家粮店，相中哪一袋，伙计就给扛送到家；有一回，她买回一袋面粉，发了一盆面，做饭时一看，面粉没发酵，原封不动。母亲马上打了个电话，粮店立即派伙计登门。检验后，连说对不起，是加工面粉时机器过热，把麦子弄熟了，当天给另换回一袋好的。

我诧异地问，是新社会吗?

母亲答，怎么不是，你都挺大了。

我不太相信有这等事。粮店的人凶得很呢，把购粮证写完，拿夹子往铁丝上一夹，嗖地甩到称粮那边，你就等着吆喝你名字吧。社会主义国家人民地位高，谁给你往家送，等着吧。

然而，这样的好景也不长。1959 年，粮食供应品种开始单调，小豆特多，我一年吃了九个月的豆包；接着，市场突然一下子就没了吃的，居委会几天一开会，号召市民节省粮食，先是半斤，后来到了一斤半；说是动员，你同不同意它照样扣，成年人每月好像是 25 斤供应粮，最后扣成了 23 斤半了。

我正读小学三年级，哪知道为国分忧这大道理，就知道饿！粮食少点本来是无所谓的，要命的是副食品全从市场上消失，别说萝卜、青菜、豆腐，就是鱼、肉、饼干、蛋糕这些平时买不起的东西，一眨眼想买也找不见了！政府的应对措施是限量供应。

青岛市民一片恐慌，说了不得了，要饿死人啦。管事的急忙追查造谣生事者，戴上顶配合蒋匪反攻大陆的帽子就给抓起来。

母亲睁开眼就打听有没有可吃的东西。海带！青岛海带多，买回来泡软了，裹上点豆面蒸着吃，也省粮食哩。谁知道，连一个星期不到，海带也没了影儿，前海的礁石上碎海带多的是，母亲赶紧带我们去捡，嘿，人比碎海带多！缺油，有人出招，药店里乳状鱼肝油能炒菜吃。这经验还没普及，鱼肝油也脱了销。百万人口的城市张开嘴，那形势无比恐怖，旋风般地把一座城市舔得干干净净，连垃圾箱里也找不见一片青菜叶子甚至一棵白菜疙瘩。

这时，黑板报、《大字报》派上了用场，孜孜不倦地介绍节省粮的经验。印象颇深的有两件，一是玉米面多放水，装在容器里蒸，成品可大出通常的一两倍；二是白菜疙瘩含有丰富的营养。现在想，头一件经验是自欺欺人，蒸出的“发糕”其实就是稠些的粥；后一件是废话，没有哪家舍得把白菜疙瘩扔掉，都是放在锅里煮烂了，啃光了皮儿，再嚼吸纤维里的汁液，宛如今天的品尝骨髓……有一件好像实惠，如果肯把粮食改成生晒的地瓜干，每斤可以多给二两，呼啦一下子，市民们对曾经闻之色变的地瓜干产生了浓厚的感情，大约一两个月，地瓜干也不能由着你的性子换了。

父亲动手制作了一杆秤，全家的口粮要每顿称着下锅；吃饭时，按碗量，每人分得多少，吃完了，不许再要。父亲严禁我们做体育活动，疯闹也不许可，消耗热能呢。不准我们吃生萝卜，因为萝卜助消化。吃过晚饭，必须老实躺着，可越是这样，越睡不着，尤其是到了下半夜，那肚子咕噜咕噜不止的,你想不听可办不到。母亲酷爱喝茶,过去说,离了茶活不成;如今饥饿来临,她的茶壶长了毛,喝茶刷肠子,了得!就改喝生啤酒。我记得总共替她打过两回生啤酒,再就没闻过啤酒味儿,声势浩大的民众摧枯拉朽,恰似蝗虫过野,寸草不生!

我也竖起耳朵打听,这世上什么能当粮吃,那可就立了大功。有点空闲,便跟着大人们挖野菜。有一回,老师在课堂上告诉我们一个好消息,说马路边的杨树叶子可以吃,好家伙,不知道哪位走漏了消息,几乎在一个黄昏,我们附近的杨树全都成了"和尚树"!我兴高采烈地背回半面袋树叶,放在锅里,拼命拉风箱,哪想到树叶越煮越硬,入口苦涩无比。就这样,没敢轻易扔掉,次日,反复核实,异想天开地以为我们煮错了哪个环节,企盼有纠正挽救的可能呢。

很快,父亲强制我休学。父亲写了一个请假条儿,说我要去原籍探亲,请一个月的假,让我找个同学捎给老师。第二天,我就拿上一条面袋子,跟随一位邻居去了市郊东镇一个叫浮山所的地方。邻居有约在先,我就是领你认认地方,以后,咱各走各的。饥饿年代,父子不顾,人见了人,本能地仇恨、排斥,能带我就已经不错了。

那个时候,无论你穿着讲究还是破烂,肚子一律是空的。大家见面,最热门的话题,就是哪有吃的。我踩了一次"点儿"后,自己就独立行动了,那地方有座湛山寺,挺高的塔,在父亲的日记上中国著名风景插页上看到过的,而今成了我的参照物,怕迷路啊。中午,是没有东西吃的,直到饿得前胸贴后背了,才拖着沉重的步履回家。母亲发我一角钱,说,去时走,回来没力气了,可以坐公共汽车。我想省下那点钱租书看,就只能步行。从四方路到浮山所,15里路总有吧,我每天至少要走30里路,还不算采野菜的过程!

记忆中,当时家家都弄些罐头瓶子,里面晒海水,晒得黑绿,说是产生“小球藻”了，可以发馒头吃。母亲怕有毒，到底没晒。乡下人那阵子好不吃香。有故事传说，哪家天棚顶上无意扔着两麻袋地瓜叶，这回，给儿子娶了个媳妇！我家住的是扁“口”字形楼，对面有家叫林国强的，兄弟姐妹都特别能吃，经常为吃的吵架。春节每人发半斤肉票，家人自己领自己的，一小块一小块，除夕舀大半锅水，把肉煮熟，各自把自己的那块肉盛在碗里，接下来是抢着喝汤……饺子？想也别想，没有那顿多余的年夜饭。如此说来，我家能吃上饺子，还算是温饱型的。

浮山所公社可能是种菜供市民吃的吧。地里主要是大头菜，那地收拾得才叫干净，平时，社员拿镐把看守，声称谁敢走近，打死勿论！到了收获季节，老天，别说黄叶子，连疙瘩根也见不到……也有成年人豁出去挨打，抢上把菜叶后逃之夭夭的，像我这样的弱小分子，只有漫山遍野地给残存的野草“相面”，看哪一棵疑似能吃，就弄回去。比较常见的是蒿，往锅里一煮，恶味扑鼻，真是下咽艰难啊，所幸的是家里没有人中毒。

饥饿让许多人患上了浮肿病，往腿上一按，挺深的一个坑，半天不能复原。我好几个同学因为肝炎而休学，这些都与缺乏营养有关。为了多得几斤劳动补助，好多机关干部要求下基层干体力活儿，据说煤矿下井的，娶媳妇特别容易，因为重体力活有粮食补助。

饥饿能让人变成魔鬼。青岛枪毙一个叫韩春万的死囚，法院的布告我读过多遍，如同当今的故事，案情说得很详细：此人杀掉前妻，居然把心肝炒了吃，搞得满楼道飘香，邻居以为他当着蔬菜部经理，能走“后门”，就央求他帮自己搞一点，他还敷衍：“下次的。”

有一回在市场上，见到一妇女花 1.5 元买到一只小馒头，刚转身，冷不防斜刺里钻出一个孩子，劈手把馒头抢了去，那妇女急忙拿菜篮子边追边打，而孩子三四口，就将馒头全部塞入口中……“万福临”副食品店琳琅满目的糕点已成昨日，几种饼干比鞋底都硬，还要凭票供应。有个老汉不知想什么方法夜入其内，偷吃了四包。逮住后，他恳求给点水喝，胃里的饼干遇水膨胀，小偷很快就胀死了。这也许是那几年唯一的“饱死鬼”吧。

与饥饿相伴而来的是物资奇缺。另一种新生事物得到了空前的繁荣，那就是票证。除了粮票、油票、肉票、豆腐票、布票、线票、棉花票、烟票、鞋票、火柴票，甚至打火机火石票……在我的记忆中，除自来水之外，差不多没有不限量的，连钉盖帘的大号针，也无处讨弄去。逆境出人才呀，人们就打起了红领巾和鞋带的主意，两条红领巾对缝起来，就是一条裤衩儿；鞋带抽成线，可以织衣服穿。当然。很快就缝不成织不得了，因为，红领巾和鞋带也不是按需分配。那个年代，谁没户口，谁就只有死路一条！

浮山所叫东镇，有个自由市场，星期天逢集，我就花 7 角 5 分一盒的高价，买“高级烟”拆开，在市场里边走边吆喝“谁要烟，谁要烟”，5 分钱一支。成年人上来瘾，就买一支点上……谁口袋里装一整盒烟，那得多大的干部！

市场乱了套，许多物资不在商店出售，说不定从哪个毫不相干的店铺冒出可出售的东西，只要是把人民币花出去，市民来者不拒。常常看见马路边站成长排，你站就可以了，家里的那点钱，全揣在口袋里，能抢购的绝不手软。我曾穿着父亲的大衣排队挨号，冻了两个通宵，只买到 10 斤生炉子的劈柴。我们的老师比我运气更差，清早起来，遇见某家店铺门前站着几个人，大喜，这回可算抢在了前面，就赶紧站排。一个小时过去，身后至少排了上百人。正当她沾沾自喜时，店铺门开了，前头几个人进去，老师好不丧气，敢情这是家棺材铺，前面那几位来定做棺材！

直到1962年秋，我们全家搬到东北，在火车上，供应硬得跟鞋底似的饼干，我还异想天开，若是常年坐火车，可就饿不着了。

那是一场漫长的噩梦。侥幸醒过来的，真应当珍惜今天这真正的温饱生活。如今，我年近10万元的收入，算个小康之家吧，看到老婆孩子丢弃饭菜，我仍然心里堵得慌。他们嘲笑我，值几个钱。你这边让剩饭吃坏了肚子，再去买药，哪头划算？

唉，经历过那场灾难的人，心有余悸啊，怕是算不明白这笔账了。

大海，我的童年

那几个冬日寒风呼啸，大人们惊恐地议论，真的要滴水成冰了。恍惚记得是早饭后，邻居们奔走相告，说海面上冻了，我就与弟弟跑去了海边。

那次潮退得好远，感觉中是一望无际。奇异的是，退出来的海底上丢着大块大块的冰砣，几乎比得上锅盖和家里的石磨，有半尺厚。我俩根本没思考咸水如何会有冰，弟弟顷刻间野得没了影儿。我小心翼翼地绕着冰砣们走，生怕不小心踩入水洼湿了鞋子。突然，心哆嗦了一下，我看到一块冰砣边趴着只硕大的海蜇！

忘记了是如何把弟弟喊到的。我守着猎物，让他跑回去找奶奶。我把棉袄裹了再裹，鼻涕拖得老长，袖子蹭得锃亮，却坚持不走开。奶奶这时捯着小脚飞快地跑了来。老人家挎只大柳条筐，手里拎根推磨用的木棍，到跟前一看，她也愣了片刻。那海蜇着实太大，据她说赶了一辈子海，也没见到如此大的家伙。

海蜇被掀入筐子，由我帮奶奶抬回家。奶奶几乎是把筐抱在怀中以减轻我肩上的重量，那我也压得眼泪唰唰流，只是因了贡献的成就感，硬憋着没哭出声……

这就是印在我脑海中故乡的大海，是在1956年冬，我刚满7周岁，那印象令我至今呼吸中依稀沾着淡淡的海腥。

父母在青岛市区工作，无暇照顾孩子，便把我和弟弟送到百里外的乡下，由奶奶和继祖父带。往我们那个小屯寄信地址为"山东省即墨县鳌山卫乡盘龙庄村小滩屯"，总共不到20户全是顾姓，奶奶有石砌的茅草正屋三间、厢房四间。穿过一片长在沙滩上的松林，从家里走到海边总共大约5分钟的样子，难怪有一年海啸，潮水冲进了屋子，炕前摆的尿盆、鞋子全都浮了起来……

1987年初秋，在告别那个小屯30年后，我再次站到了魂牵梦萦的大海边。除却淡淡的海腥依旧，其余面目全非：松林在"大跃进"时砍光炼了钢铁，大海也被人为地整了容，靠近沙滩部分圈砌成几个坝池，个体户养的大虾拧成绳儿似的绕着圈地游。当时叔爷陪我，他说，今年惨了，海水猛涨，虾都跑了，这一户就赔掉30万元！那时候的30万元呀，大海一不高兴就拿走，我进一步知道了它不好惹呢。

故乡的大海应当算个海湾，背后一片陆地凸入水中，南面几座岛屿矗立于天水云雾间，挡住了日出日落的观赏。海潮涨满，水面平静，浪一层一层地从远方推过来，至沙滩摔碎成无数雪白的泡沫，然后迅速退回，去酝酿下一次反扑；大海落潮时，大片乌黑的礁石裸露，看上去狰狞可怖又神秘莫测，一个人面对大海时，我总感觉礁石后面会突然冒出个红眼绿爪子的妖怪，不敢看，又忍不住用眼角去瞄。

刚踏上那片陌生的土地时，我大约5周岁半，跟在那群一丝不挂的农村孩子身后跑动，我是唯一有衣服穿的城里娃，显得极不协调。而同伴们似乎是习以为常了，赤裸裸地当街高喊："福亮，上坡了！""冬嫚儿，你去不去？"喊声未落，各家门摔得山响，随即呼啦啦蹿出一帮光腚娃娃，被点名的和没点名的全有，田野长庄稼时要不得，于是多奔海边。

奶奶和继祖父忙于生活，不像今天这些长辈可以围着孩子转。拦不住我和弟弟去海边，奶奶就再三叮嘱我，小时候算命的说了，我幼年犯“水关”，也就是一不小心会被水淹死。说得我笃信不疑，面对大海时心惊胆战，小伙伴们一见海水，泥鳅般钻入，衬得我万分自卑，不过，我懂得性命重要，只要海水没过小腿之上，便不再敢往深处迈步，更别说游泳了。因此心目中最安全可亲的，是大潮退去的海。

海潮甫退，礁石上就游动着远村近屯的赶海人，收获的什么，并没引起我的关心，我只顾玩自己的，因为这时候犯不了“水关”。大海真富庶啊，坑坑洼洼的残留海水中，游动着数不清的小鱼小虾和小蟹，都是永远长不大的特殊品种，我抓了养在小容器中，结果没一只活过两天的。

印象最深的是退出来的礁石。奶奶高挽着裤脚，穿一双旧纳底布鞋直奔礁石去。这样的鞋经海水盐渍，海蛎子壳再锋利，也割它不动。寻到一处厚实的裂缝，里面堆积着黑乎乎的海蜗（螺），有无名指肚大小，奶奶猫腰把笸箩一端顶在腰间，另一端抵住裂缝口，双手几乎是往笸箩里划拉，笸箩很快就满满登登。随意一放，吩咐我就在附近玩耍，不然，她返回找笸箩要周折的，说罢，就去弄比较费时的海货去了，具体收获的什么，我同样记不清楚，反正有时高兴有时空手回来，把笸箩里的海蜗倒进柳条筐里，我把笸箩用脑袋顶着，跟奶奶回家。

海滩没有划归哪家的说法，年轻力壮的待海潮退后，搬动石头选较低洼处砌成一道道坝，坝墙当中留下方孔供潮退时泄洪，谓之“石铺”。海水漫过，鱼虾误入石铺里，水退时往往被拦住，石铺主人就进去拿抄网捉拿。乡下民风淳朴，良心便是法令，奶奶没有石铺，从不涉足其中，并告诫我那是谁家谁家的，别进。

我第三次回乡，已是2009年清明前夕。去4里外的于家沟村看望表叔，在那儿的礁石上看到了辣蜗，族群不及儿时见到的百分之一，个子缩水到未成年模样，那也同样让我惊喜无限。问表妹，现在还拾海蜗吗？表妹说，哪有了，人比海蜗都多！

童年的我时常独自跑到海滩对着海面出神。大海始终有规则地后浪推前浪，有人观看，它兴奋地把自己拍碎；没人观看，也同样一丝不苟地重复。远处稀疏的海鸥如风中落叶，在蓝天下翻滚，偶尔于尽头看到一缕浓烟，我就死盯着盼，那烟黑起来浓起来高起来，一条轮船就蹿出海面，乡亲们称其作“火轮子”，当时难得一见。能区分海与天之界限的，除了几座岛屿，更多的是归帆，先是一片两片，眨眼之间几十艘渔船悄无声息地相继出现在视野里，煞是壮观。2011年我在福建莆田湄洲岛跟随电视剧《妈祖》剧组修改剧本，在岛上待了近两个月，看到的渔船都是机动的，不再需要风帆，帆船相伴着独轮车退出生活的记忆，千帆竞发也就成了传说……

印象深刻的还有礁石上的蛎子，说重重叠叠毫不夸张。要煮小豆腐前，奶奶抱着磨棍，把泡好的黄豆磨成豆末儿，菜切碎装入瓦盆中，再穿上那双赶海旧布鞋，提着废铁盒罐头做成的小桶出门，不大工夫，提回半小桶海蛎子肉，把它们煮入小豆腐中，那穷日子就增添了说不出的鲜美。当今哪个有这种口福？只能盯着这拙文去联想吧。

跟奶奶赶海是我童年最大的快乐。曾有一段日子我咳嗽不止，老人家担心海风吹灌下咳得更厉害，就命我在家待着。我哪里领会她的苦心？奶奶出得门去，我跟在后面迎风大号，老人家只好边责骂边带上我。因了我在身后，奶奶无力跟其他妇女抢地盘，收获自然要少了许多。我赤脚站在水里，知道奶奶不会再赶我回去，心里暖得不行。猛地脚趾钻心疼痛，一只螃蟹死死地钳住了我！我忍痛大笑，有收获了嘛。其实奶奶为我处理伤口的时间，不知道要耽误捉多少螃蟹。

除了在冰块间拾到大海蜇，总共我还有几次挣面子的获得。我已经敢光着脚在软沙上行走，海浪跳起来吻着小腿，给我阵阵晕眩与激动，忽然，前面有东西浮游着，是一条漏网的大黄花鱼，被我轻松捉到。当晚，我吃了好几块鲜鱼，心头那种快乐与自豪感无以复加！

不敢游泳，我跟小伙伴们玩得不算融洽，大多时间总是独自站在沙滩上望海。某日，我沿着海岸线往西直走，居然看到被海浪冲到沙滩上的一只海蜇头，晶亮亮的，长着几只如同小孩子胳膊的手臂。我高兴得忘乎所以，可力气太小，搬它不动。那我也决不舍弃！猎物被紧贴肚皮抱在怀里，任它蜇起我一片红斑，我毫不在意。来时不觉得，回返时那路好远。实在抱不动了，便放声大哭，直到傍晚继祖父沿着海岸寻来，才解了围……海蜇被处理后，切丝，以蒜泥、盐面拌好，奶奶让我先尝，那一刻我骄傲得像是劳模。其实，当时的海蜇并不是稀罕物，听说近年大面积种植海带施化肥，才使得浅海中的海蜇们绝了种……

2016年夏，我兄弟们组团回乡探家。小滩屯早已消失，祖屋被贯通的一条公路占用，事先没得信息，那笔补偿金就算捐献了吧。兄弟几个再次认真地拜谒大海。除了亘古不变的海腥味儿和汹涌的波涛，眼前已寻不见童年的记忆，目之所及，到处是现代化养殖户的领地……时值潮满，我无缘亲见海滩上的礁石，只能靠想象去凭吊，有一点毋庸置疑，童年赤脚奔跑的沙滩踪影皆无，被运去建筑公司搅拌了水泥。

海滩除了供孩子们玩耍，还与村民们的生活关系密切。故乡人口密集，奶奶找一块山坡，小镐飞快地抡，把杂草连根刨出，挎回家就是灶底燃料，至于柴火，长年也见不到一根的。所幸海潮推上来许多枯柴烂草，堆积成长长的一垄，奶奶挑选一些能燃烧的，以绳子捆回家，谓之“拾浮柴”。晒干的浮柴盐碱虽多，但风箱拉起来，火势较枯草那是要硬得多，所以，乡邻们无不感激大海的恩赐。

去海西端二里许有一处海汊，涨大潮时被海水宠幸过，水退后，留下一片光滑坚硬又略显潮湿的场地，故乡人称其为“讲”，我猜可能是“港”的方言。赤足跑在上面，那才叫惬意！我跟随小伙伴们去过一回，就再也忘不掉了，每听说要去港上耍，我一次不落。说场面光滑也不尽然，表面上星罗棋布着若干小孔，小孔内住着小生物，有寄生蟹，更大些的是一种叫“大夹娘”的小蟹，长着一只硕大的独螯，爬行起来相当笨拙，一听见声响，迅速遁入洞穴。这却难不倒“淘得能拽下天来”的孩子们，他们屏住气息守候片刻，小动物以为险情解除，爬出来窥探，马上就做了“俘虏”……场面相对干燥处，积了厚厚的一层盐，祖母拿旧菜刀刮回家，入水沉淀后用来腌菜，可以省些盐钱。据说得躲着点干部，上级知道不让的，我猜可能是政府有禁私盐令，好比当年私人造酒是犯法的一样。

2017年初春，我再回故乡，考虑为盘龙庄写点什么。这个当年的小村，如今约500户，1500口居民，20世纪被饿跑的灾民，有许多陆续回乡，故乡还是接纳了他们。故乡发展迅猛，有几所大学在此建立分校园区，蜚声全球的“蛟龙号”载人深潜器也在不远处落脚，成为故乡的骄傲。

跟随奶奶来村里开过会，曾去过那边的海滩。记忆中的礁石比小滩屯的更多更大，于是一种渴望催我沿着村街奔大海方向走。如此遥远吗？我只道自己记忆有误差，可是站到海边，却见一道高坝下正涌动海水，族弟告诉我，就是刚才走过的路程也有一半曾是旧海面，围海造田将陆地推进半里多路。我问，礁石呢？族弟大笑，早炸掉砌大坝、盖屋子了，你上哪儿找去。

没了礁石，海蛎子和海蜗去哪里生存？

族弟浅浅一笑：人想让它灭种，它能怎么样？人意难违。

海浪哗哗地拍打着石坝，我感觉脚下的地在抖。

除了猎取，百姓一般是不管明天后天的。好在有“绿水青山就是金山银山”的理念支撑，昨天任命了河长，明日或有海长，倡导靠海吃海的乡亲们养护大海。

是夜难眠。童年的茅屋，缥缈的炊烟，忙碌着的祖母，日夜咆哮着的大海和甩不掉驱不尽的海腥纷至沓来……继祖父拉着石磙子下海，傍晚拎回满桶蛤蜊；叔爷摇着渔船撒网，载回半舱墨鱼、对虾，淡盐水中煮熟，吃得我满嘴漆黑……墨鱼背上抽出的硬壳，插草棍代桅，穿纸片为帆，放在水中就是微型的船……渐渐地蒙眬入睡，梦见我怀揣银行卡找饭店，出这家入那家，却无论如何也没买回独特纯真的海味儿……

· 想起童年“二月二”

“二月二，龙抬头，王三小姐甩绣球，打中花郎薛平贵，流传瞎话几千秋。”这是儿时听老人唱过的一段歌谣，说的是王家相府三小姐在龙抬头这天搭彩楼，抛彩球选择终身伴侣，“瞎话”疑为“佳话”之误。无独有偶，小时候读过一部叫《彩楼记》的小说，描写的也是宋朝名臣吕蒙正，贫寒时被刘丞相的娇女抛彩球砸中，二人婚后相濡以沫，终获幸福的故事。小说、歌谣的创作离不开生活，这是不是仍可以反映出“龙抬头”这个日子，在古人的生活中占有很重要的意义这样一个事实呢？

在我童年的记忆中，农历二月初二是个颇具规模的节日。我想，节日与农业生产有着密不可分的关系。中原地区及北方，春节期间无农事，天冷又较易贮藏食物，这段时间，节日就比较繁多，什么冬至、腊八、小年、春节、元宵……三个月过了全年半数的节。“二月二”就是这一堆节日中压轴的一个，及至清明，间隔可就远了。

我最早知道二月二，传说是土地爷的生日。那时候我在乡下随祖母生活，老人家头天晚上就特别庄重神秘地叮嘱我：“明天二月二，打囤时不准接语。”早晨，爷爷从灶坑里掏出满满两筐子草木灰（当时民俗，整个正月，灶底下堆得再满，也不许扒灰），示意我跟他到院子里。他拿锨除着灰,在院中画出一个粮仓的图形,称作“囤儿”。我记得一大圆圈儿当中套一小圆圈儿,小的外边与大的中间形成一个环,用五条线隔开,就是五个“分仓”,寓家有多种粮食之意;北端画出一只梯子,上窄下宽,与囤儿连接。粮仓做成,灰也用尽,祖父再将准备好的各种粮食分撒在各分仓内。

这些做完,祖母已在灶上准备好了供品和香烛、烧纸,爷爷带着我去土地庙上供,教着我磕头,这是给土地爷上寿,很郑重虔诚的。

回到院子,爷爷打开鸡窝,我就相帮他盯住那一群连滚带爬扑向粮仓的鸡,鸡率先奔哪个分仓把里面的粮食吃光,就预示着哪种粮食会丰收,今年应当多种。这时就可以说话(接语)了。其实这只是一种仪式,比方说,鸡根本不愿意吃黄豆,那粮仓里也从不放地瓜,鸡没那么大的嘴,而祖父哪年也没少种这两样庄稼。

憋了一早晨的话解了禁,我如释重负,赶紧跑屋里对祖母汇报我的发现,以证明我对未来的丰收也有一定贡献。奶奶则一边说着“好,好,今年收成大好”,一边往我兜里装炒糖豆,嘴里还有祝词“(咱们)一溜儿,一溜儿(一条心)!”吃完早饭,大人、孩子们便串门,相互交换品尝自家的糖豆儿。

炒糖豆儿在妇女的眼中是举足轻重的事儿。正月下旬,就把豆子泡透了,然后晾干水分,这样,炒出来的糖豆才酥软可口。手巧的妇女还会切些红薯丁儿,与黄豆一起炒熟冷透,再倒入溶稀了的糖汁内,就炒成了糖衣豆儿。过去妇女很计较手的巧拙,哪家的女人把糖豆炒煳了或者艮皮烂肉不好吃,会被人笑话好长一段时间。

二月二改善生活的主打菜是猪头肉。我猜,这跟人们贮藏食物的条件有关。“耍正月,闹二月”,节后集市稀少,人们杀年猪,就留下猪头埋在雪里,这东西相对坚硬,比猪肉存放得更久,一个正月,自家改善，客人来访，把点存肉折腾完了，也就剩下个猪头，眼瞅快放不住了，便找出来，过“年系列”的最后一个节日。初一晚上，凡有猪头的，家家忙着拔毛、劈骨，还须将鼻腔中的两块“臭骨”剃出来扔掉，否则影响味道。猪的耳朵处有块指肚大小的骨头，叫“猪惊儿”，要挑出来，穿孔挂在小孩的脖子上，说是能压惊，预防小儿惊风。

这个节日的主食是煎饼。我理解，也由物质生活水平决定。过去一个正月，细粮早没了，此时尚闲，煎饼就成了粗粮细作的食物。儿时有谚语曰：“二月二，吃炒豆，大人孩子好一溜儿；二月二，吃煎饼，大人孩子满天井（院子）。”表达了老百姓渴盼人丁旺盛、家人团结一心的美好愿望。

随着生活的好转，猪头肉已经到了许多人不屑问津的程度了，我家就没人吃那东西。可到了二月二这天，猪头肉往往卖得飞快，妻也抢购回一大块，今天、明天端上桌，看几天就差不多是扔掉。我不满，说弄那干什么，谁吃？妻说，过节嘛。过节可违抗不得，我便妥协：咱改成耳朵或者舌头吧，它们也属于猪头的下属公司呢。

二月二这天，还有禁忌：一不推磨，二不动针线活儿。旧传，磨是青龙，过年常用红纸写“青龙大吉”贴于磨唇上便是佐证。龙抬头怎么可以擅动它呀；对于针，有两种说法，一说是怕扎了龙眼；另一说是怕扎了谷心，对庄稼不利。闺女媳妇这天不必做那没完没了的针线活儿了，约等于放假，可以找闺中女友打牌，抓“嘎拉哈”，唠唠家长里短。如此说来，二月二还是妇女节的雏形。

童年的二月二也有我最恐怖的记忆。当时有“正月不剃头，剃头死舅舅”“二月二剃龙头”的习俗，熬出一正月，该剃头了。那阵子乡下谁见过理发推子？剃头就用刀子生刮。小孩子不老实，大人给捉将过来，用麻袋将下半身裹住，抱在凳子上，再由成年人边搂紧边恫吓，上边人不管不顾地生刮一个点儿。现在想想，就是火烧火燎地难受，并不曾割出血来。我与二弟杀猪似的号叫，也还是在剃难逃……直到剃完了放开，仍然逃到一边，直到哭够了算。

旧社会雇长工，按例这还是长工上班的头一天。由于春暖花开，贮藏了一冬的萝卜所有养分消耗殆尽，变得很难吃了。故有民谚云："长工上了任儿，萝卜跑了味儿。"

科学发展到今天，自然不会有人相信什么龙抬头和剃头死舅舅的说法了，然而，那五彩缤纷的节日民俗活动，仍然有很强的吸引力与亲和力，令人难舍难忘。移风易俗，剔除糟粕，把好的东西传下来，不但能增加民族的自尊与凝结，还可以把老百姓的生活装点得更加丰富多彩！

地瓜面骨渣包

1961 年腊月底，过了辞灶，由于饥饿的缘故，我从青岛去奶奶家过年。然而，那个年代，种粮者同样也没吃的。

袋子底确实有点白面，那要留作包年夜饺子，无论如何不敢拿出来吃掉。我猜想，老人家是动了许多脑筋，她找出小半袋红薯干磨的面，对我说：“包地瓜面包子给你吃。”我不知道是什么东西，但只要听到“吃”，胃里就兴奋地蠕动。

家中囤积了几块猪脊骨，也是准备正月吃的。那时候，骨头与肉的价格不可同日而语，刮剔干净得近乎啃舔，但肉缝里“内容”还是有。奶奶把几块骨头装进柳条篓里，领我直奔村西露天大碾坊，把骨头摆在碾盘上，拿斧头顶砸，直砸得骨头碎成极小的块块，这才罢休。

荤的材料有了，还缺搭配的蔬菜。虽有菜田，种点白菜也全卖掉，只有大块的干晒萝卜丝菜团，放温水里泡软，剁碎，掺入骨渣，就兑成了包子馅。奶奶想了想，小脚上又换一双专门蹚海水的布底鞋子，带着一把铁锥子和一只用麻绳做提梁儿的小洋铁罐头桶，出门不足一里地，就是海边。当时是退潮，礁石显露，许多被挖掉肉质的牡蛎壳儿，瞪着白花花的眼睛，朝天空发呆。奶奶自言自语地说：“人比砺子厚，都挖光了。”

然而，那时的大海毕竟比现在丰硕。我不记得过了多久，奶奶抠到一些海砺子肉，混杂半下海水，沉浮在罐头桶里。奶奶问我：“冷不冷？”我摇摇头。冷是真实的，可刺激我的是新奇，这东西要干什么吃呢？那年代，最有诱惑力的字，就是吃。

奶奶炒了一点花生，分给我一些，说：“香香口。”剩下的，拿擀面杖研成粉末，连同剁碎的海砺子肉搅入包子馅中。老人家又对自己说：“多使点油。”

地瓜面包子蒸熟了。哈，看上去原来雪白色的面，蒸出来却是黑亮黑亮的！

奶奶朝爷爷苦笑：“地瓜面骨渣包，咱提前过个年吧。”

捣了点蒜泥，就那么蘸着吃黑包子。哎哟，咬一口，那股香气伴着鲜蛎子味，直从我后脑勺冲到前额，长这么大，我当真是头一回吃这么好的东西！我一口气吃掉四个包子，两位老人唯恐我撑坏了，一个劲儿地哄劝：“吃多了肚子疼。这些都给你留着，明天再吃好不好？”

年根底一顿粗粮包子，香在我记忆中50多个年头。每当哪位提起什么东西如何好吃，我大脑第一反应就是：“比地瓜面骨渣包还好？”确实再找不出比那更好的东西了，不必说当年的红薯、猪骨、海蛎子是什么质量，仅其中包含着祖母在无奈的困境中对孙儿的疼爱，这辈子再也没处品味去了呀。

第四辑

荞面饺子浓浓的情

荞面饺子！简直是稀世之物。我连呼快端上来。仿佛预感到这东西迟早要退出普通人家的餐桌,我极其认真地品尝了起来。啊,脆生生甜丝丝的荞面饺啊,尽管馅儿改换成纯牛肉,而那童年的炸萝卜丝味儿,夹杂着老祖母身上淡淡的汗酸味儿,让我第一口便结结实实地叨住了……

无成本玩具

偶尔掀开小儿子的床，发现里面琳琅满目，全是被他冷落的玩具，仅汽车就有几十辆，还有电动飞机，当初花了400多元，玩过不超过10次。唉，不由便想起了我的童年。那时候，孩子们绝大多数就地取材制造玩具。记忆颇深的有几种游戏。

摔泥娃娃。用稀黄泥现做的非碗非砚状东西，称作“娃娃”。二人玩耍时，一方将自己做的“娃娃”举起，口中念咒：“东北风，西北风，我的娃娃好大声。”念罢奋力扣在地下，那“娃娃”当真摔出一声“啼哭”，顶盖就被空气顶破一窟窿，这时，对方便需要揪自己的泥去补这洞，窟窿越大，补得越多，直到把对方泥团赢得做不成“娃娃”才算大获全胜。有时没水，唾液甚至尿液均可利用，至今形容发小伙伴，有“小时候一起尿尿和泥玩”一说，大概出典于此。

打瓦。破砖碎瓦随处可见，如有薄石片，那更是再理想不过。游戏者一方将自己的瓦立在规定的地方，由另一方远距离击打，打倒的，或升格，或没收对方一块瓦，打不中，则改由对方出击。技术高的有许多花样，比方，“张飞骗马”要将瓦从胯下飞出，击倒对方瓦片。赢得满载而归者，大抵也有金牌意识，成就感十足。

打茧。手指粗细二寸长短的木棍，两端削尖，呈茧状，故名。将茧平放地上，游戏者持一块长尺余、宽近二寸的木板，剁茧一端使之蹦起，同时挥板横抽，将空中的茧抽出很远，落地后，自己估算距离，比如说，15板，则由对方用这块木板去量，按所估数量计算总成绩。少估了，影响成绩；多估了，谓之“鼓”了，成绩作废。这游戏可由许多人组成几个队进行，能考验选手对飞茧的判断力和距离的目测能力。

弹杏核。两人游戏，每人出两枚杏核，争到出击权的，将四枚杏核攥住，撒在地上规定的小区域内，有超出者则弃权。然后，由对方任意取走一枚至二枚，剩下的，规定用拇指将甲核弹起，去击打丙核，打不中或者碰着横在中间的乙核时均无效，交由下一轮，直到击中者将四枚全部收入囊中，再进行下一轮。此玩法也可三人共出六枚杏核同玩，难度比四人的更大。

抽陀螺。俗名“懒老婆”，意思是不打不动弹。取胳膊粗一段木头，削尖一端，用鞭子抽着旋转，多人比赛，看谁的转得最久，通常抽几个小时，孩子们玩得满头大汗，兴趣盎然。有能耐的，会找颗废滚珠镶在尖端上，那样更益于陀螺旋转。如有一份花花绿绿的袜子商标贴在上面，旋转起来，形成美丽的花纹，主人的自豪心态，绝不比现在拥有高档手机的孩子差！

这些游戏弊病是不卫生，孩子们玩过后个个泥猴似的；优点是不花钱，那时，家家穷得要命，怎么可能给孩子买玩具？

哦，都远去了，随着我们这茬人逐渐离去，那些就地取材的玩具以及游戏方式，也将从人们记忆中消失。是飞速发展的经济淘汰了它们。

小小纤夫

因为生日小，我 9 虚岁才得以上小学。

那时，肩下已有三个弟妹，妈没工作，居住青岛闹市区，生活艰难啊。我不得不强忍“哈喇子”看着一些同学用转刀削带橡皮的铅笔，看人家背商店卖的那种书包（我用的是妈用布缝的），作业本写完了翻过来用，为节省钢笔用蘸笔写作文……

10 岁那年我升入二年级，在市郊沧口上班的爸爸给我带回来一根漂亮的麻辫子，细端系着一个铁钩。爸郑重地交给我：“‘融四岁，能让梨’，你都 10 岁了，得劳动吃饭，多少帮家里点儿。”当时校舍奇缺，我们是半日上课，下午被老师强行分派到规定的学生家去写作业，叫“学习小组”，不去就是不遵守纪律。爸一瞪眼：“在哪儿不是写作业！”

老人家替我找了份“工作”。热河路是个大陡坡，拉人力车的到那儿爬不动了，便有些无业人员帮助拉过这段，给一角钱。爸耐心地教会我如何揽活儿。第二天，我推掉了学习小组的学习，背着麻辫子，站到了那个陡坡下。

车夫们拉着那种双轮的人力车，接连不断地往坡上拉。有俭省的，走“之”字形，艰难地往上挪，拉不动的，背麻辫子的招揽：“拉着？”车主同意，生意便谈成了。

没有与我仿佛大的孩子。我孤零零地站在那儿，有些羞怯、彷徨和无助。想喊生意，总是喊不理想，所以，迟迟没有人用我。晚上如何向爸交代？老人家的拳脚尽管我领教熟了的，可每一次都有新体验！好歹找到一位让我“拉着”的，我激动得差点给人家下了跪！

我哆嗦着手，挂上钩儿，没命地蹬起来，生怕人家嫌我力气小。蹬出10多步，双腿就酸得不行。可我有劳动热情啊，我鼓励自己，不松劲，拉车比挨打好受。记忆里那段陡坡不知道有多长，我昏头昏脑，好不容易才熬到平坦地带。松下绳子，我一双小腿仿佛不在身上了！我是半劳动力，那叔叔给了我五分钱。拿着那张印有轮船图样的纸币，我身高一下子长了不少，我挣钱啦！我不敢怠慢。爸教过我，要抓紧去陡坡下等候新雇主，稍带着休息了。

等候下一雇主，比拉车的时间还漫长。我越喊越习惯，可还是没有人愿意雇我这“豆孩儿”。出过汗，小风一吹，冷到心里了，我暗暗祈求着，拉着吧……还好，第二位好心的叔叔又冲我点了头，我再次拼命移动着酸酸的腿。

第二次下坡时，有个叔叔拉到半截就力尽了，他主动叫我：“小孩儿！”我马上微笑着跑过去，帮着他拼命往上拉。叔叔告诉我，不用这么使劲，一会儿该没劲了。我鼻子一酸，心里暖得不行，我甚至想，他若是我爸爸，该多好啊。到了坡顶，那叔叔破例给了我四分钱，老天，半截应当二分五，顶多给三分，而他如此慷慨！

那天下午，我一共拉了三趟半，回家交给爸一角九分钱。爸喜笑颜开，找出一个账本，庄严地为我立了账户，写上“文显”，拉车收入一角九分。

晚饭前我还有一项工作就是拉风箱。拉了一会儿，爸叫我。他交给我一张纸,是他写的诗。我不认草书,他给我念:“拉车虽累不算贫,出力挣钱顾双亲。可笑只有懒汉子,伸手要钱才丢人。”并鼓励我和一首。我高兴极了,边机械地拉风箱,边构思,10虚岁的我写出了第一首“诗”:“劳动虽累不算穷,挣出钱来顾家庭。可笑街头叫花子,低三下四不脸红。”不过是抄了爸的,可那天,我受到了表扬。我觉得爸真是对我好啦,一连几天,看太阳都分外的暖!

于是,我提心吊胆地上学、拉车。尽管爸的诗将拉车写得那样美好,尽管老师天天讲劳动光荣,我仍怕遇上同学。我觉得很自卑,为什么别人有的我没有,别人不拉车,我却要拉车!

1958年冬天,我背着麻辫子,像一个小小的纤夫,枯立于寒风中,度过一个又一个下午;又在15瓦的灯光下,完成我的作业……平心而论,我并没有挣多少钱,遇上星期天,最多也不过六七角钱的样子。

没有盼来下一次与爸会诗。老人家兴奋点不在我的天赋上,他实在太需要钱了。转过年来,爸又替我弄了个箱子,让我卖冰糕,租赁小人书……直到1960年,饥饿逼得我停学去市郊挖野菜。

一晃这么多年。我依旧像个纤夫,弓着腰,在人生路上拉啊拉,把自己一家拉出穷山沟,把自己拉成了文化人。年近花甲,那麻辫子可能长在了我肩膀上。我不想松套,有爸帮我打下的良好基础,什么苦不能忍受。我在家乡做一份工作,又去省城某杂志混了个特邀副主编,五百里路云和月,两地奔波,真是辛苦得可以。然而,我的儿子、孙子可以省略我那样的童年。我清楚,他们素质差,吃不得我这份苦,更不及我懂得赚钱养家。

这是一种退化。退就退吧,我认命,谁让我生下来就是纤夫。再说啦,假如爸还健在,看到我让他的孙子小小年纪去拉车或者干什么,他老人家不打死我才怪!

当年我读书

常常听到中小学生抱怨,真累呀。父母也一律如传导了相同的煎熬一般,摇头叹息,是累。如今孩子上学,实在太累!

不知道这累是相对于哪朝哪代。除去"文革"时期根本不读书,从来就没听说读书轻松的。我着实羡慕眼前这些沐浴在温泉中犹自大喊辛苦的孩子们。

我童年生活在青岛市最繁华的地带,读书于20世纪50年代末。那时我们家不富,因为我是长子,待遇尚好,我上学前,母亲就用毛巾给我缝制了一套"兔子服"和一个书包,她小时候读书用的文具盒也传给了我,生了锈的铁盒盖上印着伤痕累累的孔夫子头像,当中挤压得陷下去一块,两个简易折页烂掉了一个,每次开启都须小心翼翼,因为上盖与下层对不严实了。至于本子,都是与课本统一交几角钱,由学校一起发放。只有当本子不够用时,才可能去一趟卖文具的小店。

那时候,挂在老师嘴上的是劳动光荣、牺牲光荣、节约光荣。当时社会上宣传的口号为"勤三年,俭三年,修修补补又三年"。老师在课堂上不止一次给我们讲英雄岳飞的故事,说他老人家学习不用纸笔,小小年纪就知道以簸箕端回河沙,上面插几枝柳枝,用来代替纸和笔。听得我大为感动,要做像岳元帅那样的人,就得想出沙子代纸的方法!

那时候,全国都穷得要命,青岛市民也不可能幸免。一个班级,能买起鞋子的同学不多,大多是母亲做的布鞋,衣服也是自家手工缝制的居多。我读到高小,别说衣服没买过,就连本夹子都没用过一个,买不起。想想当年真环保,老师号召每个同学带一块石板,黑质石头做的,像缩小了的黑板,再去买一种长方体的石笔,一分钱四根,同学们在下面做完了题,朝着老师那面一竖,老师看过后擦掉,这样可就节省了许多练习本;就这样的石板,也是父亲用木板做的,写完字总有擦不净的印痕。同学们为了节省,把上学期的作业本每张反过来折叠,背面朝外,就变成了一个半截大小的"新本儿"了,用这种"新本儿"做一些无关紧要的作业,老师批改着有些别扭,却也说不出什么,因为那时候,穷人何止三家五家。

我的文具盒里从未同时存在过两支铅笔。每次都是用完一支,拿给母亲验过,这才给3分钱新买一支。用剩的铅笔头绝不舍得丢掉,要挖空心思使用,比如套在别人扔掉的废笔支上,比如把铅搞活了,推到下端,上面塞以纸捻儿……总之,比捡烟头的还可怜!不知哪个同学有了惊人的发现,可以从铅笔厂买到次品,是白茬儿的,只要两分钱。我可以花两支的钱购到三支次品,那种欣喜无以言表,而那位同学立即成了我们几个穷学生的救世主。老师反复叮嘱,不可帮同学做题,那样做是害了他。但当这位同学需要抄题时,我毫不犹豫!

文具盒里除了笔,再就是格尺、小刀。别说那种铅笔转刀,就是三分钱一把的小刀,我记忆中也没买过。放了学,大陆五金厂门外的废铁堆中,就拥挤着许多男学生,大家从废铁中挑选出中意的小铁片儿,然后去石板上磨,磨出一个斜三角的刃,就用它来削铅笔,有时候,磨得手上起了血泡也不觉得委屈,一旦磨成功了,瞧那种成就感!

这样的俭朴并不是极限。1960年，中国陷入一场巨大的经济灾难中。不仅没有吃的，任何物资都缺。学生们用的课本，是劣质再生纸印刷，课文中常常发现有旧报化纸浆遗留的文字！作业本黑乎乎的，用了超量的漂白粉，仍然看不出纸张的样子，钢笔画一下，笔画随即洇得一团模糊。孩子们四处打听，发现能写钢笔字的本子，立刻向大家报喜，再黑也是好本子！我不知从哪儿捡到半本会计的账本，纸张既白又厚，我珍藏着，直到结束学生生涯，也没忍心往上写一个字。

在小学，我一直幻想能有一个从商店里买回的书包和一个新文具盒。那帆布黄书包背着才叫神气，五彩缤纷的文具盒，亮闪闪，让人舍不得开启，四角多钱呢！终于在1961年寒假，我在大海的礁石上捡到一只黄帆布书包，狂喜之际，我把它非法占有。可我的收获并没能得以展示，第二年，父亲便把我们全家带到吉林一个偏僻的山沟。我宁愿用再差的纸，甚至像岳飞那样用沙子写字；我宁愿天天少睡觉，去自己磨制铅笔刀；我宁愿像当年那样放学后去热河路边帮人拉车赚钱，再累也不说苦……可是，都不行了，父亲断送了我美好的梦，13周岁我便作为合法童工，成为"光荣的"人民公社半劳动力。

40多年后，噩梦渐渐淡忘。我搬进省城，靠稿费养家，称不上有钱，却绝对不缺钱。然儿时的艰辛依然刻印在我的生活习惯中。杂志社寄样刊的旧信封，买衣服里面夹带的白纸壳儿，全被我用来打草稿、记录灵感。小儿子的作业本，半本半本扔掉的，都被我小心地收起来，后来，就没了信心。我即使活到100岁，又如何用得了这么多！

取名的风波

我于1949年冬出生于青岛，消息飞报到原籍即墨县的一个小渔村。

那个时候，农村相当封建，家族意识严重。我家四代单传，我前面出生的又是一位夭折的姐姐，直到祖父年届53岁才得我一株传承香火的苗儿，那欣喜之情可以想见。老人家当即兴致勃勃地求到族长面前，按照宗谱给我取名儿（姐姐叫啥他根本没过问）。很快，祖父用独轮车子推上土产，徒步120里赶到青岛给我命名。

写有我名字的纸条儿递到母亲面前，母亲勃然大怒：按族谱排辈，我是“守”字行，因此族长取名“顾守厂”。祖父一离开，母亲就翻了天：“这名坚决不能叫，恶心死了。守厂守厂，难道要倒闭了吗？”

当初按旧俗，祖父在原籍给父亲定了娃娃亲的，父亲反抗旧婚姻与母亲结合，家族本不予承认。然眼下今非昔比，生了儿子，母亲扬眉吐气，连祖父也得看她的脸色！父亲虽隐约觉得名字别扭，可又不敢违拗祖父的意思，因此犹豫不决。

母亲不依不饶：“那名决不能叫，‘守’字也犯贱，一并改了。他爷爷有意见，由我理论去。”父亲多次婉转劝说，只要孩子健康，叫什么还不是个叫？母亲毫不退让：“既然叫啥都行，为什么叫顾守厂，天底下唯此名最难听！”父亲无奈，心一横，反正是得罪了，那就索性改如意一些吧。听母亲说，查字典，推易数……绞尽脑汁才让我拥有了今天这名字。

擅改名字，在家族中无异于抗旨，此前无先例的。母亲惹下祸，心里也忐忑了许久。我祖父自从有了孙子，不嫌路远，忍着哮喘病，120 里路，一个月能往返几回。父亲找了个独处的机会，把抗命改名的事吞吞吐吐地禀报了。

当时祖父什么态度，母亲无从得知。自从有了孙子，老人家恰似花子得了狗头金，经常目不转睛地盯着我。盼我醒来不果，试探地问：“他总闭眼，不能捂了，要不要让他睁开看看？”母亲既好气又好笑：“才这么点儿，能不睡吗？”老人家又讨好地说：“你瞅他拇指有我的粗了！”我想，爷爷肯定做了好一番权衡的，最后认为这儿媳妇断惹不得，谁让她给顾氏生了孙子！待母亲做好饭，祖父见我一动弹，立即说了声：“哟，文显醒了。”母亲知道她儿子的名字获得了承认，那种高兴，可以想象得出！

打那时起，盘龙庄小村里出现了第一个不按辈行起名的子孙：顾文显。我感谢父母亲的开明，也感激爷爷并没固执到底。老实讲，我口头上也会说，名字叫啥不行呀，然而，至于顾守厂那破名，谁爱叫谁叫去吧。

如今，我写出一些文字，朋友们恭维我：“您这名是后改的吧？名副其实。”我自豪地说，什么后改的，是母亲一番苦斗后争得的。然而，我尚愧对这名字，毕竟离名副其实差老大一截呢。

嫩老师

六道江公社下甸子五队，人口百余，去下甸子10里无车道，过春节有贴红纸代对联者，稍识几个字的不是地主便是反革命，“好人”个个目不识丁。

我父亲1962年把我们全家从青岛市区中心领到这儿，隔一年，小五队开天辟地第一座学校诞生了，做上10套桌凳，兼作饲养所、队部的那间又破的小草屋又兼作了教室，家父便是首任民师。

折腾了一个多月，我不关心它是怎样过来的。14周岁的城市孩子既然到了农村，就须整天攀山爬岭地劳作，在青岛读过5年小学，念书自然没我的份儿啦，我管那做甚。

忽一日下雨。父亲上完第一节课（根本无钟点，兴之所至便下课）回家对我说：“你去替我教一阵，我头有点疼。就教拼音。”

大约20名7~15周岁的山村野孩子，挤在黑屋子里，届时有两名识些字的青年乘虚而入，站在课桌前张牙舞爪。学生不听指挥，竟吵闹得不可开交。我认为自己该上场了，就稳定一下情绪，往讲桌前一站，拿起教鞭，学当年我的老师，板着面孔不开口。灵，“教室”里唰地静下来。

平日里连农活都做不好的我，在这群年龄相仿的野孩子中怎会有地位？途中我先已有对策，仍板着面孔："上课。"在黑板上写"青草"二字，教几遍，又写笔顺（父亲连笔顺也不教，一派私塾相）同学们居然跟着学，声音很响。我又先让最小的站起来读，结果，大的也听调动了，一节课下来，很成功。

现在回忆，那些孩子是好奇：这么点儿的老师？看他怎么教？父亲听说我震住了学生，不置可否，但下午仍让我代他。那时的课本没有单列的拼音课，我便自编了教材，用了大约两个月，直到把拼音教完。

教学中出过几次事。一是有个叫扣儿的女生，小我一岁却高我半头。迟到了，开门便直奔坐位。我喝令她出来，她不服："你爸爸在这儿，我都不报告！"我揪住她的小辫儿拉出来，不料她又从窗里爬入来，惹得课堂炸了锅！我想，万不可开这个头儿。就停下课，专对付她，将逐她出门外折中为罚站。这女孩极野的，我知她站不久，很快提问她，答上了，我赶紧表扬，让她坐下。她美得小脸通红，下了课做游戏，主动捉蝴蝶给我玩，颇具时人讨好领导的意味。

还有一天下雨，一些大人（主要是队委会的干部）来看我讲课。我暗嘱自己：万不可心慌！我上了语文，还教了几句歌。当时凡带音响的连有线广播都不曾出现过，同学们唱得如鬼哭狼嚎，看家长们，那种欣赏、自豪的神态！有一位还不觉掉了泪：他的孩子念对了好几个字母！这情景深深地印在我幼小的心灵中，激励着我的教书、育人生涯，直到如今（如今虽不教书，仍旧育人）。

混沌初开的山区，孩童智商低，学得慢，忘得快。但他们十分敬我：这小玩意儿毕竟也是老师！于是他们送我绰号"嫩老师"，偷着叫。我上课时一本正经，不许胡闹。我暗示他们，我不太爱干这活儿。同学们怕我走（我比家父更会当老师），也是课堂纪律严明的原因之一。

有一回，嫩老师教一个笨学生，他跟我差不多大，连教几遍，愣是拐不过弯儿，不由性起，拿教鞭打他头，教鞭断了，他却只任我打，不还手。第二天，他上学，亲手给我做了三根教鞭，还刻上花哨的纹理！

吼一声上课，把学生关进屋里，我却佯装去厕所，在没人的地方好一通难受。一个刚满14周岁的孩子，从几根教鞭上突然感受到山里人强烈的求知欲，同时意识到自己失学的无限悲怆。那一刻，我暗下决心，皇帝、将军都不干，要当，就当个好老师。

悬崖历险

那年我15岁，失学却已达3年。父亲认定他的儿子不会有啥出息，便早早结束了我的小学生涯。

那是个嘎嘎冷的冬天，我领着弟弟到一个叫李家沟的地方捡柴。有位叫老王头的人烧荒燃着了森林，很多树不幸遇难，我们就砍回那些枯树当柴烧。

平坦些的地方被我们一天天捡光。我试着从斜坡攀上一个悬崖，砍的柴扔下去，多了，再绕下去归堆，装爬犁。

苦难的童年也有高兴的时候。记得我一边干活一边唱，好像是《送别》那首歌。积雪没膝，雪下是落叶，很滑。不知怎的我踩活了落叶，哗的一声，连人带雪滑了下去。

30多年了，写这段文字时我仍有些毛骨悚然。我在想，一个生命的结束竟是那样的容易！当时我就觉得脑袋嗡地一下，醒来再看，妈呀！30多米高的绝壁，斧劈刀削一般，下去，粉身碎骨肯定免不了，而我从缓坡处滑到悬崖最陡的地方，刚跌落一人多高，却被一棵小树拦住！

那是一株小小的映山红。它也就拇指般粗细，将3条树根顽强地扎入石缝里，呈三角形，上一下二。我跨在小树上，手抓树梢。也就在同时,与我一同下滑的积雪瀑布般地跌下悬崖。

弟弟在绝壁下惊呆了。片刻,便哇的一声哭起来,边哭边骂:“你死那地方干什么?叫我怎么办?”

弟弟12岁,当然只会哭。我低头看脚下,灵魂便像飞离了躯壳一样。我再看,再看,心终于平静下来。这时有一种大义赴死的悲壮感觉。我知道哭是没用的,就淡淡地笑了:“没啥,掉下去也省得见天干活了。”

弟弟更是放声大哭。这深山老林,距家3里,跑回去喊人,路难走,至少一个小时。而我能坚持得住吗?悬崖上气温零下20多摄氏度,我只穿棉袄,里面哪有衬衣呀。下滑时,积雪塞进脊部和袖筒里又化成冰,双手已冻僵。

我对弟弟喊:“别哭啦,不是还没死吗?”然后试着侧身望望背后,企图求得一线生机。可是就这么一转,身体失去平衡,我那救命的小树叭地断了一条根!

我心一横,想,松了手吧,掉下去,就啥也没有了;可细琢磨,又不甘心,挺。挺一会儿是一会儿。但希望在哪儿?天晓得!

我就这样在死亡线上挂了大约半个多小时。也许是弟弟的哭声惊动了附近两个捡柴人,他们来到悬崖下,仰头看了看,没办法。一个说:“没这么高的梯子呀。这样吧,我们在下面接着,能接住,算你命大;接不住,也尽了心啦。”

可是,我身子悬着,没办法弹跳,只要一松手,棉袄会被悬崖翻到脑袋上,光光的脊梁和岩石摩擦,不等他们接住,我背上的肉早没了。再说,他们肯定无把握接住!

我叹了口气:“算了,这法子不行。”

俩捡柴人中有一位叫顾正月,是我本家的族叔,我叫他大爹。他想了想:“把绳子都给我。”于是,崖下三人的绳子都到他一人手里。大爹顺斜坡绕着,奔我头上的悬崖而来。我不知接下来会怎样,就在小树上苦苦地等。

大爹无法接近我。他看到我头上3米高处有一胳膊粗的树桩,便想用它做支撑点救我脱险。可他扯着别的树小心地伸过脚去蹬那树桩,那朽树桩叭的一声断为几截,其中有一块正击中我的脑袋,我嗡地一下,几乎失去了知觉。

我无法知道,人昏死过去为什么会仍抓住小树不放,并且身子仍保持平衡。那时只要我略大幅度地一晃,屁股底下的树根必断无疑!

恍惚中我听到大爹在上面唤我。清醒后只见一截绳子在我胸前垂着。大爹喊:“文显,你抓住它,抓紧了。我拉你上来。”

啊,绳子,救命的绳子!抓住它我便得救了!可我不敢抓它。我的手由于高度紧张,攥着小树已几乎难以伸开,并且它们已冻僵了。我平时从来没爬过绳儿,鬼知道我能不能吊动我的身体呢?

希望之绳在我胸前召唤我,几次触到了我的手背,令我又喜又怕。一松手,抓住绳?这一抓一松之间能不能出现失误?我一边犹豫一边想,拖的时间越长,希望越小!我说:“大爹,您绳子别晃动,我要抓了。”

手松开的一刹间,我失去了知觉!但醒来后发现,我双手已牢牢地抓住了那救命的绳索,而且绝不可能松开!那承载我身体重量的小树,由于没有我的手向上牵引,又断去了上面的那条根,竟枝梢朝下,啪地垂倒在悬崖上!

绳子向上拔,我不时将双肘贴胸,控制姿势,那样主动些。当我离开小树悬在空中时,我双臂和身体竟然垂直!就这样,大爹在一个斜坡上,艰难地拉着我,向上,向上……碎石、积雪扑面打来,我闭目横心,就是不松手!

不知经历了多长时间，大爹终于把我拉到了死亡线的这边，我又成为一个活了几十年，并能写出点小小名气的文人！悬崖上，大爹一把搂住我，他这个20多岁的大小伙子竟失声痛哭。大爹两手血肉模糊，几根绳子接起来才够着我，他把粗的一端给我，怕我抓不住，而他的那截很细很滑，手能不勒出血吗？

我一个泪瓣儿也没有，只是说："大爹，回家。"可双腿一软，像钉在那里，动弹不得。

这时才发现，自己手中仍死死地抓住那截绳子。

酸溜溜的新衣

某个冬天的早晨，我睡梦中听到了爸对妈说的半截子话：“……过年(时)给文显买一件吧，都这么大了。”

一下子，我紧张得不行。根据我的推理，爸是要在春节期间给我买件新衣裳！一个“买”字，让我既好奇又异常激动。打记事起，我好像只穿破旧衣服，纵然一两年有那么一件新的，也都是靠母亲双手裁、缝，做成什么样子穿什么样子，现在要给我买了，是商店里悬挂着仅供我瞅着咽唾沫的那种工厂做的衣服！究竟是上衣还是裤子呢？会不会是我听错了？好奇，却绝对不敢问，这个念头折磨了我许久许久。

我沦落在一个全村只100多人口的小山村，最大的官是小队长。村子靠一条发水冲出的山涧与外地接通，冬季，大雪封道，再踩轧出来，就相对平坦，可以走爬犁了。两手空空的社员，就靠卖柴火弄俩过年钱。队里活儿抓得紧啊，我们就借黄昏收工时，把干柴捆儿装上爬犁，应付过没完没了的夜战或者是毛泽东思想的学习，然后，躺在炕上衣不解带地眯一会儿，爬起来，把干柴往沟外运。那条山涧足有10里长，经常能看到前面黑乎乎地蠕动着一团影子，肯定是本队运柴火的社员。我夹在运柴队伍中，差不多是半昏睡着机械地运动，大约20分钟，汗就下来了；一个小时后，天色渐明，你会发现前面、后头的运柴人整个脸全被霜花、冰凌子遮住，只一股白呵气不断从霜雪中喷涌……如果不是在东北山沟里生长的人，绝对认不出那是个什么怪物！爬犁挪动出7里地的光景，还有一道缓坡，一个人休想过去，得好几个相互帮助，一爬犁一爬犁地运到坡上面……最后才是“街里”，就是大队和煤矿驻地，那里有肥得流油的矿工和发工资的职员们。柴运到街里，不能马上卖，山沟人事先都依靠土特产拉拢或者巴结上一家小街上的亲友，这时候就敲开熟睡的门，把柴火寄放在人家的院子里，马上赶回去吃早饭，上班……如此积攒下几次，才能请一天假，去街里把柴火运到市场上出售。

从山沟里运出一趟柴，大约200斤，至少淌两斤汗。去的时候一步一艰辛，往回返，卸去重担该轻松了吧，可身上发冷，肚里空空，双腿绵软……那是怎样的一种绝望无助啊，说不定只差一步没到家门，人就一头栽倒，死在了运柴的路上！那年冬天，我做得格外辛苦，做得心甘情愿。爸可能给我买新衣服，我得精忠报国！夜半运柴火成了我的必修课。劳动的价值让人齿冷，干柴从山上砍下来，上垛晒干，冬季运到街上，还得遇到好说话的买主儿，才可能卖上一分钱一斤。

那年代，农民是最底层人，把一头猪养大了，你想宰？不成，得有一批按强行规定的收购价出售给国家，叫“任务猪”。卖任务猪是很光荣的，然而，社员们宁可选择耻辱，因为价钱差得太多了。上级有办法，你哪个小队若完不成任务，哪家也不许私宰生猪！生产队只能靠抓阄儿决定由谁家来“光荣”。这年爸荣幸中标，我们卖了一口任务猪，获得了7尺布票的奖励，恰巧我又与乡邻合伙挖到3只獾，将皮毛卖给国家，又奖励了3尺……我们家有10尺布票的盈余了，那年月，每人一年才发放10多尺布票！

爸极郑重地把奖励布票的凭证交到我手上，嘱咐我连卖獾皮的一起去公社领回来。往公社走的路上，我简直是在飞，可怜的我成了世界上最幸福的人，真想遇上个熟人炫耀一番啊！我仿佛看到商店里某件新衣裳朝着我摆动起来。

我尽心尽力地完成了爸交给我办的每一件事，上次公社容易吗？午饭也没舍得吃。我得自觉，要买新衣服了，吃什么饭！回返的路上，我一遍一遍地捏我的衣兜，那里有卖猪的单据和10尺布票，我的新衣服，商店里卖的！拐下那孔公路小桥就进入山村的领地了，我摘下棉手套，想掏出布票再看一眼，可这一下子把我的魂掏飞了，衣服兜里别的都在，唯独没有了那10尺布票！我疯了似的跑回去，在街道上失魂落魄地找，越找，那希望越渺茫。我仇恨自己，为什么想新衣服？为什么敢接下这神圣的任务？当一列火车飞驰过那条铁路时，我真想，轧死算了，活下去，布票怎么跟爸交代呀？

一路上我不断地掏口袋，还有那个差点被我抠漏了底的旧书包，新衣服还在梦里，而布票是实实在在地丢了！怎么办？我晃荡在山路上，宛如一个幽灵。进入屯子时，我仍然没想到如何回家，如何应对爸那严厉的目光。这工夫，对面来了一个人，是个后背缝着块写有“地主张某某”的阶级敌人。平心而论，我对阶级敌人从来也仇恨不起来，他们好像并不像上面说的个个包藏祸心，随时会让千百万人头落地。就是这个地主，我称他“老张叔”，三年前，一些贫下中农联合要赶他全家滚蛋，我还参加到保护他的阵营中，由此，他不止一次地说，山沟里的年轻人数文显最仁义。

我哽咽着讲述了布票的事。老张叔听完，沉默了大约几秒钟，说：“你在这儿等着。”他家离队部有一里半路，回去来不及，居然跑到另一户地主家，借来了10尺布票递到我手中。

那年冬季，我没有为10尺布票自杀或者遭受责骂与殴打。春节，爸花15尺布票、10元钱给我买了一件新棉袄，不但有4只兜，它肩部竟然装饰了一只亚麻领子！吃完饺子，给爸妈磕过头，我穿上这件新上衣（裤子是旧的），出门直奔沟里老张叔家，我第一个要给他老人家拜年。此后，我跑遍了沟里的30多户人家，陶醉地听人家品评这件衣服，全沟里的小青年总共才4件！为这件新衣服，我谁家的瓜子也不敢吃，唯恐无意中渣子掉到衣服上，回家挨爸的斥责，有小孩子伸手让我抱一抱，我更是提心吊胆，他手里可能抓过糖块的！

按公历计算，那个春节应当叫作1970年，那年我20周岁，在阶级敌人的帮助下，头一回穿上一件从商店里买回的新衣，我隐约觉得，我可能是长大成人了。

曾经有一担水

不到13周岁，我便领着小我三岁的弟弟天天上山打柴，终日劳作在风雪里，活儿实在干不了多少，可罪比成年人受得还多！因此，发现那个小山沟里冬天的雪一年少于一年，我不知道这是灾难降临，心底却暗自庆幸道，享福了，往后。

1965年，我未满16周岁，时势造英雄，我成了个小男子汉，三里半去沟里挑水，大约70斤，我能不歇肩地一气挑到家！可这年秋后大旱，沟里那口号称千年不干的大井湾子见了底（那口井是长流水，不过一米见方，四尺多深），吃水就只好跑去5里外的四队挑。山路坎坷，步步上坡，挑一担水不歇肩膀，往返也得将近两小时！生产队正打场呢，没水饮牲口，就每天轮班，派两个壮劳动力去四队挑8担水。这天我说，我去！

四队村头那口井被我们抢干，就再多出一里路，到姓庄的房后去挑。这样4担水就白白多出8里路！我一连挑了3趟，眼睛让汗水卤得睁不开，肩膀冒火，换肩时扁担碾过后脊梁，疼得我龇牙咧嘴，然而，我硬是撑下来3趟。这时，那位同伴借口嗓子疼，请假回去了，剩下我一个。队长说，你也歇着吧。我一咬牙，挑！

摇着水桶离开了队部，我似乎感受到背后许多人赞赏的目光。我并不比别人差！天要下雪了，一股潮湿的风吹拂着我的前胸，我仿佛自己一下子长大了……

进入四队居民区，我的水桶摇出了好多农妇。她们的眼神很复杂，有优越感，也有被掠夺感。我迎着这些目光昂然奔向那口简易水井，我受队长委派，不是偷水！

到了井边，略微休息了一下，我喝了两次水。肚子已饱得不能再喝。在这里喝一口，就省却家里一口，家家水缸里的水比米都贵啊。我恋恋不舍地望了一眼那口井，又瞅了瞅手中的扁担，我能把它挑回队部吗？我已经精疲力竭了呀。

水桶刚离了地，我就有不祥的预感。住在附近那个老光棍朝我走来，他不认识我，脸上却带着笑。尽管我很害怕，该来的还是来了："小伙子，你行行好，帮我挑一担水吧。"

我的力气已经用到极限，我还有6里多山路要挣扎呢。可那双挂满眼屎的红眼献媚地笑着，让我无法推辞。我一咬牙，没说话，挑起来，朝着那条夹在狭窄篱笆中的小道走去。老汉嘴里不住地道着谢，我一个字也没听进去……

山沟日照短，天说黑就黑。我挑着第4担水艰难地蹒跚在崎岖的小路上，迈完每一步，我都怀疑是不是马上就栽倒，永远不再起来。我想，一个城市出生的少年，沦落于这等地方，他聪明好学，却没有读书的机会，天天混在充斥着汗腥、狐臊、屁臭的社员堆里，白天机器似的劳作，夜里一身酸痛，没完没了地学那些根本无法读懂的伟人著作，这罪真受够了，死了倒好……思想一溜号，脚下一绊，差点把水洒了！我的脑袋嗡地一下子，一种本能提醒我，不能半途而废，我一定要把它挑回家！

我一步一步地挨，走完了这艰难的6里山路。队部那盏暗淡的煤油灯把窗纸舔黄，给我以怎样的温暖和召唤啊。委屈、孤独，还有成就感,复杂的情绪纠缠着我,我到家了!

推开门,我很吃惊。老队长收工后还没走,在与记工员商量什么事。一见我,特别感动,连忙亲自把水提起来,倒进水缸……老队长的眼圈红了,说:“这孩子,真实在,你挑得溜溜满!”过去多少日子,我才发现一个秘密:成年人为了省力,根本不把水桶打满的,那个嗓子疼的大人,也是因为凭空多出一里路来,才借“病”逃脱……老队长吩咐记工员:“给文显加2分工。”

那天,我挣了全队最高的工分,多出的部分,值7分多钱!

痛苦忘掉了,剩下的全是欣慰和自豪。那个年代,有一个未谙世事的孩子,为生产队挑回了有史以来最满的一担水,那2分工鼓励着他诚实为人。后来,他进入省城,过上比那些聪明的成年人更舒适的日子。

不革命的年

上级号召要过革命化的春节，生产队只放四天假。表叔问我，敢不敢跟他挖煤去？听说有钱赚，我眼睛瞪得溜圆。等到天黑，和两个小伙伴带上工具、吃的，跟着表叔，翻山越岭跑了20里路，见公路边有一两米多的深坑，跳下去，哈，此前谁挖过煤，可能嫌少，丢弃了。这煤坑四面岩石，当中夹着一溜煤芯，全是块儿！

表叔年纪最大，可能快40岁了，其余三个都是我这样的半大小子。我们拿尖镐仔细地抠剔夹在石缝上的煤，然后，装在小土篮里，用绳子拔出坑外。坑特别狭窄，我们只能一个人打手电筒照明，另一个人用镐刨，其余两人负责往上拔煤。大家抢着做重的，根本不用号召。

忙到天亮，我们挖了一吨煤，黑亮亮堆在路边的排水沟里。想到可以分一笔“巨款”带回家交给父亲，我一点也不觉得苦！

没有表，我们只能靠肚子、靠太阳来估计大约时间。饿了就吃，困急了，就挤在地下眯一会儿再干。也不知出了多少汗，人累得都麻木了，表叔让我们都出去看成果。这时候满天繁星，可能够深夜了吧。我最小，可有点文化，便想了个办法计算筐数，每够10筐，放一块小石头在路边的雪圈里，够10块，换成一块煤……我数了数煤块，有4吨多了！

表叔仰脸看了看天，说："这工夫，最少也得9点往后。在家里，早把老祖宗接回去，人坐热炕上喝酒了。"表叔真有长远打算，准备了蜡，还有一瓶子玉雪牌白酒！

挖出4吨煤，煤洞里空间大出不少。现在大伙坐在一个拐弯处，一点也不冷。表叔拿尖镐在四面坑壁上各抠了一个小孔，费了很多事，把4支蜡坐好，点上，洞内立刻跳动起烛光，有了过年时那种梦幻般的感觉。表叔说："都坐下。咱几个搞资本主义的，过回不革命的年。"

大家把好吃的都凑到小杨的饭盒里，有煎豆腐干、咸带鱼、咸鸭蛋，还有肉炖酸菜。表叔有个摔掉把儿的搪瓷茶缸，把酒倒上，大伙你一口、他一口……

我那时不会喝酒。可看到小伙伴们喝得豪爽，也捏着鼻子硬咽。喝得高兴，表叔让我讲一段。我就讲《说岳全传》。这样，大家再不逼我喝酒，他们怕打断我，也不说话，只是默默地把茶缸传来传去，直到蜡烛熄灭……

表叔宣布，年过去了。大家都爬出坑去。表叔让大家朝家乡磕几个头，算给老祖宗拜年了。磕完头，我无师自通地给表叔拜年，大家相互问候。几分钟前还在一起喝酒，听故事，爬上来就跟才遇上似的，挺好玩儿。

大约这一带零散小坑多，我们的煤又堆在公路边，比较引人注目吧，第二天下午，就有汽车过来商量买煤。表叔征得大家同意，32元钱卖掉4吨。接到表叔分给的8元钱，我心里那个热乎啊。

1968年旧历正月初二，小洞的几个岔全抠到了石头，说明煤尽了。大家依依不舍地爬到凛冽的寒风中，这时计算，我们又拥有了6吨半的成果。表叔让我算算。我算了，84块钱，每人可以再分21块！大家嗷嗷叫着欢呼起来，21块，我们这些人口多的家庭，年年超支，最后要经队委会讨论,方借给5块钱过年的。

正欢快地议论着,这时来了个穿黄大衣的,冷着脸问:“谁的煤?谁批准你们挖的?”

表叔点头哈腰:“同志,我们就挖了这点儿,想弄点过年钱。”

“年都过了,还过年钱。”那同志冷冷地说,“斗私批修,没收!”

“同志,您别……”

“没收!”那同志声音高得变了调,“再不老实,连你们几个一块儿抓起来!”

山沟人真的是老实。那么多煤就这样不明不白地给讹诈了去。表叔带着我们狼狈逃窜,路上还庆幸,多亏没让他发现咱还卖了那32块呢……

40多个春秋过去,当年的4个人没了3个。我的春节过得一个比一个舒心,然而,每到此时,我仍然忘不了那个不革命的年,和以团圆和快乐换取的8块钱……

缺水那个山沟

1962 年晚秋，我们到了那个叫“小五队”的地方，奶奶居住的马架房在半山坡，再往山上走约百米，就有一眼小井，不收水费，清凉的水从井里流出，流过奶奶的门前，引得鸭子们整天在那里扎猛子嬉戏。可是，没过多久，就见有人一担接一担地拼命抢水，接着，小井就见了底儿。

原来这小井是串皮子水，一到冬季或者旱季，水就没了。刚旱时，井底尚有汩汩的缓流从山根方向渗流，村民们便把水桶挑去，很自觉地站排，当地人称“等水”。小井约 4 尺深，估计水流得够一担了，踩着井壁的砌石，人轻易下到井底，用水瓢舀入水桶内挑走，紧接着就是下一家。水越来越少，最后彻底见了底，人就得到“大井湾子”去挑。

大井湾子离队部约三里半的山路，沿途羊拉屎似的散落着马架草屋，住着的都是一个小队的人。平时上班，他们每天跑很远的路，只有到了这时候，他们的优越感就溢于言表。通常一个 5 口之家，再怎么节省，也得挑两担水以上，最快的腿脚，挑担水至少一小时，大井湾子附近的人家大约半里路，就不必那么紧张了。

父亲就鼓动队长，得打井呀。把原来的小井加深了一米，不顶用。水多时流出井外，一到旱季，也就多贮存一天的水，看不出效果的。队长号召大家想办法。那一段时间，打井找水成为全队男女老少的重要话题，经过许多“有经验”的成年人一番讨论，大家觉得王宝秋家房后地势低，雨季流串皮水，就算打不出泉眼来，至少也可以挖一个人造水库。

于是每到冬季农闲时，就组成打井队，日夜有炮声响彻小山沟……好像忙活了三五个冬季，硬是在岩石上凿出了一个10米深的“井”，确实出了水。水流再小，它也是水！全队社员们兴高采烈，那情况跟过年一样。

人们被逼与干旱斗争。春初，大批人马浩浩荡荡，爬犁、铁锹，把积雪拉到场院堆一个雪山，上面盖以柴草，春耕期间的牲畜饮水就有了；然而秋天一旱，那口深井虽没见底，可远远不能满足人畜饮水。队长下令，牲畜饮水由劳动力去大井湾子挑，每天派一名至两名，每人6担，记12分工。那个季节人们的规律被打乱，要等水呀。

缺水季节，人人没安稳觉睡。划拉些干柴，到那个大井点燃，人就守在井边熬，直到等满了一担，排在后面的提前接班了，才恋恋不舍地回家睡觉。每家每次最多只能等两担水，因为没有哪家能买得起两副以上的水桶！那口井真是太脏了，10米一个大坑，直径有3米左右，人下去舀水，鞋子踩在水边，刮风下雨，污泥、鸟粪全冲了进去，随后就被人们舀入水桶挑回了家。关于脏，刻骨铭心的有这么几件事。

胡氏女孩，雨天舀满了两桶浑水，沿着一根大绳子往上爬。绳子全是泥，顺着指缝往外溢泥水，女孩爬到井口，一把没抓住又摔了下去，昏迷半天，又醒来呼救……假如女孩摔得脑浆迸流，井也还得用下去；林氏大婶，夜里坐井边等水犯了困，不小心，一只趿着的脏鞋脱落，恰恰掉入等足了一担的水中，哪舍得倒掉呀，只能挑回去……家里没闲人排队的，还是得起早贪黑去大井湾挑。有个王姓组长，早晨起来挑得一担水，一脚踏进屋门，生产队上工的钟响了，屋地坑洼不平，他一脚踩在凸处摔倒，两桶水洒了个一滴不剩。王氏绝望气愤，不分青红皂白，抡起扁担就砸那水桶，谁也劝不住。后来大舅兄赶来，喝骂住他，水桶已砸成了铁饼……还有最早的那年秋，朱氏兄弟夜半去沟外5里地挑水，快到家门口时，一棵沾满霜的玉米秸横在路上，被老大一脚踩中，自然人倒水倾。弟弟赶紧扑上去哄劝："哥，洒就洒了吧……"三劝两劝，一双年近40的壮汉失声痛哭！

如今，离缺水的感受远了。然而，那种痛恐怕要伴我一生。别说我自家用水，就是住进星级宾馆，早晨，我面池里只放一点点水；到水乡采风，洗脸时，我只舀小半盆。主人诧异地问，水多得是，您咋这么节省？我答，惯了惯了。

我不会忘记长白山下那个缺水的山沟，我更知道还有许多那样的山沟存在。浪费水，就是煎熬我的良心！

心　事

这件事折磨了我40多年。

我念小学的时候，学校附近有个小书店，借阅连环画和出租大书。哪本厚看哪本。租大书不用押金，交上学生手册就可以。

店主姓白，40多岁，笑嘻嘻的，他的衣服永远一尘不染。小书店也比别处的干净。我个子小，看书又快，不久他便认识我，并能喊出我的名儿来。老白独身，书店忙，脱不开身，他便给我些钱，说新华书店如有新出的连环画，求我帮他买了，买书后我可以先看。我买的书很中他的意，于是老白极信任我。我是三好学生，又是“两道杠”呢。看小人书在选书时，为防偷书，别人要把书包交店主保存的，而我可以随身背着，老白常给我些钱让我随时买新书，压根儿不防我。

我俩成了忘年交。

我家生活贫困，父亲常逼我星期日出苦力挣钱。有一年他从厂工会拿回一些连环画，让我每天下午到马路上出摊(我是半日制)，看一本1—2分钱，赚多了，父亲脸上便好看些；赚少了，他便不高兴甚至说我耍心眼儿，把钱匿起来了。

我没经验，常常让小读者将书偷走。眼看书越来越少，我心里着急。买吧，哪有钱？于是我灵机一动，偷老白的。

策划了几个夜晚后，我先帮老白买了几本新书。他很欢喜，说："你拣书看吧。"我一边挑书，偷眼看老白，他正低头算账，我抓起一本书塞入书包。

这一次得手，可差点儿没把我吓死！就这样，我大约偷了他 20 本书，最后到底出了事。

那天中午放学，我又去送新书，老白当然定要我挑书看，我偷了他一本《水淹七军》，这本书很厚，要 3 分钱。我的小书摊太需要补充点新书，否则，老客户都腻了。

我坐在长条凳上看书，可书包盖没捂严，邻座一个成年人发现了书包里的连环画，并把它抽出来。老白的书是将封面扯下，粘在自制的书套上，与别人的不同。我登时魂飞天外，头低着不敢再抬。老白过来接去书，用它在我头上敲了一下，说："这小子！"

我忘了是怎么逃出小书店的。我想，我完了，学生手册在人家手里，没脸讨回。老白若是找到学校，不开除也得记过，尤其是我父亲知道我偷了书，不治我才怪！

度日如年中，我挨过了一个星期。

这天，同班的葛东文把我的学生手册还给我，道："老白说你掉在他那儿的，他让你看书去呢。"原来葛东文也去租书，老白看学生手册，知道我俩一个班……

老白！

夜里我哭过几次。我太对不起老白，他是那样信任我，可我……我应该向他认个错，那是一个多好的人啊。但我没那份勇气。

过了些日子，一天上课间操，全校学生站好队，突然口号声大作："打倒右派白天佑！"回头一望，嘀，我看见了老白！他衣衫肮脏，长发遮眼，正扛着扫帚匆匆逃过，同学们兜里的粉笔头、沙袋、滑石片，如雨点似的飞向他！

说是老白反党反毛主席！

我不信。那个人多好！我突然有了勇气，想去看看他，承认偷书的错，求他宽恕。我还要告诉他，我相信他是好人，那天呼口号的唯独没有我！

可小书店已关门，并贴了封条。老白到哪去了呢，也该回家睡觉吧。我天天在书店附近徘徊，我不信见不着他！

然而，到底没见到老白。

寒假过去，开学。同学们纷纷传说："那个右派反革命白天佑，从四楼上跳下来，脑浆子溅得老远！"

这怎么会？我问老师，老师板起面孔："好好学习，你打听这干啥？"

老白不可能死，那么慈祥宽容的人。他家住一楼，不是四楼，我常这样想。我坚信白大伯仍活在人间。白大伯，我那件心事，憋在心里40多年了，哪一天向您诉说呢？

荞面饺子浓浓的情

猛发现一家朝鲜族冷面馆有招徕顾客的广告：现压荞麦面冷面。荞麦面？我可能有近20年没尝过这玩意儿啦。这样一想，那股艮揪揪而略带甜味儿的味道登时溢上舌底腮边。

“三片瓦，盖座庙，里面坐位白老道”，这则民间谜语的谜底就是荞麦。荞麦的果实真有些怪，是三棱的，挺厚的皮儿，里面是个金字塔形、表面略带点淡绿的白色果仁儿，就是可食用的荞麦啦。荞麦这东西产量特别低，但也有它的优势。我童年所居住的那个山沟，谷雨到芒种种玉米、大豆、高粱等主打作物，“头伏萝卜二伏菜，三伏种荞麦”，荞麦想种早都不成。那时候，二遍地都铲完了，农活相对轻松，开点荒地种上荞麦，不计较产量，收点得点儿。荞麦好像顶多60天的生长期，出苗10天左右，便把花儿开得雪白一片……它又必须在下霜前收割，否则，霜一打，秆儿蔫餔，那可再也收不起来了。于是，荞麦成为我们那儿种得最晚、收获最早的庄稼。

荞麦收获了，先去碾子上轧一遍，谓之“伐”。把那层顽固的硬皮儿轧松，再去磨上推，硬壳儿筛出来装枕头，有清凉败火的功效；瓤儿继续推成面粉，雪白的，摸着手感特别好。山沟里没什么细粮，一般节日，如辞灶、元宵或者家族成员过生日，吃不起面粉，就用荞麦面来包顿饺子，那就是改善了。

荞麦面既硬又脆，需要用热水烫一下，才能和成饺子面；和面过程也比和白面复杂得多，面较脆，皮儿要擀略厚点儿，否则裹上馅再捏，容易裂开。将馅儿裹入，要小心地捏，如像白面饺子那样两手四个指头一对捏，根本粘不上。农家有种叫“筋骨草”的植物，若是磨成面掺入一些，多少能改善荞麦面的韧性。

荞麦面是白色，饺子煮出来却是黑的。若是改蒸饺，表面更是生出一层油亮亮的黑色光泽，诱人食欲。当然，皮儿较白面差些，馅也随之降格，白菜舍不得（冬天不好贮藏），大多用萝卜丝，肉更谈不上，剁入点炼猪油残余的渣儿，就算上品；那时候哪有钱买花椒大料去呀，山里多的是野生五味子藤蔓儿，味道酷似花椒，割回一些，泡点水，便是佐料。

荞麦面饺子皮厚馅少，与白面的有天壤之别，可我们一年也难得吃几回呀，那如何不津津有味儿！记得第一次饱口福时，是我13周岁生日，农历十月初三。包饺子时，我心跳加速，贫困时期的孩子，除了吃，他还有什么企求！奶奶狠歹歹地包了好几盖帘儿，当黑亮亮的饺子冒着热气端上桌时，我老早就嗅到了一股浓浓的野花椒味儿！甩开腮帮子狂塞一顿，一个荞面饺子大约相当于俩白面的，我吃了整整40个！实在塞不进去了，眼睛仍然盯着饺子盘儿……

那一晚，我肚子疼到天明，消化不了哇。但从20世纪60年代三年灾害饥饿线上挣扎过来的我，连哼也没哼。我认为值，吃进肚里就是赚着了。再说，若是让家长们知道了，下次可找到限制我的借口了。

荞面饺子稀稀落落地点缀着许多次要的节日，相伴我生活了10多年。后来，不知道怎么回事，那东西在山沟里绝了种。每当果实刚灌浆季节，便遭到无数肥硕的白虫子的啃咬，麦秆儿溅满果浆，疼得农民心儿直蹦，可有什么办法呢，明年干脆不种。

好像是20世纪90年代初，我路过一位农民朋友家，对方苦留我小饮。席间，他问我：“你调进市里，总吃细粮。婶子包的莽面饺子，想不想尝个新鲜？”

莽面饺子！简直是稀世之物。我连呼快端上来。仿佛预感到这东西迟早要退出普通人家的餐桌，我极其认真地品尝了起来。啊，脆生生甜丝丝的莽面饺啊，尽管馅儿改换成纯牛肉，而那童年的炸萝卜丝味儿，夹杂着老祖母身上淡淡的汗酸味儿，让我第一口便结结实实地叨住了……

哎，奶奶已辞世25年，那位农民朋友，也于2000年病故。逝者已矣，而面对那莽麦面的广告，你说我能抵挡住那份诱惑吗？

关东野菜香

我生活的长白山区毗邻朝鲜，可谓关东之东。山区资源丰富，留给我印象最深的，当属那里的野山菜。

3月中旬，漫长的冬季随着“桃花水”的欢叫宣告结束。满山残雪，花花搭搭，远看山岗，宛如一头头花乳牛。一地泥泞，踩上拔不出脚来时，小根蒜就顽强地探出暗红色的嫩芽芽……去田里抠回一些，清洗干净，蘸大酱吃一口，满嘴春天的气息！如果有早产的鸡蛋，和着切碎的小根蒜，搅匀，往油锅里一倒，登时，把一个早春炒得满沟筒子飘香……与小根蒜相伴走上农家餐桌的，还有荠菜、蒲公英。荠菜可以做汤、拌菜甚至包饺子，而蒲公英要趁刚冒出紫芽时，连同去年越冬肥硕的根一起抠回。桌上放一盘，老农的心立刻活泛了。那年代，种粮食的农民却难得吃饱肚子，一年中最愁的是缺粮。荠菜、蒲公英们透露给当家人一个好消息：今年又饿不死了！

4月初，向阳的山坡局部能见到干爽的泥土了，劳动力一心忙着备耕，哪有闲空管此外的事呀。而家属们带补丁的彩色衣衫则兴致勃勃地飘摇于山林中。刺嫩芽，一种恐怕只有关东山才有的木质植物，大约算是灌木吧，浑身硬刺，它的嫩芽味道却是鲜美绝伦！炒鸡蛋，蘸酱……

其香味不及关内的香椿浓烈，但更能为多数人接受。从芽苞状态开始，一直可以吃到半尺长短，头茬给掰掉，它顽强地又生出二茬、三茬……你还继续掰不是嘛，季节到了。为求生存，它几乎一夜间变了脸，再生出的芽芽老得像木柴，任是驴也嚼不动。于是，它就靠这最后的一茬芽儿活了下来。虽然被掰得歪歪斜斜，盆景似的生长，可千百年来，它们依然活着，依然繁衍子孙！

刺嫩芽毕竟稀少，在吃不饱肚子的年代，算尝鲜而已。但大叶芹，这至今仍扛着长白山绿色植物大旗的野山菜，此时已染绿了农家的生活。大叶芹，形状略像芹菜，又有独特的香味，故名。这东西漫山遍野，灌木丛中，只要能生长野草，就有它。大叶芹一寸高时，滋味最佳，长到一尺半长，叶子老了，掐掉，只存嫩梗儿，仍然可以炒着吃，它独特的味道，千品万品品不透，任何蔬菜不能比拟！大叶芹饺子，大叶芹炒肉丝，至今大大方方地成为长白山区的名菜。

由于山区阴阳坡温差大，这边老了，那坡刚长出，大叶芹可以延续一个多月的时间。这时，蕨类植物相继问世，主打是蕨菜。我小时候，荒地尚多，闲人太少，山坡上常常见到上百亩的蕨，齐刷刷地钻出地面，一筷子高，粗如小指，不生枝杈，唯顶端嫩芽一束，仿佛攥着小拳头，这时的蕨菜最嫩。倘拳头一夜间伸开，蕨菜就老了。贴地皮采下，一捆捆放入筐中。那时候，不会像现在这样腌制保存，蕨菜多得吃不完，开水一焯，凡是能晒的地方，都晒了蕨菜。家家都有一袋半袋甚至几袋，放到冬天吃。那时候，谁晓得野山菜还能换银子？直到20世纪70年代初，国家陆续收购。听说东洋鬼子都花重金买这东西。不远万里买野山菜，哪里会只是为了吃，肯定有科技因素在里面。当然，这只是老百姓的猜想。

蕨菜生命力强得让人无法理解，一把火将去年的枯叶烧个精光，连地皮都烤焦了，再用镢头把它的根刨断，一根根抽出来，堆着晒干，再烧掉。然而，你起了垄，种上庄稼，苗子未出土呢，它居然一根根高傲地摆满了垄台！我最头疼蕨菜，恨它铲不净。一晃几十年过去了，再去那山沟看，蕨菜没有了，因为它可以卖钱，所以采菜的人比蕨菜多，我让你野火烧不尽，我让你层出不穷，我蹲在这儿等，你出头就掐！蕨菜家族的衰落，让我感到了这个星球上什么最残忍，那就是创造了"残忍"一词的人！

与蕨菜相辅的蕨类植物，还有"猴腿""牛毛广"（薇菜），味道比蕨菜尤佳，由于产量少，更有外国人帮着吃。当我们的老百姓口袋里稍稍鼓囊些，认为自己也应当品尝一下大山的赐予时，才吃惊地发现，野山菜离他们也很远了！

进入6月，农民园子里的小菜陆续长出来，韭菜、发芽葱、菠菜……然后是蒜苔、豆角、土豆……长白山的野山菜通人气呢，此时，它悄然退出，默默地等着下一个荒年。

作为半个山民，我跟野山菜的感情是很深的。如今去了省城，改革开放之年，物资不可谓不丰厚矣，然而，一到春季，总有一股怅怅的感觉：市场上琳琅满目，就是看不到刺嫩芽、大叶芹，看不到新鲜的蕨菜……于是我固执地想，没了这些东西，咋也叫春天到了呢？

去年春节回故乡，友人宴请。进入一家中档饭店，问服务小姐："有大叶芹吗？"我吃一惊，啥季节有大叶芹？小姐答："有的，20元。"原来，农民中也有爱动脑子的，把大叶芹移到塑料棚里，抢着好季节，野山菜卖上了鲜虾价钱！

长白山的野山菜哟，贫穷的年代，你不声不响，与糠麸同列，相伴着我度过一场场灾荒；如今富有了，你装点盛宴，与珍馐为俦……你哪里是普通的植物，你简直是我记忆中活生生的长白山山民……

黏火烧情结

小屯子两帮夹一沟，种的几乎全是玉米，整年见不到点细粮。然而，再穷也得过年啊，于是，黏火烧就摆到了山民们的餐桌上。

谷子有两种：一种推出的是普通小米；另一种推出的是黏米。为了改善生活，生产队每年种几十亩黏谷，分给大家。有经验的老农心里明镜似的，这种黏谷产量低，幸亏上级不晓得。那年头，哪个队若是偷偷地种上二亩小麦，让上级知道了那还了得，在我们那儿，小麦跟玉米比，产量不及一成，你只顾改善生活不想国家了，那春节供应的一斤面粉还想不想要了！

社员们把黏谷分回家。队里就一台石碾，你得起早贪黑排号，用它推出黏米。入冬后，你听到碾子沉重的咯吱声，就知道年近了！推出黏米，按比例兑入玉米糁子，泡进缸里至少半月，泡得发酵发臭（不如此便达不到理想的黏度），再一遍遍地洗至嗅不出异味儿，然后用石磨推出极细的浆汁，当地人谓之“推水磨”。劳动力没日没夜地学大寨，这活儿落到了老婆孩子身上。推水磨那才叫沉重，推得我裤裆都被汗水湿透了。可我还是乐意受这份累。常年跟玉米饼子打交道，我心中的黏火烧，简直就是今天的燕鲍席！

推完浆汁放回缸里，表面盖几层布，陆续将水吸干，这时候就可以包火烧了。煮上一锅小豆，顺便说一句，小豆那东西必须放糖，否则它噎人。那阵子，一户一本副食供应卡，凭它一年只允许到供销社买一斤白糖。可怜老百姓几家找得出那笔钱！于是，有一种叫"糖精"的东西便应运而生，说明上鼓吹的是"甜度相当于普通白糖五百倍"，实际跟无毒塑料一样，没任何营养。贫穷的国人不得不用糖精来欺骗自己的舌头！

吸干了水的浆汁叫"黏米面"，放在面板上拍成薄饼，裹入糖精小豆馅儿，用肉皮蹭滑铁锅以免粘锅，慢火烙熟，贮藏于仓房里的水缸中，就等着过年期间馏着吃，啊哈，告别该死的苞米饼子啦！

其实即使是过年，黏火烧也难以满足。黏米才多点儿啊，遇上收成不好，每口人只分得五斤，推出三斤黏米，再加三斤玉米，也有限。春节期间，不乐意再吃饼子，就靠大煎饼充当主食，因此黏火烧成为山沟里孩子的憧憬……

每到冬季，雪道形成，我就带弟弟起大早，每人拉一爬犁干柴，到十里外的镇子上卖。十次卖完九次黑，没钱，就那么饿肚子。妈妈心疼我们，赶上推水磨了，就悄悄让我俩带上几个黏火烧，再三嘱咐，一定放供销社的铁炉子上烤，黏东西不可冷吃，那会做病的。可她老人家哪里知道，那炉子围了不定几圈取暖的穷人，你怎么靠得近？于是我们就吃冷的。那东西冻过后，跟生的差不多，然而有糖精的味儿啊，我俩就迎着北风嚼啊嚼，想想苞米饼子，这可是细粮哩……

一晃离开那年代40年，我也在市区、在省城混了19个春秋。写点蹩脚的文章卖钱，居然超过工资数倍，对餐桌上的膏粱美味已无兴趣，而少年时的黏火烧却经常踱入梦中。突然，一天下班，见众人抢购什么，挤过去，原来是卖黏火烧的！我赶紧买了二斤，回家后急不可待地尝了一个。咋这样？必是那卖主儿滥竽充数，弄这冒牌货来蒙钱的！

后来，我终于有机会回那山沟。恰逢年关，乡邻盛情留客，我也就不再坚持。有个愿望呢，我想吃正宗黏火烧。主人摆了一桌子鱼肉，虽然做法粗了点，但成本不低。我急问："黏火烧呢？"

主人的回答让我好生失望。他说："谁吃那破玩意儿，费老事了。"带我到堆杂物的屋子里，嗬，五袋面粉，三麻袋大米！老乡说："感谢邓小平啊，咱农民凭什么总是吃苞米的命！"

"那你这上万斤苞米……"

"这点？"主人自豪地说，"卖掉多半了，这些，再卖点，剩下的做饲料，有时也吃个稀罕……"

不用吃黏火烧了。我想，是生活把它挤走了。就如同我儿时的雪橇，留下的记忆再美好，也不能跟今天的电子玩具比呀。

百家锁

我家以前人丁一直不旺。从祖太爷起，四代单传，只有我爷爷那辈多了一位姑奶奶，不到一百天，因为太爷老夫妇相继病逝，爷爷才15岁，只能把她送到了即墨县城的茶棚庙里为尼，几乎等于没有。在“不孝有三，无后为大”老观念的笼罩下，爷爷想孙子想得可能眼珠子都绿了！

这个时候，我降生于顾氏门中，成为独门长孙。尽管后来爸爸横竖瞧不上我，可襁褓时，我却得宠了好几年。

听妈讲，爷爷见到我，简直像拉了一天犁杖的老牛回到槽前，长嘘了一口气。老人家绞尽脑汁，要保住我这棵苗儿，重燃顾氏即将断绝的香烟。我记忆中没有爷爷的相貌，仅知道他出力过头得了痨病，走路弓腰，吭吭地咳嗽，有时憋半天才上来气。就是这样，一旦抱上孙子，爷爷兴冲冲赶集去。

爷爷赶集是从事一种幸福的乞讨。

老人家进入各种店铺，先询问店主尊姓，然后，记下人家的姓名，乞讨一点钱，多少不限。资本家不像后来宣传的那样狼心狗肺，他们多是乐善好施的。爷爷走进一家，便得到一份钱。接下来就艰难些，因为重复的姓氏便不能再讨。家乡逢集地点不定，爷爷是逢集便赶，不计远近，他肯定吃了不少苦，边咳嗽边说下不少让他引为自豪的小话（他有孙子啦），终于，爷爷求足一方百姓，把乞讨到的全部钱财，找银匠打成一把银锁。按风俗，它是一厘不许添，一点不许剩的，谓之“百家锁”。旧说法，像我这样金贵的孩子，怕是那边的什么鬼来讨债的，用这百家灵气的锁锁住，我想逃，也逃不回去，只好老实地待在顾家为之传宗接代。

那把小银锁打造得颇为精致：图案是麒麟送子，有一个《封神榜》中黄天化式的少年（大约就是所送的“子”），手持双锤，跨在麒麟背上，麒麟足下祥云丛生。整把锁用两片有图案的银片合成，中空，反看正看，都是麒麟送子。那神童栩栩如生，毫发俱现，眉眼、服装都是立体的，图案的下方，有链子并排缀着四枚铃铛，像微型官印，也是中空，里面有铁砂粒，一晃，脆响悦耳……

爷爷把他一生的辛苦都化作了欣慰，将那象征吉祥的银锁郑重地挂在了我的项上。

懂事时，我看到那把锁。它已伤痕累累，神童的脸布满了小牙痕，给咬塌陷了，铃铛剩下三个。妈说，这都是你小时候咬的。我内疚，也有甜蜜感，虽然这锁已挂在三弟的项上了，我相信妈说的没错，就是我咬的。

据妈追述，小时候，爷爷对我无比呵护。只要一到青岛，老人家最大的嗜好，就是久久地盯着我，用舌头打噗噜卷儿，逗得我狂笑。

带着那把百家锁，我有几次被送到乡下与爷爷团聚。老人家教我认象棋上的字。我儿时差不多过目不忘，片刻工夫，认全了，随便打乱，我均能一一念出。爷爷欣喜若狂：“神童，30 多个字，没见过！”我的爷爷，其实象棋包括异体，也就 10 多个，难道 5 兵 5 卒也算 10 个吗，老人家溺爱我到什么程度了！

爷爷辞世时，我 3 岁了，二弟已出生。老人家牵着顾氏长孙的手，他肯定关注到了那把凝聚着他心血和希望的百家锁。他想了什么，说了什么，我无从得知，我感兴趣的仅仅是奶奶从集市上买的那只泥做的“皮老虎”！一个什么不懂的孩子，披麻戴孝，被按在爷爷灵前，磕头，哭泣，他的哭，是不是因为暂时被没收了皮老虎呢？

有一个阶段，我很想念爷爷。他若是健在，爸爸殴打我时，他肯定护着我。

五年前，妈将那把锁传给了我。这百家锁啊，它保佑过七个弟妹，并让我成为迄今为止顾家五代中最长寿的男人。它颜色灰暗，四个铃铛荡然无存。接到它，我感受到了爷爷的抚摸，只给小儿戴了一阵，接着就珍藏起来。

37岁那年，我去青岛参加一个笔会，绕道原籍。族叔爷秉开老人带着我，走进一块红薯地。爷爷的坟早就平了。叔爷认真端详了一阵子，说，就是这儿。嘴里念叨：“哥，你孙子文显来看你啦，孩子出息了，几千里地来青岛开会，了不得。”

低下头，我看见爷爷当年安息的地方，是一条田垄。硕大的地瓜把垄皮撑裂，露出嫩红色的瓜皮。我一阵悲伤袭上心头，想起那百家锁，想起我并没有成为“神童”……于是，我冲着地瓜跪了下去。绝对不信鬼神的我，那一刻无比虔诚，望着腾腾燃烧的纸钱，我坚信，爷爷在那边，真的是花到了他孙子孝敬的钱啦……

第五辑

故事,故事

不知道那飞檐走壁的侠女存在与否,可母亲讲的故事一直激励着我去做一个正派的人,做一个淡泊名利的人。我想,一介普通百姓,实在也做不出惊天地泣鬼神的业绩,假如人人都能蔑视非分之财,想让这社会和谐一些,文明一些,那还算什么难事吗?

·理发男孩

我去市场买菜，突然被一个哑巴男孩扯住不放，马路对面一座小雨亭，廊柱上挂着片纸壳儿，歪歪扭扭写着“理发、刮脸”四个字。

这么俊俏的男孩，怎么就会是个聋哑人？！我对他晃了晃手中的食品，对他用夸张的口型说，明天。

那孩子高兴了，在手上认真地写了一个“明”，又写了一个“天”，征询地望着我。我点点头，那男孩就仿佛真的做成了生意，冲我作了个长揖，就转身物色另外的顾客去了。

走出去100多米，我越想越不对劲：他会不会认为我骗了他呢？如果回过味儿来，这孩子今天得多伤心啊。我提着东西又转回去，拍拍他的肩。

这下子坏了。他以为我改主意要马上理发，就堆满一脸笑，把我往马路对过请。我赶紧解释，指指他手腕上，意思是问他明天几点工作。费了好大劲，他才彻底明白我的意思，很感动地告诉我，明天9点到17点，他都在那个雨亭中等我。

一路上，我暗暗叮嘱自己，不可忘记了对那聋哑男孩的承诺。

第二天上班，领导突然要开会。为一个什么问题，大家争论不休；

吃完工作餐，继续争论，我早把理发的事儿给忘到九霄云外去了。

下午 4 点多，窗外猛然下起了瓢泼大雨，马路上积水很深，行人狼狈不堪。室内人隔窗欣赏外面人的窘状，很有一种优越感。我看到一位推车子的小贩，在积水中艰难地行进，突然就想起了那个聋哑男孩，我答应过他今天去理发的呀。跟同事说了，同事就笑，这大雨，谁还在傻等着你，有病啊。你以为你是谁呀。

不行，我无论如何得过去一趟。哪怕他不在，我也就安心了。我冲进雨中，好歹拦住一辆出租（其实步行也只用十几分钟），钻进车子时，我身上便湿透了。

远远地，我看到那个雨亭子，孤零零地站着一个人影，双手抱臂，显得是那么孤独和凄冷！车子只能在路边停，我顶着雨蹿过去。那男孩认出了我，傻乎乎地咧开大嘴笑。他马上为我脱去湿透了的外衣，小心地挂在亭柱子上，然后开始为我理发。

雨潲得厉害，本来就湿透了的膝盖又潲上了雨水。男孩把我尽量往后挪，这样就淋不湿衣服了。可我无意中一回头，发现他的脊背却露在亭子外，雨水哗哗地流在他身上！

我俩推让了好几次，才算把头发剪完。男孩很兴奋，好像为我做什么都心甘情愿。剪完了，我掏出一张 10 元的给他，随他收吧。而他哇哇叫着不接。我心里咯噔一下，要敲诈？可毕竟是聋哑人，别跟他一般见识吧。我又掏出一张百元的。这回他还是不接，只是直冲着我鞠躬。

怎么，100 元还不知足？然而，这个聋哑人身体强壮，手中还握着锋利的剃刀，我一个 50 多岁的文弱书生，想抵抗，想逃跑，都是不可能的。雨中望不见一个人影儿，我的确感到从未有过的后悔和恐怖！口袋里共有 160 块钱，我都掏出来。咳，你说我倒是找这份不自在干什么？

那男孩看出我误会了他的意思。他将剃刀收起，反复跟我比画。

终于，我看出门道来了，其实哑语不是很复杂的，比画多了，我能懂。他是说，你能来，我很感谢，不收钱了。

他等在雨中，又淋得后背透湿，都是为了白为我服务？这回轮到我内疚了，刚才还怀疑人家要敲诈呢。

男孩又朝我竖了竖拇指，似乎是夸我守信用。接着，他从兜里掏出一把带尖柄的塑料梳子，探到雨亭外的草地上，每写一个字，让我看一下，他写的是："可以叫你爸爸吗？"

我的眼泪一下子蹿了出来。可怜的聋哑孩儿，我如何担得起那么神圣的称呼！我一把搂住这男孩儿，任他顶着冷风呜呜地哭，把眼泪鼻涕都蹭到了我的身上……

不能给他很多钱，那会伤害他的自尊心。我写一篇文章吧，呼吁大家都来关心、尊重和疼爱残疾人，之后再把样刊送给他。我知道，这孩子能活到今天，他一定还会同样坚强地活过明天，后天，直到他老去……

悲壮的开端

30年前，我得了胃病。父亲不让我看医生，使我经常疼得不敢吃饭。妈有心帮我，可家庭经济透明度极高，家里几块几毛钱都有数的，哪里弄钱治病？急切中，妈想出了办法，夜里偷出半袋大豆，沟里有个去公社读农中的男孩，求他给背到粮库换粮票，卖得了1元5角钱和15斤粮票。妈把钱交给了我，我自己研究成一个中药配方，制成药丸，偷偷服用。瞎猫碰上死耗子，居然治好了胃病。

而那15斤粮票就被妈收藏起来。

次年冬，生产队的马车去给邻县的石灰窑运石灰，我被派去做饭。临行，妈悄悄塞给我3斤粮票，说，你若是摊上头疼脑热，就去镇上买个烧饼或者面包。

活到20岁，我头一回有了属于自己支配的财产，此前直到过春节，爸给压岁钱，也只有一角！我把粮票贴身藏好。那边每天补助伙食3角钱，我买了面包啥的，交账时就说是车队集体改善伙食摊的，爸也不会过分为难我的，毕竟我都20岁了。

这3张1斤面额的吉林省地方粮票充实了我的精神。三个月过去了，我始终一两也没舍得动，我盘算着，等我生日那天，一下子花4两粮票2角钱，买两只面包，好好地纪念一下！

转眼大雪封江。我们两辆马车共7个人，每次大车回去拉饲草时，可以捎一些玉米面儿，然而，有时候不够吃，就得我傍晚坐夜车回家去背。坐火车一站，然后步行一个小时，才能到那个至今被我诅咒的穷山沟。我学会了逃票，省下3角钱，捡个废票报销，每月一往返6角钱，天上掉下来的财运哇。

车挤。我喜欢这样，这样查票的概率极低，况且只有一站。

我站在两节车的通道上，做贼心虚，胸口怦怦跳。刚开车，有个老太太挤在了我对面，问我："孩子，我没买票，不会查票吧？"

"没事儿。"我立刻装得很老成的样子，"你放心在这儿站着。"其实，我心里也没底儿。

好像那车是我们家的，老太太立刻有了主心骨，她很快跟我谈起了她的处境。

老人家的儿子再婚，后妻不接纳他的女儿，孙女只好跟老太太一起生活。老太太算了一笔账，她儿子每月只给她5元钱，刨去祖孙俩领粮，刨去孙女儿角钱的本子铅笔钱、针头线脑、水电费、咸盐、酱油……老太太每个月只剩下4角8分钱，如果有病，她只能吃止痛片维持。

"孩子，大娘实在没钱买票。"她低声跟我说，她刚刚从儿子处领到手5块钱的生活费，"我不舍得破开啊。"

我的心一下子震动了，这个可怜的老人！她已经72岁，孙女9岁。等孙女长大，她能得着济吗？我登时觉得这老人比我还可怜！小时候读过的古典小说中的侠义形象鼓舞着我，我觉得我必须帮助老人家一回。

列车整个过程只有18分钟，我一边听着老人家的述说，一边悄悄将手隔棉袄伸进内衣兜里，我把那3张粮票捏了又捏。那是我的精神支柱啊，有了它，我比同行的伙伴们富裕！我将粮票捏住了两张。自己留一张？加入副业组三个多月，我顿顿是玉米饼子白菜汤，连豆腐都没吃过一次，面包的诱惑势不可当……然而，面前这位老人，这位风烛残年、每个月算到骨头只剩下4角8分钱的老大娘啊，她留在这个世界上的日子也许不多了……

列车停下，外面飘起了晴雪，天嘎嘎冷。让北风一吹，老人显得更加单薄瘦小。我大脑在一刹那变得没有了记忆。我用尽全身力气喊了声：“大娘。”那老人家一愣神的工夫，我抓住她的手，把我捏过不知多少遍了的3斤粮票，还有刚才提心吊胆逃票省下的3角钱一起，放在了她的手中。

往回走，我浑身轻松。我终于又变成了“穷光蛋”。回家后，妈给我什么吃，我都不在乎，帮助人的感觉无可比拟，我像个侠客义士啦。老人家那略带哭腔的感谢一直鼓舞着我，我给自己打气，从今以后，无论能力大小，一定要帮助别人……那3斤粮票啊，成了我人生路上真正的开端，尽管它是那么辛酸而悲壮！

再上一次当

那小伙子斜刺里插过来站在面前，结结实实吓我一跳。几次撞上掉包行诈的均被我机敏地躲过，但每躲过一次便令人更觉得这人世间几乎无处不藏着阴谋。他如今大清早拦住我，要干什么？

“大哥——”他说，两只眼睛射出一种怪异的光。

腿肚子霎时紧张得微微发颤。果然开始了，以前那些掉包的也是先有一人称我大哥或同志什么的，接着黏糊糊打听道儿，这时他的同伙便从后边慌慌张张跑过我身边，叭地掉下一个纸包或者文件夹，诱你去捡。我呢，则触电一般转身就走，任千呼万唤，给他个不回头；而现在，地势不利，没退路哇。

我告诫自己，莫怕，稳住，可心脏不争气，瞎蹦跶。

“大哥，管工业的部门在哪？”驴唇不对马嘴，骗术一般。

我回身指了一下市政府大楼，实际是借机观察观察有没有他的同伙上来。“那幢大楼，你8点以后去，有人办公。”

“大哥，我是江苏的，家乡发大水，我家7口人死了6口，我一个人逃到这边，没饭吃，我要找政府。”

十分厌恶！少拿这套把戏来骗我，我交的学费够多了！发大水死人七分之六，谁信？我估计暂没多大危险：他至少不是掉包的或劫道的，至于想编点谎话哄我点施舍什么的，我有也不给了。我说，你别找工业局，要找民政局，你把情况向他们讲讲，政府还要通过电话什么的核对一下；假如你不是骗子，他们会帮你的，目前全国都在救灾嘛。

我讲调查核对骗子什么的，又使用了“政府”这个字眼儿，主要想提醒他，别以为骗子那么吃得开！

冷不防我又问他：“你有身份证吗？”

他说：“身份证 18 岁才发，我只 16 岁，怎么会有？”

天衣无缝，不是初诈。我夺路想走，他看出我的企图，总是不断调整角度，拦在我前头。主意打定，今非昔比，我是一毛不拔了。要在往日，心一热，至少领馆子犒劳他一顿。

他眼里又放出那种光，可怜兮兮死死盯着我。

好了。我说，政府肯定管你，这事你别找个人，个人帮不了你。就在他一犹豫的瞬间，我抢上一步越过了他。

有生以来，第一次未被假象欺骗，我不禁有些得意。

上午不必到单位。领导安排好了的，在家写一个同志的材料。铺开稿纸，往日那如泉的文思不知哪里去了。前院录音机声响太大，后院老太太训孩子声音太尖。总之心烦意乱。咬了半天笔尖，我得先睡一觉，大概身体有些不适。

那孩子 16 岁？也许。16 岁长小胡子的也并非没见过，真是发大水淹死了亲人还是行骗？不想不想，已经躲过；别自找那份烦恼，睡觉睡觉。

睡觉这东西大约不能过急，你越急它越不让你睡。百分之九十是撒谎，那万一他不是撒谎呢？他到民政局，民政局会管他？什么证件也没有？假如那民政局也如我这般怀疑他呢？

小时候，粮食不够吃，到野外弄山菜。转了一天，竟找不到归途。

摸索到一家农户，老奶奶满头银丝，说：“孩子，我也没得吃，有三个芋头，你吃了吧。”我便吃了三个芋头，才有力气回家，那是1961年。

多年后我仍不忘那一个夜晚。我猛然想起了那江苏孩子的目光，那是绝望而乞求的目光！我知道了我身体不适的原因。

这时，下起了雨，挺急。我撑着伞来到早上见他的地方。一位卖汽水的老汉佝偻在伞下，我问：“看到一个江苏小孩没有？”

看见了。他家发大水，他要饭。死心眼，站在这儿不动，能要着饭？

他哪去了？

往东去了，有10分钟吧。

转身追上去。我没事，一个穷职员，谁也诈不去多少油，我无论如何要找到他。假如他是骗子，我宁愿再上当一次，上当，比生病强。

此时，乱雨如箭。

债

夕阳如血，满山遍野红殷殷地淌。我目送着她那艰难远去的背影……

幻觉。我至今没见过她的面，但此刻却强烈地企望看到她。我有话说呀。

那天下午朋友的孩子找到我。顾叔，我写了些东西，想求您给看看。

噢，这可是孩子的血汗啊，我忙展开，细看。

都很平常，人云亦云的模仿，这高中生应付考试当然无可挑剔，然而语言流畅、条理分明、主谓宾定状补头头是道仍旧不能算是文学。我给她讲文学作品与高中生作文的区别，末了挑出一篇散文来，说这一篇还不错，像那么回事，只是仍显单薄……

那是邹卓写的。姑娘的脸唰地红了。

那好，你告诉她，闲了可以来这儿，我当面说给她听。她不想来。侄女说。

好像还谈了些别的，就是没提邹卓两个字。既然不想来，凭什么让我看？打算写东西，又懒得拜师，笑话。如今有些女孩子稍有两分姿色，便傲得宇宙中盛不下她了。

拉倒，让她孤芳自赏去吧。

一个专职搞创作辅导的，哪天不接待三两个作者，谁会惦着一个毫不相干的中学生？

然而有一天侄女又来了。顾叔，邹卓问您好，她说挺感激您的。噢噢噢。我淡然一笑，她想学，为什么不来当面听听指导，其实那篇东西改一下备不住有希望发表。七八分钟的路，难道是远吗？叔，您不知道，邹卓是残疾人，长得前鸡胸后罗锅的。她说，她不敢到顾叔这儿，让别人说，你看顾编辑，都教些什么学生……

我的心忽地让谁一把揪住，只觉得从后脑到脊背酥酥地通了电。邹卓，对不起，我一定去看你，就是明天。

明天后天大后天一连几天没捞着动窝。省里忽然有了好兴致，要来检查卫生。艺术馆特级战备，扫呀擦呀洗呀刷呀，怎么看怎么不合格，合格了也不许停下，直到检查团来了为止。我不明白我辅导了数百名学生，不少人从白丁起步到省级报刊发作品，这一切均不如擦净一块玻璃重要，这到底是为什么？

忙昏了头气昏了头，忙过气过又攒下一大堆业务，仍离不开。侄女能跟邹卓说我想去看她吗？可那天我没去不知她难过了没有？唉，邹卓。

两个月以后，高考录取结束，我听到邹卓的消息。从那次以后凡遇见她的学校的人我都要打听一下她的情况。她考的分数挺高，可哪个学校也不肯录取她，自然是因为残疾了，后来好歹混入邻市一所中专学校，据传还花了钱。将来分配时肯定会有麻烦，试想哪个厂长或是经理肯聘用这么一副容貌的属下？我不禁又伤感起来，这孩子，活得多累呀。

打听到她家的住址，我发誓，寒假她回来，忙死我也要去找她唠唠。

就这样，一个身患残疾的女孩子悄悄地走进我的心。我有时三天两头想到她，为跟她好好地谈一下，我甚至打过几次腹稿。

我盼望着寒假。而寒假慢慢腾腾。

11月28日,大雪。各地交通受阻。另一个侄女放学回来,对我说新闻。叔,俺学校原先有个邹卓……我说我知道她。是吗?侄女脸色变了。她有残疾对吗?是。昨天不是下大雪吗?她周六回家,第二天往回走,下了火车上大客车,让人家硬把她从车上挤下来,摔坏了也许是轧坏了,送到医院,死在了那儿……

雪依旧死命地下,连夕阳之血也流干了吗?雪与泪搅在一处,明天晴了,准是嘎巴冷的歹毒天气。

邹卓走了。她那孱弱之魂,从冰凉的太平房里又被挤出,到更冷更冷的旷野里瑟缩、游荡……冷就冷些吧,邹卓,就怕那边仍有强悍的鬼物在欺侮着你啊。

邹卓,我的孩子,你知道我欠着你的债吗?

故乡人

“你老嬷嬷，好人儿。”

奶奶在世时这么叨咕。老嬷嬷，就是太奶；好人儿，就是长得漂亮，这家乡话绕不绕你说。

我早就记不得老嬷嬷是什么样人。只知道她和丈夫没有孩子。孩子压根没生或者长大出走了还是另外的怎么回事，当时我太小，压根不知道。只记得老爷爷经常出海打鱼，老嬷嬷喜欢小孩儿，动不动把我和弟弟接到家，好吃好喝供着，晚上搂着我俩睡。

小油灯荧荧地，老嬷嬷凑在灯前纳鞋底，咱不知道她总共两口人上哪穿那么多鞋，我记得她一年四季总是刺啦刺啦地纳呀纳。一见我和弟弟，活儿扔了，灯头挑得亮一点儿，抱起我或弟弟来亲几口，放炕上，然后说：“来，老嬷嬷摸个鸡儿吃。”弟弟天真，任她摸；我害羞，死活不让。越不让，她越发感兴趣，终于有一天我象征性地在裆处拽了一下扔到她嘴里，哎呀把她喜得，连说：“好香，好香！”并且当时抓一大把花生奖励我。

晚上，我便猫儿似的偎在老嬷嬷怀里，嗅着她怀里那热烘烘的香味儿，听她讲故事。老嬷嬷的故事多，有些吓死人，吓得我蒙上头，蒙上头更怕，就钻出来……咱不知怎的，越怕越想听，老嬷嬷便半宿半宿地给我讲。第二天，我把她讲的故事头一句腚一句地重复一遍，她便极夸张地说："这小鬼头，是个人精，比我讲得强多了！"我也就当真以为我讲得比她强，要不，老嬷嬷会这么说！

我父母在城里，生下我，便送到乡下跟奶奶养着，夜里，奶奶那干瘪的乳房常常令我失望，因此，一拱进老嬷嬷那又白又暄的怀里，我心中委屈得有一种想撒娇的感觉。

有一天，老嬷嬷要推磨，我自告奋勇，帮她俩推。七岁的孩子，能有多少力气，何况我小时又弱？但事过之后，她老人家逢人就说我帮她推磨，并夸我一包子劲儿。

老嬷嬷极容易满足。

30多年过去，这些事要专门去想，才有一鳞半爪的印象，加之祖母常提她，才没有完全忘记，我后来才知道，老嬷嬷不会生育，抱养了一个小女孩，不几岁又死了，后来就老两口孤零零地过。听说她并不喜欢小孩，不知为什么偏偏对我和弟弟那么疼爱。为此我很感动。

今年，我去青岛参加一个笔会，离故乡120里，猛地就产生了回去看一看的念头。我在会议前一周便去了故乡。

故乡变了。变了也是听故乡人说的，至于我，哪有什么印象啊。叔爷领着我到儿时生活过的小村子的遗址，于茂密的高粱丛中讲述，这是你家的墙，我们那个只有十几户人家的小村，都迁到大村里去，这儿没有电。

叔爷讲述时，我无意中发现高粱丛中还有一幢草房，便问，才知是老嬷嬷家，就是用温热的怀抱爱抚我童年的老嬷嬷，就是用浓醇的故事喂养我童年的老嬷嬷。我顿时觉得有一种无法遏止的渴望，一定要去看看她。

昏暗的小屋里，老两口在吃饭，我无法想象那是一种什么情景，老嬷嬷干瘦干瘦，我敢说，所有有关节的地方都凸了出来，海风吹得她皮肤黑黑的，一笑，满嘴里只有一颗牙齿，她头上的白发早已盖不住头皮，耐心地数一下，我想有二百多根，而她那比拳头略大的脸上，皱纹何止上千条！

老嬷嬷听说是我，抱住我上下抚摸，久久。老爷爷恭恭敬敬地在炕上起立，怎么劝也不坐下，直到我也上炕盘起腿，他才侧身而坐。老两口已无劳动能力，都已年过八旬，靠村里发给些补助维持生计，老嬷嬷隔三差五还到海上，捡点海蜗什么的回来改善改善，年纪大，又无后人，因此极少有人光顾他们的小屋，我几千里外来看她，老嬷嬷如何不激动！

在老人家里叙谈一个时辰，临走时他们有些依依不舍，老嬷嬷简直不想放行。逼问我什么时候再回来，我想了想，春节有条件时也许差不多，说这话时我便知道难以兑现。老人叮嘱，无论如何，也要到她家吃顿饭，怕她失望，我又认真地想了想，说，春节吧。

离开老嬷嬷家挺远，猛一回头，发现高粱地边，那对老夫妻依然在目送我的背影，夕阳下，他俩显得那么孤独、瘦小。

回来之后，忙起来便忘了那两位老人，到秋，堂叔来信，提到老嬷嬷。说她家很穷，什么也买不起，老太太赶海，捡了一条漏网的鱼，洗干净晒起来，要留着我回去时给我下饭。

看过信，我哭了。风烛残年的老人，这么重情谊、重信义，真令我惭愧，于是家乡那小路便绳儿一样系住了我的心，我再怎么忙，也要回去，吃老嬷嬷为我晒的那条鱼，而且，我要再回忆几十遍童年的事，并挤出点稿酬来，让她过几天好日子，哪怕只是几天。

老天，保佑我老嬷嬷，别让她生病，别让我扑了空……

· 女　孩

哦，女孩，一眨眼，你长这么高啦！根本不可能认得我，瞧你唱得那份认真劲儿。

3年也许4年前，你站在我们那个城市的某个角落，奶声奶气地唱《卖花姑娘》，天嘎嘎冷，你穿一双单鞋，没有手套。是我在无数双复杂的目光下擎一张钞票给你，你知道吗？那天中午我没钱吃饭了，女孩！

此刻你正一支接一支地唱着，声音还纯正。你的父亲正睁着那双瓷玻璃球似的眼，起劲儿地拉他的二胡，盲人永远是一副笑模样，真令人心头一麻一麻的。

就有一种再见故人的感觉，我没法不在人圈外站定。你身边立着位高个子盲人，他显然与你父亲打过招呼，这阵子被你的歌声打动，手中的长竿由轻到重，笃笃地敲起节奏来。实在唱得厌了，你便不再唱，你才这么一点年纪，而别人家的孩子正在家里哭闹说不愿去幼儿园！可父亲怎肯罢休？劝你："听话，叔叔大爷们听你唱得好会赏给咱钱……"

于是你父亲那顶脏帽子仰在你小小的手上，举在每个听众前停几秒钟，分币、角币，你父亲有特异功能，每当听到哪个给帽子投了资，便说："快谢谢，敬礼。"

忽然站立很久的盲人开口了，说“丫头”。

分明听到这无比亲切的呼唤，而你没有应声。女孩，你知道接下去该有什么事情发生，所以你赶忙替你父亲拍打尘土，装作没听见。

然而你父亲的耳朵牢牢地揪住这期望之声，他说：“怎不答应，不是×大爷叫你吗？”

你扫了父亲一眼，目光幽幽的。那目光告诉我你已经不小了，女孩。你极不情愿地走过去：“大爷……”

高盲人从背兜里抽出一张嘎巴新的5角票儿，用拇指肚儿捻捻，递给你，其神情无比庄重。你父亲在很远处遥控你：“快给大爷行礼！”

竹竿左右探索着，将高盲人领出人群。女孩呀，我看见你迅速向人们做了个天真而神秘的手势，然后，蹑手蹑脚跟上高盲人，把那5角钱神不知鬼不觉地插入对方的背兜。

你甜甜地笑着，我眼泪却一下子流出来。女孩，你好好长，如你同龄人一样，或许，在哪个早晨，父亲会告诉你：“丫头，你该上学了……”

燕　子

3月26日，苦熬多半生，终于搬到楼里，6楼。乔迁次日一早，凭窗远眺、近看，突然发现窗右侧上方的楼顶盖下，有拳大的一摊泥。距地面20多米高，谁给摔上的？不大工夫，呢喃声起，我恍然大悟：是燕子，我家来了一窝燕子！

这喜讯也让妻欢欣了几天。燕子是吉祥鸟儿，我乔迁，它来临，好兆头。

于是早上读书、写作，便常常留心起我的这家新邻居，它们很认真，很忙碌地飞来飞去，有时甚至看不见嘴里衔着泥或草，但它们又只在飞回其筑巢工地稍息片刻才匆匆交谈几句，我想那是干着活儿呢。而楼板下的泥团分明日日增大，落日后做的一段，还能看见阴阴的湿痕。燕子在不停地筑啊筑。

不由就起了怜悯之心。我庞然大物，几分钟便可替它们筑一个“别墅”。找来黄泥、碎草，妻梳落的头发，还有一杯水，放置窗外。我是多么企盼它们能借我的力啊，这儿离燕子未来的新巢也只三四米，该省多少力。那样，我也会陡添无限欣慰和自豪。

可邻居不领情。我用尽方式，干的、湿的，搅成稀的……人家贤伉俪依然故我，宁愿飞去很远衔属于自己的一份。

它们不须别个插手、施舍。我暗叫惭愧。眼下我居住的房子，单位拿一半钱，我不如邻居多矣。

所以耳畔那扑棱棱的飞翔声，成了鼓舞我向上奋进的一部分。去了一趟北京，回来，嗬，燕子的新巢成了。人家自力更生，大大方方在我眼前要生儿育女啦。

我得以近距离观赏燕子。清晨，不知是哪一只飞回来啦，小腰一扭，漂亮优雅地反贴在楼板下，扭头看我，友好而狡黠，我看清它花里胡哨的脸儿和张着大喘的喙，双方就这么凝视片刻，我不语，它从不冲我叫，然后，突然钻进巢里或飞走，一次也没让我满足过。

小东西美丽而勤奋。一段时间，我爬起来头件事便是盯着邻居的巢，而哪一次都是人家从外面归来，倒像我们有些通宵打麻将的，早上才回家敲门。我永远比不上它们勤劳。坚持了好久，没堵着它们的"被窝"，我先自泄了气，可人家才不管呢，照样把生活打扮得匆匆忙忙。

它们孵出了小崽崽。大约四五只的光景，费了挺大劲儿，仍没数清。人家忙，没工夫搭理咱呀。我跟燕儿离得这么近，又那么远。甚至它携妇将雏飞归南国，我也搞不准是哪天。

整个寒季，我常常骄傲地盯着它们的空巢。燕子是吉祥鸟。我有个美好的开端。

今春，它们早早回来，仍是不理我，自顾忙忙碌碌，我又可以很近很近地看它们那花哨得让人想笑的脸。

不知过了多少时间，才发现，我的邻居没了声息！某个星期天，推开稿纸，目不转睛地盯了一上午，最担心的事情被证实了：燕子已不复存在，我面对的是一座空巢。后来，有一对麻雀厚着脸皮住了进去，照样养育出它们理想中的子女，一点也不比自己辛苦垒巢生的差。

我的燕儿，哪去了你们？是碰上天敌，还是比天敌更卑鄙、更狠毒的猎者？从发现燕子失踪起，看见摆弄汽枪的人我胸口便堵得慌。

人生真累。早就满负荷的日子里又多出一项日程，猜我燕子的归宿。多少种猜想我都不满意，最满意的不敢向妻子说，那就是我的厄运已悄悄走近，作为吉祥鸟儿，它们已经搬家。

我信。它们搬家了，在一个梦里，清晰而可爱。说不上哪天清晨，它们会故地重游，给老友以真挚的问候。

·照　　片

去冬今春，我在大镜沟乡蹲点，发掘一位老人刘成礼肚子里的民间故事。刘大爷家有个邻居老由头，82岁了，身体依然硬朗，与我相识后，便见天准时来刘家坐着听我们唠嗑，上班一样的准时。

老人命运不好，旧社会苦得难说，中华人民共和国成立后，当村支委，也是出大力，如今除了个高寿几乎没别的。投桃报李，见他待我那股谦恭劲儿，我越发尊敬他。

我跟由大爷成了朋友。老人有时跟小孩儿差不多，听刘成礼滔滔不绝地讲故事，他忌妒又无奈，待刘大爷停下来，他赶忙也插进来一个，长得很，成色却差得远，没有整理价值。怕伤他自尊心，我硬着头皮认真听。

由大爷认定我是市里的大干部，每到饭点，决然告辞，下午再来；好容易只留他同吃了一顿饭，看把他拘束的！我心中很忍不下去，冰天雪地冷呵呵地，我每周四乘早车回返，老人家定要坚持相送。过路车，野外里最多站过40分钟，什么滋味！一次，太冷，我说了句“由大爷切不可再送”，便抢出门去，恰遇上一辆小面包，便坐上。那天逢集，车子缓缓开过人流，我忽然发现由大爷到底赶了来，他不知我坐了小车，正佝偻着腰，侧仰着头，可哪儿踅摸呢。那一刻我的心彻底被震撼了！下次再来，从市里买来一串香蕉，80多岁的老人，也就能吃这个啦，我猜想他也许未吃过这么高档的水果。由大爷一小点一小点吃香蕉的神态，到死我也忘不了。

得为大爷办点啥事。我想，弟弟有相机，我给他照个相吧。“春暖花开时，我给由大爷照张相。”我提前把这话说了。“真的？”老由头满面红光。此后，他掐着指头盼那花开。

4月下旬，被《山海经》邀往杭州开笔会，我忙着南下，早把由大爷忘九霄云外去了。再回来，乱事攒了一大堆，好容易挤出时间，真带了相机下去，而花儿早谢得半朵不剩。那也中。我领由大爷柴垛旁、砖墙边好一顿照。

盼到胶卷满了，听说由大爷不知念叨了几百遍“顾老师多咱能来”，我知道他惦着照片，急匆匆地去冲洗。第二天取相，眼直了，弟弟上卷时没挂住，胶卷没转，整个大黑脸！再下乡机会已没有，我怎对得起由大爷呀。

端阳前一天，省民协主席曹保明和副秘书长施立学来采风，我忙着给人家写电视剧，实在难陪，荐了刘成礼后，千叮咛万嘱咐，托立学无论如何给由大爷照张相，顺便解释我的失误。

立学当真给照了，并与大爷合影。谁知回来，一弄那相机，啪地一下全跳了出来，胶卷曝光，又哄由大爷一回！

老人在乡下盼呀盼呀。

我束手无策。不敢再去大镜沟，托另一文友婉转地向由大爷叙说了详情。据说，由大爷没什么，道是“坏了就坏了，又不是故意的”。

我的心终于放下一半。

9月末，刘成礼老大爷专来市里看我，问及老由头事，他说：“那老头，压根不信相片坏一回又一回，他只认为人家省、市的人，跟乡下人照相，不合适，不肯给他。”

我一句话也没有。说一万句又有何用？我是怎样地刺痛了一位无辜善良的老人的心啊。我出钱，求单位的专家特意去补偿一下吧，然而，国庆节一过，我又要南行。

由大爷，您等着我啊。

蜜　蜂

蜜蜂是何时飞进我窗口的，永远无法搞清，只知道我伏在窗台上写得正心烦意乱，它爬到了我的稿纸上。

立即放下所有的工具，观察起这只小蜜蜂来。我只晓得吃蜜，于养蜂却所知甚少，它来到我居室至少有一个月，因为窗户用不干胶封死也已过这个时间啦，而它还顽强地活到至今，不易。小东西在纸上停停爬爬，最后蜷缩着不动了。

我受到某种启发，它是饿得向我求援来了！杨朔老人在那篇代表作中写过，蜂儿忙时只活几个小时，而时届冬季，它应当活到来春。

我一定要救它！

角柜里有袋红糖，取出来，又找到一只装胶卷的塑料小筒儿，捏一点糖，又拿一硬塑料板儿将这垂死的小生命小心翼翼地撮入糖筒内，我长嘘了一口气，这下好啦。

果然小蜂儿甫入糖堆，马上搂住几粒砂糖，狂吮起来，那腹尾部向前勾起，与头部形成了个“6”字。我心里真高兴啊，比我自己得饮了玉液琼浆更甚。

我一直甜甜地欣赏着自己的善举。许久，蜂儿似乎吃饱了，添上力气，开始在圆筒内爬动，越爬越快。我陡然一拍脑门儿，蠢，难道它光吃不喝？我又弄来几滴茶水，小心地滴到糖少的地方。来吧，湖北碧峰，甭见外。

小客人的确是品尝了我的茶。它把脑袋在那水滴上蹭了片刻，如日本武士的顶礼。接着，它能耐便大了，一展翅，飞出来啦！

这可不好。小蜜蜂，飞出去再回来却难。对于你，糖我有的是，时间却不多。我完全可以让你舒舒服服地过一冬，让你这勤劳的小家伙尝一尝安逸的生活，我情愿了，盼你别乱飞。我正想着，它却飞到了玻璃上，嗡嗡地向外碰撞，几下子，就撞昏了，摔在窗台上。

我心疼死了。傻东西，窗外大雪纷飞，即便出得去你还能干什么？我再度把它用塑料板撮入糖筒内，上面盖一块硬纸。

蜜蜂伤得不重，或许只是疲劳了些——它醒来了，又急匆匆地爬。它这回是精力十足，一下子把盖在筒上的纸顶开，又飞起来直扑窗口，一脑袋一脑袋地向外撞！

我不敢阻止它，怕蜇。可它这么撞下去，会有好结果吗？语言又无法沟通，真急煞我啦。慌乱中，手一按，扔在床上的眼镜腿儿折叠处的尖儿，猛刺进我的掌心，比蜂蜇疼几倍不说，眼镜腿儿也啪地折了！

又疼又恨又惜。你个不晓事的东西，老实待着享福多好，大家相安无事。可你偏要送死去，愚不可及！

我猛然想到小时囫囵吞枣地翻过一本《养蜂学》，说蜜蜂发现蜜源是要回蜂群向同伴报告的，莫不是为这？可怜的小精灵，你也许是南方人来放的蜂，你的老巢早随火车南归了，哪里寻去？眼下是一冬享用不尽的美味啊，我甘愿送你的，你就不可以独享吗！

我呆呆地望着没命折腾的小客人，一点办法也没有。久违了，这种热爱集体的精神。鼻子一酸，幸而无人看见我的窘态。

傍晚近5时，我的小蜜蜂蜷缩在窗台一角，终止了它弱小而又顽强的生命。它是乘我上厕所时逃离我的视线的。再度找见它时，它却死了。

我把它放入未受伤的掌心，一点也不怕它。蜇吧。可它永远不能。说不上为什么，我眼里竟渗出了泪，为这素不相识的小东西。

在花盆里掘一小坑，放上它小小的尸体。想了想，又在它身边堆满砂糖。来春，让它开在我的花儿上吧。

找来一根雪糕棒，我工整地用碳笔写上：热爱集体的小蜜蜂安息吧。算是它的墓碑，而后，我十分虔诚地鞠了一躬，不单是为它，更是为我崇尚的一种精神。

小蜜蜂，在蜂类，你可有一个特指的名字？人类有个叫顾文显的书生，他比你庞大如许，又比你渺小百倍。

蔫巴葱

几把小葱的确太差，蔫啦吧唧在一只旧土篮子里，怨我嘴贱，随便打听了一句，可是俩小姑娘却像遇到救星似的，迫不及待地告诉我：“1块钱3捆，您买吧，叔叔。”

我买？我才不要这糟烂东西。但是面前俩小女孩真是可爱：红扑扑的脸儿，亮闪闪的眸子，那个大一点儿的微笑就是俩酒窝。谁家又下岗了，让如此娇嫩的孩子来苦熬这星期天？

实在不忍心当面拒绝她们，在她们几乎是央求让我买那蔫巴葱之后，我就指了指不见尽头的菜市：“家在北边，我去南面还要买点别的，回来再说。”

“那您回来可要买啊？”

“当然。”我说，“我家里等着小葱呢。”

沿着市场向前，边走边感叹，小贩这么多，买东西可意挑，钱好使喽。遇上朋友侃了一阵子，又买了不少鱼肉菜蔬，当然顺便花1元钱来上两把鲜嫩的小葱，弟弟晚上全家来我处过礼拜天呢。这时突然刮起一阵大风，造得暴土扬尘，还夹着冰雹小雨，我钻进有棚子的摊位下躲过了这阵雨，心里惦着弟弟千万路上别把侄儿淋着，见雨基本停住，赶紧回返。

早就忘记小姑娘的茬口啦，然而我走到胡同拐角，却听到一声稚嫩的呼唤：“哎，叔……”声音又一下子咬住。原来是方才那俩小女孩儿，让雨逼到楼檐下，土篮子里还是那5把小葱，见是我，大约心中升起满腔希望，可是刚喊出口，分明又瞅到我已经买了，并且相当鲜嫩，那表情……

我下意识站住。心中极不是滋味儿，方才多句嘴干什么，害她们等这半天，不是为我，难道我没责任？我说：“对，就是找你这葱呢。”

大的很高兴。而小的不信：“您这不已经买了……”

“买了？我这不是……是邻居让我捎的。我挺大个人说话能不算数？”我掏出1元嘎巴新的票子。

“姐……”小的女孩得胜似的看了大女孩一眼，那份自豪啊；大女孩有些羞涩。我明白了，小姐妹肯定在我离开之后，有过一番争论：大的说我不可能回来，而小的坚持说我大人讲话算数的，如今，小的赢了，赢在我一个说谎的人身上！

也不知怎么一种感觉，我又掏出1张新票：“你一共5捆不是嘛，我给2元，全要了。”

小姐妹欢天喜地地走了，她们没白等待。

拐到门前垃圾点儿，我把那5捆蔫巴葱悄悄扔掉，回家老婆看到，还不得嘟嘟到中秋节啊。

算是做了点好事？花2元钱骗小女孩认为我是个说话算数的人？我的心很久很久不能舒展开来，如同被我扔掉的那几捆蔫巴葱。

故事，故事

20世纪60年代，饥饿的恐怖笼罩着这个国家，不仅吃的，生活日用品也短缺，全部凭票儿限量供应，什么鞋票、线票、布票、柴火票……那年我虚岁12，与弟弟合谋，偷走家中一个鞋票，卖得4.5元钱（一个学徒工月薪才15元），分赃后，买冰砖（一种大型的雪糕）吃掉，因为商店里实在找不到入口之物了。

作案以后，我天天心怀鬼胎过日子，有时母亲随意抨击邻居孩子不听话，我都以为敲打的是我。

某天，由闲谈引起，母亲给我讲了个故事，说是有这么个女孩，父亲死了，没钱埋葬，她就跪在街上，插草标自卖自身。一善人路过，给了她二两银子。那女孩坚持要善人收她为奴或者为妾，否则，她不敢白受人接济。后来才知道，这个女孩受异人传授，武艺超群，她白天服侍善人饮食，以报葬父大恩，夜里飞檐走壁，终于寻找到了护卫重重的杀父仇人，雪了恨，那善人也因她幸免了一场灭门之祸。

母亲叹口气："一文钱难倒英雄好汉啊。"

那时我乱七八糟读了好多书，四大名著当然不在话下。想起《水浒传》中的英雄所为，我对那故事提出质疑：既然那侠女一身武艺，至于卖身葬父吗？取点不义之财，岂非易如反掌？母亲正色道："你不要信那些闲书胡说八道。随便夺人钱财的，哪里称得上英雄？'杀富济贫''替天行道'全是强盗的借口，梁山上的贼们是不会为一分钱憋倒的，就算那比较好的林冲，他为了上山入伙，也盼望找个无辜的人杀掉呢。"

我吃了一惊，因为当时宣传口径特别崇尚那些扯旗造反的绿林草寇，老师在课堂上，也是张口好汉、闭口英雄。一个孩子，无力鉴定古人的观点如何，可妈妈的话，却必须认真冷静地思考。那一刻，我似乎长大好几岁……我思索着我应不应当偷那鞋票，尽管是兄弟合谋，但我是哥哥呀。那次事件最终没有勇气检讨，然而，我逐渐养成了这样的习惯：不是我的东西，坚决不要；属于我的，同时也可能属于别人的，尽量不要。当不了英雄，做个好人总可以吧。

我沦落农村时，曾经当过6年小队会计，并且在全公社业务最优秀。1977年，因一句话触犯了市委工作队的头儿，他派人日夜查我的账，发誓要找出点毛病，送我该去的地方。然而，折腾了半年，他派的查账干将们一无所获，这位已当上公社"一把手"的领导，只好使出流氓手段，当众夸奖我经得起组织考验……小队经济虽然不富，想动动脑筋，空间还是有的。若是我的手稍微不干净，那结果可想而知。

1994年，我刚有希望分到房子，偏偏政策改了，购房款需要自己掏一半，要3万元呢。傍晚，我这穷光蛋正四处张罗借钱，突然在邮局信筒子靠墙角一侧，捡到了一个存折。当时存折是软纸的，用手写。我打开一看，内有存额16800元之多！再看印章，那家储蓄所离我单位不甚远……

第二天早晨，我候在那家储蓄所门口。来人了，是一个年轻的小伙子。我说了存折的账号，问："有人来挂失吗？"那小伙子迅速朝外面望了一眼，低声说："你把他的名字告诉我。"那时候取钱，照存折上的名字填单，就可以把钱取走，就算留有密码，却写在储蓄员的底卡上……

我知道那小伙子要做什么了，只要我告诉他姓名，我至少可以分得那笔钱的一半，按当时的标准，即使我年年评上市政府的先进，到退休那年，也不可能有这么多奖励！想到这笔钱的同时，我也想到了母亲讲的那个故事，想到我这些年来一直信奉的处世原则……我把一张事先写有我姓名电话的纸条儿往案上一拍："有挂失的，找我联系。"然后转身就走。再犹豫下去，我怕动摇了信心！

转过身后，我的脚步和心情一样，异常轻松！

事后我想，倘若我与那小伙子同流合污，犯不了事儿，坑了那失主，我这下半辈子肯定在羞愧与自责中煎熬；弄不好犯了事，我岂不连那小伙子也害了吗？他工作时间最多不超过5年！

不知道那飞檐走壁的侠女存在与否，可母亲讲的故事一直激励着我去做一个正派的人、做一个淡泊名利的人。我想，一介普通百姓，实在也做不出惊天地泣鬼神的业绩，假如人人都能蔑视非分之财，想让这社会和谐一些，文明一些，那还算什么难事吗？

假如换一种处理方式

遇上过这样几件事。

那时我在群众艺术馆负责创作辅导，自己总发作品，就有点小名气了。忽然一天，主管局一位平时见了我这穷酸文人爱搭不理的女士，找我来了，笑得很灿烂，说话异常客气："顾老师，我有事求您来啦。"目的亮出来，我很有些为难，原来那段时期时髦混文凭，政府官员个个报什么函授，考试容易，照抄就是，唯独作文不好办，课本上没答案呀。她不知道从哪儿弄来四个题目，求我给写范文。我十分为难，写作文那是低档次的"熟练工种"，与我写散文小说的挨不上，再说，杂志的稿债压得我焦头烂额，哪有心绪给他搞这些废话练习？然而，考虑到她是上级领导，多个朋友多条路，还是写了吧。我给她写了四个范文，近四千字。我对她讲，试试而已。一是批卷儿的老师未必认可我的文章，另外，题如押不准时，可能用不上。

时过好久，我快忘记了。一天，她在路上撞见我，笑了笑："哎呀，让您受累了，那作文没用上啊。"之后飘然而去。

我好扫兴。这就是受党培养教育多年的干部？我那可是费了好多心血，就是编故事投稿，也得给三五百块钱呢，你一句话就给打发了！

但人家高高在上，我有气也只能忍着。

也算该着，这年年底，新来了个局长，点名要她策划一次大型美术展览和文艺会演，并且序言要她亲自写。此人玩社会是专长，于文字这种下等活儿，却是一窍不通。求过好几个文人，都摇头，说这么短这么重的任务，也就顾文显了吧。无奈她只好提了些局里春节分的大马哈鱼去了我单位，哎呀那好话说的，连我都感动了……接下礼物，她几乎一天跑两趟，关注我工作的进程，安慰我的情绪……直到那序言写出来，她才再次从我的视野里消失。

我在农村盖了幢房子，调入市区便被两户人家合伙买了去。协商价钱时，对方说，如果你直接把房照换成我的名，我多给100元。后来房照下来，我心一热，就直接写他的名字吧，省得他再跑腿求人，我还可以多得100元钱。我跟主管人熟，顺便就把这事办了。当我喜滋滋地送房照时，那人收了房照，却不兑现诺言了："我是说你得把房照办成我们两家的，才给100元。现在办成了一份，怎么可能给钱。"我转身就走。我不想为那100元惹气。谁让我愿意热这份心的。

这事情也过去了好几年，突然有位老同事带着个漂亮的女士来找到我单位。先把当初那市侩狠骂一通，然后说明来意。敢情原来给的那房照需要重新办理，他两家都是职工，不符合当时房基地政策，要重新申报，还必须由我出面并拿我的身份证担保。

这件事的结果不难想象，我很难忘记当初之羞，于是拒绝出面。偏偏对方没有我就办不成那事，有关单位又催逼得急，那市侩只好亲自让我那老同事领到我单位，又是抽自己嘴巴，又是请我吃饭，可以说低声下气到了极点。

这两件事假如当初换一种处理方式：那位女士只需到我单位去，说上一句："顾老师，上次那件事怪我没押准题。虽然如此，我还是要请你吃饭……”我不仅不可能去，反而会对她高度谅解，再有事就不必那么为难了；另一位如果信守诺言，将来他遇上事，我怎么好推托？怪都怪他们过于浅薄，过于急功近利，才给自己挖下了一个陷坑。

小时候读过一本叫《名贤集》的书，内容多是一些为人处世的谚语，其中有句云“饶人不是痴，过后得便宜”；郑板桥先生题过“吃亏是福”和“难得糊涂”，都是告诉人们，与同类办事，别太精明了，给自己留点后路，将来遇上难处时，那才会有“便宜”和“福”。上述两件事，在记忆中打下很深的烙印。以后我在与人相处时，变得更加忍让，想得更加长远。倘若我不接受点反面教训，那才是不可救药。

放他一回能咋的

1970年冬，“文化大革命”的狂热劲儿已经过去，我们生产队有牛、马车各一辆，到50里外一个有石灰窑的地方给人家运白灰。队长派去7个人，有4个想家，吵着要回来。恰巧管伙食的病了，大家一定要求队长派我去。我会些二胡、笛子、象棋类的杂耍儿，他们拉了我去，为的是累极了，彼此娱乐一番呀。我就把记工员的工作暂时交给父亲代理，去了那边。

那年我18岁。负责铡草、喂牛、做饭、管理伙食。那活儿苦呀，喂马的，需要凌晨1点起床，喂牛轻松，也要3点半就得起来，喂上牛，做好饭，赶车的吃过饭天还不亮，套上车走了，我与喂马的才可以补上点觉。青年人精力旺盛，晚上，连拉带唱，闹腾到10多点才睡，尽管个个被白灰烧得少皮无毛，可是，免去了天天晚上枯燥无味的大批判，大家仍然很开心！

谁知我一去那边，就受到了挫折。原先他们都是顿顿吃死面大饼子、白菜汤、臭豆腐。我想改良一下，就琢磨做发面饼子。一连几顿，可惨了，明明邻居大娘告诉的时间够了，可开锅后，饼子不熟；明明尝过菜的咸淡正好，可盛上来，却咸得要命！那个喂马的老杜头，整天嘶着个嘴:“这饼子没法吃,不得胃病才怪;这菜打算咸死几个呀,我总咳嗽。”

老杜头为人吝啬计较,人缘贼差,因为家里困难,才要求来喂马,大家都瞧不起他,于是,车队的头儿鼓励我:“放心地干,谁回去,你也不能走。饼子不熟,我们爱吃,咸中得味,淡了咳嗽!”气得老杜头直白愣眼,我则尝到了得道多助的甜头!

后来才知道,咸盐的事,是伙伴们冲着老杜头来的。你不是咳嗽嘛,我们偏往里放盐,咸死你才好。你偷放一点,他偷放一点……可饼子怎么不熟呢?后来,到底让我掌握住了规律,每天一大锅饼子,我总选在傍午蒸,眼睛盯着。嘿,饼子蒸出来了,获得了大家一致的好评,说我是天才,比山沟里所有的婆娘手艺都高一筹,那个姓薛的车老板还说,将来不娶老婆了,就娶我这个男人。忘了交代,那老杜头,原来不跟我们一起吃,他怕吃亏,带来玉米面,自己蒸死面窝头,此时,他也要求把自己的粮食倒入集体袋中了。

我唯一不痛快的就是跟老杜头,极难相处。本来还沾点亲戚,他比我爸爸还大,我却叫他哥。是那个可诅咒的“文革”,煽动老百姓你斗我、我斗你,搞得他与我爸在相互攻击中结了怨。老东西见我小,就千方百计地挤兑我,每到月底,我公布伙食账,别人听完说:“清楚,明了。”而他总是这不对、那不对,虽然没找出一分钱的差错,可惹得你反胃上火!还有,我们唱歌一超过时间,他就嚷着“明天起不起早了,电费是集体财产”,等等,败坏大家的情绪。老杜头几次挑衅,都没达到挤走我的目的,这一次,他使出了最后一招儿。

这天晚上,我刚与另一个同伴对好琴弦,准备朝窗外那些偷听“妙音”的当地女青年卖弄一番时,老杜头突然发难,说他前年不明不白地少了一个月多的工分,要我解释清楚。

我说:“杜大哥,有账不怕算。账本儿在家里放着呢,这么长时间,等我回去再给您核对吧,我实在想不起来了。”

“贫下中农问问工分,你推三推四,什么立场!你小子一眨巴眼一个心眼,为什么你们家的工分只多不少,偏偏给我落下了?”

这是什么话?我解释:“我家的工分怎么多了?你说呀。”

“我不识字,你爱怎么骗就怎么骗,反正你们家的不会少。”我初入社会,从来没想到有如此不讲理的人,气得快站不稳了,然而,心里还是叮嘱自己,别哭,哭出来他就高兴了!

老杜头的话越说越难听。当时那个大屋子里还有第一生产队的一辆车,三个人,大家都谴责老杜头不是玩意儿,欺负一个孩子有什么意思。老杜头不服:“你们工分不丢,当然不心疼。真理有时在少数人手里。”这是毛主席的一句话,他给用上了。

见他蛮不讲理,逼我立即给出丑答案,有人就暗示我,揍他。可我没动。突然,脑子一闪,我想起来了:“杜大哥,前年修电站,你去替了老袁一个月,那边给现钱和粮食补贴,队里不记工分了,有这事没有?”

老杜头一下子哑了!蹲在灶坑边,手中搓着一棒玉米,嘴里喃喃地小声说:“我给忘了……”

这时,炕上几个小青年把乐器一扔,跳下地:“浑搅!”“你就是找事!”

我捏着拳头,扑到老杜头身后。他蜷缩在那儿,身子下意识地哆嗦了一下,好可怜。这个老肺病,一家6口,全仗他养活呢。我心一软,只抬手轻轻地拍了他肩膀一下:“你说,你这么大年纪……”

老杜头这顿揍没挨成,眼睛却肿得桃子一样,大概是窝囊出来的一股火吧。一分钱攥出尿来的主儿,过江去了卫生所一趟,大夫给他开了两块七毛钱的药,差点没心疼死他!这样,他每天得准时打针去。他喂马,需要在一盘露天石碾上把玉米压碎。打针时间到了,他满碾子是没干完的活儿,四周的鸡像土匪一样瞄着呢。老杜头哭咧咧地跟车老板恳求,能不能代他求我去给看一会儿,别让鸡给吃了就成。

我认为没必要跟老杜头闹得太僵,在危难时候帮他一下吧。我很痛快地去了现场,说:“大哥,你去吧。”他讪讪地说:“我要是不去,这药钱就白花了……”

那么冷的天,我站着不得冻死呀,干脆就替他推完了。老杜头打针回来,看着我累得一头热气,那双红虾眼感动得扑簌簌落泪!我决定好事做到底,一连三天,主动给他推碾子,让他放心打针去。

老杜头眼睛消了肿。按分工,每天他凌晨1点起来喂马,把凉水烧温了,拌马料。从前,他烧的柴灰都扒出来,说蒸汽太重,看不清屋里的事物,要烘烤。其实他是故意不让我沾光。等我3点半起来,从外面抱回干柴,一进屋,那冻了多日的干柴立刻挂了一层霜,不好点火的。这天,我按时要起来,老杜头轻拍了我一下,小声说:“躺一会儿吧。”我不敢儿戏,起来一看,他把干柴替我拿进屋里烘着,灶底下,也留着炭火!再以后,他连早饭也替我做上,我放心睡大觉,简直成了他的主人!

年底,老杜头买了一斤蛋糕,执意让我带回去。老杜头说:“知道开头大饼子为什么蒸不熟吗?我。我瞅你出门,悄悄把锅盖闪开一道缝,之后再合上,你永远发现不了。我就是想挤走你。我还不如你个小孩度量大,你将来必有出息。”

我跟老杜头成了好朋友。从他身上,我明白了一个做人的道理,即使你占了百分之百的理,也别把对方怎么着,放他一回能咋样?几年后,他搬到沟外。有一次,我去外地开会经他门前,老头子特意堵在路口,到底把我请到家。虽然他那顿饭菜做得味道极差,可我从中嚼出了快乐的人生!

感谢那件新衣

20岁那年冬天，帮助父亲的一位矿工朋友送去一趟白菜，晚上就住在这位叔叔家。睡觉前好为难，那时候哪家能有间挤着睡的房子就算是不错了，可我除了破棉裤，里面就一条皱巴巴的小裤头儿，不好意思脱下来啊。也不知道尴尬了多久，那位叔叔率先脱了衣服躺下，我一看，他的裤衩儿也很破呀……

分家另过时，我当上了民办教师。青少年五冬八夏一套旧衣裳的噩梦挥之不去，就常想着自己能有一件像样的衣服。愿望是有了，可钱在哪里呢？这年，上级重视教育，居然给我们这些民办的教师每月发15块补助费。我简直算得上暴富了，当时兴“的确良”，每尺要两块左右呢（普通棉布才3～4角），我一咬牙，扯件“的卡”上衣，做成一件军服式的，我拥有了小山沟第一件可以穿出门去的体面衣服。

有了这件上衣，我的地位甚至比当老师更让村民们尊敬，大家有事求我哩。我曾经教过的一个学生，到外地看对象，就借我那件衣服穿。人家把衣服拿出了门，老婆又追出去老远，嘱咐他吃饭的时候，别给滴上油，那东西洗不掉……

这样，乡亲们有事就借我那件衣服穿。穿上那件“的卡”服，真提身份呢。而我自己，除了过年或者外出学习是绝对不让它沾身的，我的高档新衣倒成了大家的了。每次看到邻居们把我视若珍宝的衣服硬往那脏兮兮的身子上套，我总有惋惜感，但又哪好意思不借啊，咳。

教师每逢周三下午要到总校集中学习。这个周三，我上午便把"的卡"服穿到了学校，准备一放学，就直奔总校，因为总校有位老师约好了，要请我吃中午饭。去总校十几里山路，本打算上完三节课就放学，谁知道刚上第二节，就嗅到一股烟味儿飘进教室。我吃了一惊，到室外一看，两百米外的王某家浓烟滚滚……我略一犹豫，率先冲出教室，直奔火场！

那个王某家与我家曾有不共戴天之仇。数年前他把山那边的一头母猪给偷过来杀了。那母猪的主人是军属，听到消息后带人来找，虽然没抓到现行，却也让王某提心吊胆了不少日子。王某便以为我家给露的风，抓住父亲历史上的污点大做文章，几乎要斩尽杀绝，最后，逼得父亲带全家逃到黑龙江去了，只剩下我自己在这边。父亲走后，王某也曾经不择手段地找我的碴，可毕竟阶级斗争日趋淡化，我人缘又好些，他一时无隙可乘，只是虎视眈眈地盯着我……

现在这位新、旧社会的双料贫农刚刚盖起两年的三间草房起了火，我的仇人！大火的厉害我知道，隔岗那边一场大火毁掉了70多家，事件轰动全省。如果我只要稍稍拖延那么几分钟，王某今年就只好睡露天地了。我机械地在前面边跑边想，身后稀稀落落地甩下了一帮学生。

当我跑到失火现场时，火已冲上了房屋。院子里有三个女人，正惊慌失措地拿水瓢往火上泼……我搬过一把梯子，抢到手一把镢头，飞身上了房子，我试图把着火的茅草推到地下去达到灭火的目的，可镢头一伸，忽地卷过来一阵风，热浪差点把我打落房下！我无师自通地后退几步，迅速将茅草从当中刨开，此时，一半间草房盖上火海一片……而远在山坡上干活的社员才相继赶到，大家齐心协力，好歹保住了一间半房子……

这时候，有人把我从房子上扶下来，惊呼：“顾老师，你的衣服！”我低头一看，原来那“的卡”特别怕热，救火时没提防，让火焰跳过来燎着了胸部，烧破了拳头大小的一个洞，我的心一下子疼得揪成疙瘩，我的高档礼服啊！

我没有再重新做一件像样的上衣。那王某9个孩子只他一人上班，也休想赔得起山沟里唯一的一件“国服”。这年冬天，他家杀年猪，老夫妇俩单独把我请到家中，让我喝得酩酊大醉。我装作满不在乎地说那件新衣：“烧个窟窿不碍事，补补照样穿。”那个春节，我就穿着件高档补丁衣服过了个年。别说，多出个补丁后，那件衣服再也没人开口借过，反倒是我省了心。

我与王某的关系得到了改善。直到他当上了队长，也并没对我进行过多的难为。事后想想，宽容待人，得便宜的还是自己。

我穿着补丁衣服走在山村的小道上，大家说，还得是老师，知书达礼，要换了我，做不到。谁给他救火？至少得逼他赔衣服，圈里不是有口肥猪吗，卖了换衣服。我笑笑说，那他一家老小吃什么？其时，好多家长不想让孩子读书的，都说那玩意儿没用。救火事件发生后，我的学生骤然多了起来，家长们说，跟这样的老师学，差不了。看看，我们的贫下中农脑袋里装着的，也未必全是阶级斗争。

感谢那件新衣裳，它多出了一个缺陷，却让我在那个小山沟完美了多少年，直到调入市区工作，前屋的二婶还当着我的面哭过好几场，说跟我没处够。

受益于失败

上小学的时候，我的成绩在全年级五个班里也是最出色的，于是我就有些得意，认为自己了不起。看了几本闲书，便幻想将来当皇帝元帅什么的，可是，选班长的时候，老师却钦点了一个女生，让我当副的。虽然不像现在的官儿们那么忌讳“副”字，班长似乎也就几件事：汇报早自习情况，记下捣蛋学生的名字，站队时喊立正稍息向前看齐，上下课时喊起立。就这点事业在一个要当皇帝的儿童心中竟引起无限向往。我天天盼望班长能请病假什么的，用今天的话，让我主持工作一把。谁知道班长十分守纪律，从不请假，我在抱怨老师不公平的同时，更恨班长，假积极个屁呀你。

就在我即将绝望的时候，这一天机会突然来了，班长快中午时肚子疼，被强行送回家。老师说，顾文显，等会儿你喊起立。我被这突如其来的好运激动得不能自已。我一边哆哆嗦嗦地收拾书包，一边说：“先别忙，先别忙。”我在给自己稳定情绪呢。同学们都无限羡慕或者好奇地望着我呢。

准备好了，我提足气，猛喊一声：“起立！”没想到过于紧张，嗓子哽住，喊得用力，却没发出声来，这一起，膝盖顶在课桌上，把课桌差点弄翻。同学们等不到口令，见我已站起，也都跟着起立了……

这次主持工作的失败让我难过到了极点。我彻底清楚了自己离皇帝元帅什么的还有一定差距，也理解了老师为什么只让我当副的，那也是见我成绩好照顾的呀。

难过之后，我心如止水。对待学习或者其他荣誉特别冷静，即使大型考试，也从不心慌，反正我失败过。

“十年动乱”，父亲因历史问题株连我的“前程”，我一笑置之；工作后，某些人为争职称丑态百出，人格丧尽，而我主动退出正高的竞争，一下子没了烦恼；再以后，我以小学五年级的学历成为拥有1000多万铅字的作家……

我感谢那次代理班长的失败，也庆幸我自己能在失败后正确对待失败。没有那一次，也许我的人生历史应当重写。

车　夫

孩子住院手术做完，遵医嘱要躺在床上不动，直到拆线。这么漫长的时间，小孩子如何受得了？我把家中那架带轮子的童床送到医院，可以把他放在这上面推着四处逛，不就躺得住了吗？

童床搬下6楼，我忽然想，推到医院多累，还有磨损……恰巧楼道外有好几个三轮车夫等待拉客，何不让他们给送去？有一个山东口音极重的师傅说他有办法，把小床绑到车棚顶盖上，里面有床新做的小棉被，我怕弄脏，就放在车里。到医院门口下车时，帮车夫接下床，付车费。车夫炫耀：“你这小床也就遇上我，不然非得扛来不可。给5元钱吧。”

都怪我事先没讲好，让这奸商讹去2元钱，他当时等主顾那可怜相哪去了？我赌气推床奔住院部，却把小被忘记在车里。及至发现，车夫早不知哪里去了！

妻子很不满意我的粗心，才求人做的新被子，100多元钱呢，就这么一马虎给丢了。我无话可讲，只好说，我去堵他。

大街上三轮车多得很，我企鹅般地伸长脖子，搜索每一辆，都像，又都不是。一上午冻得要命，没什么结果。中午回家，楼下一辆等候的车子也没有了。这帮玩意儿，一天挣几个钱，2元钱都不放过，百多元的被子合该让他发个小财，岂有归还之理？换个地方等客人，我哪里认去？

妻怨我怎么不记车号，我更屈：我计划丢东西来着，记车号？

找了一天，希望越来越渺茫。我有办法，写篇东西赚点稿费，照样能买床被子呀，何苦挨这份冻！怎么写？理想化一点，容易发表。我想象，如实写丢了被子，百般寻觅不到，以为丢定了，谁知人家三轮车师傅也在满世界寻找我呢，只是碰巧总有客人要车，才与我错过。尤其感人的是，他竟然上6楼来敲过我的门！东西写完，我就抄几份给各地小报寄了出去，不出俩月，保证小被钱绰绰有余！

过去了好几天，我把这闹心的事忘记了。这天早晨，写了阵东西才去上班，经过那几辆三轮车旁时，突然有个山东口音喊我："这师傅，您小被不要了？我找您多少回，怎么就那么难找？"我才想起那件事，细看，确是那个师傅。原来他同我虚构的完全一样，果然也上6楼狠敲了半天门，可是，我应邀喝酒去了，妻子又在医院。不同的是，他把我的小被用编织袋装好，悬挂在车内的上盖，固定住，这样，既不占地方，又弄不脏。

"我不信堵不着您。"师傅那口山东话听来竟是那样亲切，他的神情仿佛是搞出了什么重大科研成果。

我感激得不行，这几天没少骂人家呢。于是，我说，你送我去艺术馆。这股道没多远，往常步行也不过6分钟。师傅愣了一霎，说了句："好咧！"见我上车，他没命地蹬起来。

我给了这位纯朴的师傅3元钱，他出人意料地说："谢谢。"

三轮车夫走了，蹬着他那车子，又开始了艰难的寻觅，靠力气赚那点属于他自己的钱去了。

我目送他，直到他消失在如水的车流里。

旅途老乡

那年秋天，我路过杭州，寻友不遇，接着走，却买不到车票。车站上有旅店拉客的车，说是只要去他们那儿住宿，就保证能买到票，当时，旅店跟车站勾结，把票垄断了逼你去住宿花冤枉钱，都心中有数，可谁能治得了？我就在半昏半醒的状态下被拉上了一辆车，七拐八折拉到一个偏僻地方，登上记，扔下句“晚上给票”，拉客的又急忙去找新的目标了。

我被分到一个6人房间里，一听，嘿，发牢骚中有个东北口音的年轻人，是去石狮上货的小贩。我便与他认了老乡。对方也怕弄不着票让旅社耍了，有几个人联合进来力量就大些，于是待我也很热情，我们都怕失去对方，老乡嘛，又是在特殊情况下。

安顿好行李，不能呆坐到晚上吧，年轻老乡提议，咱们去灵隐寺玩呀，我媳妇一直不怀孕，让我许愿，我每次来杭州都替她办这事儿。我高兴极了，这不白捡了个向导嘛。

一上车，老乡的行动让我大为感动：他抢着买了两张票。要知道，陌路相逢，这是很难得的呀，我谦让一番，暗暗叮嘱自己，下次务要主动，人家比我小好多呢。这样，再换一次车，我就买票……

到了灵隐寺，他又抢先买了门票，是1元，且热情地将票根儿给我留念。谁知道，佛界也有猫腻儿，进得大门，还有门，同样得买票，3元，自然轮到我掏钱了。

我眯上眼睛想了想，明白了：小伙子是个杭州通，熟知行情，他上车抢买的票是7角，而轮到我了，则是2元……进寺也是同理，果然不愧为小贩行当！这时，老乡热情地怂恿我，咱们一块儿烧香吧，烧不好，也烧不坏。我摇头，说我不信那个，人只要行为端正，佛自然会保佑。

出得寺院，小老乡又倡议，咱去看岳庙吧。我想去，但却违心地说，不看。我不喜欢岳飞，他傻得让人心酸。老乡见我没情绪，岳庙也放弃了，很义气地陪我回去。

当然顺序倒过来，我顺理成章抢着买票，因为贵的排在前了，他自然也就不再谦让……

回到住宿处，小老乡又邀请我吃饭去，我躲在那脏兮兮的床铺上，呻吟着道：“胃不怎么舒服，你先去吧。”

老乡走了。我把他留给我的地址撕碎了扔进痰盂子里。这一瞬间，我感到了自己的可笑，免费送你个导游，多花了不到10元钱，瞧你恼成这样，还岳飞、秦桧地上纲，有没有点出息了！

艰难的教育

起了大早,赶个晚集。到客运站时,发现几趟车都满员了。我一家三口买上票，得在这儿枯坐两小时。闲得无聊，妻子去买了可乐和瓜子,儿子有吃有喝就高兴,他才不管等不等车。

这时,有位衣着肮脏的老乞丐,拖着只更肮脏的编织袋,一路伸着手,向旅客们乞讨。儿子伸出小手边呼扇鼻子边做鬼脸,意思是:那老头子脏死了。我觉得不能放过对孩子教育的机会,忙制止他说:“儿子,不可这样,那位老爷爷很可怜的,你是聪明善良的孩子,应当帮助他。笑话人不礼貌对不对？”

我给了儿子一元钱的硬币。儿子立刻知道自己刚才做错了,他激动得抱住我亲了一口,夸张地举着那硬币,对老乞丐喊:“爷爷！”那老乞丐眉开眼笑地接过,说:“谢谢！”儿子郑重其事地说:“不客气。”我看到儿子仿佛很有一种荣誉感,心里想,这一元钱真值呀,说不定就是它奠定了孩子善良本分的人生基础。

趁着这一元钱的东风,我给儿子讲了不少献爱心的道理。问,大家都有爱心了,这地球也就更加可爱了,对不对呀？儿子也觉得他做了件伟大的事,兴奋得不得了。见我把瓜子皮儿小心地放在椅子上,我是想吃完后打扫的，可儿子一看，立即用娇嫩的小手，细心地把一只只瓜子皮儿捡起来，装到刚刚喝空了的可乐瓶里：“别让人不小心弄到地下，会污染环境的。”真是个懂事的孩子，透过这颗纯洁的童心，我仿佛看到了自己家族乃至整个民族的美好未来。我继续抓住这有利的时机，讲那老乞丐如何值得同情，讲环境对人类如何重要……

“爸爸，那老爷爷是好人吗？他为什么不讲卫生？为什么没有家呢？”

我说，他可能是受到了灾害，或者遇上了坏人。其实他跟我们一样，应当受到尊重……儿子懂事地点着头。我心中暗喜，什么事情都要辩证地看，候车这两个小时不亏，确实让我们父子都收获多多呀。

儿子终于把最后半片瓜子皮儿也塞进了空瓶子里。他十分虔诚地捧着，要找个垃圾箱扔进去。这是他打小受的训练，脏东西一定要丢进垃圾箱。当他小心翼翼地奔垃圾箱去的时候，那个老乞丐却拦住了他，指着瓶子说：“给我吧？”老乞丐身后的编织袋敢情是装废品的。儿子回头看了看我。我说：“给爷爷吧，空瓶子可以卖钱。”

儿子笑嘻嘻地双手把瓶子递给了老乞丐，很礼貌的。

然而，就在这一刹那，我、妻子、儿子都愣住了。只见那老乞丐接过瓶子，顺手很潇洒地把瓶口往下一倒，又接连一通狂甩，儿子近一个小时的辛苦被夸张地撒了满地，他把空瓶子往地上一扔，高抬起那双肮脏的大脚，将瓶子踩扁，装入编织袋，接着，又厚颜无耻地向旅客伸出了手……

儿子小脸涨得通红，问我：“爸爸，他是好人吗？好人怎么乱扔东西！”

我一下子被问住了，说那些“可怜之人，必有可恨之处”，儿子不会懂。我只得咬咬牙：“就因为他肮脏，所以才罚他要饭！”

我恨这老乞丐，你眼里只有那一毛钱的空瓶子！你肮脏的陋习和自私的行为，摧残了一颗无辜的童心，那空瓶子，是我对你最后的施舍。

女环卫工

只不过生理决定，女性比男性身材要矮，力气要小。然而，在某些工作，甚至是费体力的工种上，女性一点不比男性差，给我印象最深的，是女环卫工。

偶尔在睡梦中，就会听到马路上传来均匀的响声，唰，唰，唰。那是环卫工人在清扫街道了，其中女性居多。一件件杏黄色的衣衫，如同鲜艳的花朵，开满大街小巷，是那么醒目。她们是以这种方式开始了新的一天。正是因为有了这些整天与灰尘、垃圾打交道的人，我们才得到洁净舒适的生存环境。一把扫帚，一把锹，姐妹们哈下腰，扫净晚霞，扫落晨星，所到之处，城市精神焕发，人们心旷神怡。女性比男人少了点力气，可她们多了些细致和耐心，她们的卫生素质天生比男人高出一截！

多少人注意过她们呢？

有一位女孩，今年26岁，当环卫工已经七年。她负责的那一段是转盘街，车辆特别多，女孩便不得不凌晨起来清扫，因为这个时间段车辆相对少些，否则，她插不上手啊。机动灵活的时间选择，方便了车辆行驶，也方便了女孩自己，她一小时可以完成两小时甚至更多的任务。女孩苗条美丽，工作时没机会穿好衣服，就是那千篇一律的杏黄马夹。

后来，女孩的照片上了报纸，记者问，做这工作不觉得可惜吗？女孩笑笑，那做什么不可惜呢？虽然造得灰头土脸，可一见自己的成就，心里想不亮堂都难。

假如你是个外地人，想打听一下路，你别去找那些衣冠楚楚的人士。他们不耐烦，往往会令你尴尬和失望。你就问清洁工吧。只要你礼貌地称呼一声“师傅”或者叫一声“姐”，无论多忙，她都会立即停下来，关注你的问话。只要她知道的，一定会不厌其烦地给你指点。在枯燥繁重的清扫工作中，你的咨询会成为她的一种调剂，你的尊重会增强她的成就感。她们是那么容易满足，那么容易接近。这时候，你会发现，那鲜亮的杏黄色，是如此地亲切和温馨。

在公园里，我看到这样一位大姐。她左手持着一只带柄的网袋，右手操一柄长长的钩子，双眼似钉，巡逻在方砖铺就的小径上。她无心欣赏美丽的景色，专奔着碎屑、烂纸较劲。哪怕你正与她说着话，她竟然能发现某块草坪上丢着团碎纸，那长钩子突然伸出，木柄上安着个机关，手指一按，前端像镊子似的张开，一下子就将猎物叼住收入网袋中，这时，她下意识地松了口气，继续听你的问询……这个动作，让我联想到了稻田捕虫的青蛙。

小区里有一位年轻的女环卫工。很早，她就把那辆笨重的车子推到我们楼下，然后，开始装载垃圾。她收拾得相当仔细，过后从无残留。提着垃圾的居民过来，假如能主动给她放到车上，她会抬起头，笑出一对酒窝：“谢谢！”相当一段日子，我特意把垃圾攒到清晨送下去，为的是省她那一锹之力，更为了接受她那甜蜜的一笑。

女环卫工们就这样不分春夏秋冬，不避酷暑严寒，日夜守卫着她的一份责任，既为城市，也为她的家辛劳着。假如你感受到了这一点，你就会自觉地把果皮和纸屑捧在手里走上那么几步、几十步，找到垃圾箱。你就会感觉你正做的这点小事,其实不小,它体现了你对公德的遵守和对劳动的尊重。

6楼的老郑,退休好几年的女环卫工。每遇下雪,她总是老早下楼,把我们楼道下那一小段积雪扫到接通大道。老伴心疼,骂她,有洁癖啊。这么多人,不老实在家待着,要你嘚瑟什么,以为你18岁呢。老郑反唇相讥,你待你的,我瞅着心里堵。骂完老伴,对我笑笑,职业病,其实我还能有点什么用处。

打那以后,我把老郑改叫了郑大姐。

大雪降临了这座城市。女环卫工更早更守时地忙碌在岗位上。女人比男人更忙。她们工作之余,要关注柴米油盐,要照顾老人、孩子甚至跟她做同样工作的丈夫,而男人则不必操那么多心。雪从天而降,她们从温暖的巢里飞出。大街小巷最早默默地移动着的人群是她们。雪是命令、是信号,雪落到地下被车辆辗轧变硬,越发不好收拾,影响市容不说,还是交通隐患。

一个大雪天,一位50岁的女环卫工正在清扫,不慎被一辆豪华轿车撞倒。肇事司机感觉天黑,四周又无监控,居然丧心病狂地驾车逃逸!据说她的鲜血染红一大片雪,还在雪上化了一个坑……事发当天,整座城市愤怒了,环卫工齐聚省府门前,要求缉拿凶手,给冤死的姐妹讨还公道。那一片杏黄,那给予这城市清洁美丽的杏黄啊。所有请愿者一律挺直着腰,让人感觉,她们不是弱者,她们原来是那么刚强,那么不可侵犯!公安厅长脱帽鞠躬:“请姐妹们放心,抓不到罪犯,我立即辞职。”

罪犯很快落网。因罪犯成了众矢之的。别以为能驾上轿车,就可以蔑视劳动人民,没有环卫工,这座城市不久将举步维艰。

一切归于平静,女环卫工又恢复了忙碌的人生。把脏的乱的收拾去,把整洁美丽献给他人。

谁惹着您啦

早晨买菜，听见市场上有异样的声音，且围了很多人。凑过去一看，是两个高、初中年龄段的男孩儿，跪在地上，其一轻轻哭泣，另一个不住地叩头，面前一张写满毛笔字的白纸上扔着些硬币。我还没做出反应，周围有好几个男人的声音传来："骗子！""这年头的骗术越来越高明了。""谁都不用理他，骗子就没法存在了。"

我想，长得挺不错的俩男孩儿呀，不残不缺，就那么跪在地上，讨要点小钱。如果真会骗，像那个大些的，想骗钱当陪聊做鸭子去，何至于下跪。假如孩子确有难处，听了前面的话，他的自尊心怎么可能不受打击！转了一圈，觉得不看个究竟，我早饭要吃不清闲了，于是，再挤回去，细看那求助榜文。

说的是大孩子 5 岁失母，为赚钱供弟兄俩读书，其父拼死拼活打工，没想到患上了疾病，不但没治好，还花光了所有积蓄，最后撒手而去。现在弟兄俩跟爷爷奶奶生活，爷爷左臂还残废，尽管政府给予救济，可钱太少，眼见得哥儿俩读不成书，爷爷只会顶着屋子哭……因此，他们想到了乞讨。结尾处还写了首顺口溜儿："同是天下父母生，谁愿长跪在街中，君帮一把含笑去，无论多少都感恩。"正感慨，身后又有敲边鼓的："编得还挺像的……"

我不想在众人前出风头，仅掏出一块钱，放在纸上。负责叩头的男孩磕了一个头，把钱收起来。

我转身离开。一块钱的善事，难道还要上报纸吗？可我走出几步，就有一不平的声音追了过来："你这人真好（容易）忽悠！"

回头，见一胖男人，正冲我说话。见我不解，又补充："那都是演员，专骗老实人……"他好歹没把我说成弱智，"你说你有那一块钱，干什么不好……"

老天，他有这份热心用在构筑和谐社会上多好。我不耐烦地说："不就一块钱吗，如果给一万块让我跪一天，我不干，谁有瘾谁跪去。"

我走了。可那汉子意犹未尽，对着后来的路人吵嚷连声，大抵是谴责我不知好歹。

我冤，什么叫好歹？什么叫演员？假唱一曲就有数万元的收入，做个假广告，甚至有上百万元的进账，那才叫演员！为几枚硬币就屈膝，不知道这老哥不认识演员呢，还是有意识地抬高那小兄弟俩。

早饭还是吃不清净。一块钱，帮不了那哥儿俩什么，然而，若把那位热心的胖哥气掉了肉或者弄出精神方面的问题，我想，造孽啊。

第六辑

品读栀子花

又一阵花香袭了来。你是在欣赏我的细心，抑或对我的同情给予的回报？栀子花儿，你疼吗？我读懂你了，不需修剪不争肥水的栀子花哟，百折不挠是你的另一种性格，我宁愿相信老板娘的话是真的。似睡非睡间，自己仿佛变成了一棵树，开满属于我自己的栀子花。我把它们举到前面，任凭所有贪婪的手指攀折，那一刻，我激动得浑身战栗……

小镇春晨

小镇环抱于奇峰峻岭中，仰首望去，山峰高与天接，雄伟奇丽，重叠不知几许。百多户人家整齐地排列于山窝里，这儿便多出了无限风景。

小镇官名三道沟。

小镇几乎算是袖珍的。从北端步行，沿着唯一的街道兼公路，边走边观看当街琳琅满目的微型店铺，大约半小时便踱到南端，一个仿古牌楼式的山门，甩开住户矗立于斯，经过山门，便是旅游景点区了，景点区得名为龙山湖。

山门设计得古香古色，南北面各书两副对联，其中一副出自我当年的手笔，描写龙山湖："云无绿卡栖两国，水化红唇吻千山。"到前方码头下水，便是鸭绿江龙山湖区水面，鸭绿江在此处拓宽出一个巨大的水库，长90公里，面积500平方公里，乘游艇飞驶，隔岸，不，江中间的那侧为朝鲜领土，游客可以饱览两岸风光，偶尔能见到邻国的房屋和走动的人群；如遇对方船只，扬手打个招呼，也是国际交流呢。这种感受，是游览寻常的大江大河所能比拟的吗？

小镇所在地是一个村，有千把人口。镇政府居中，面街而建，通往市区的班车就从门前始发，当地人没有不知道这个的，所以连标志都省却了。一条不足20米宽的小河，从北向南，无论昼夜冬夏，紧贴着小镇西侧流过。其水清澈，水下卵石粒粒可数。别看小河小，它辈分却大，直接流入鸭绿江，那就与其他大它数十、百倍的浑江一样，同是鸭绿江的支流。

清晨，你可以信步从北往南走。沿街的店铺不管有没有生意，一律早早醒来盼着；店铺以活鱼馆和经营活鱼生意的居多。这儿的网箱养鱼业非常发达，随着生活的富裕，人们的嘴越来越刁，寻常鱼塘养的活鱼因口味差些而渐渐失宠，鸭绿江的水质何等优良，养育的鱼想不热销都不行，划船捕捞，如网到鳜鱼，可卖至一百多元一斤！

小镇人家多烧柴火。早炊时，家家飘出淡淡的炊烟，那股柴烟味儿较之烧煤，不知道亲切多少倍，我就是山村长大的啊。夜来小雨，把舍瓦洗刷得格外醒目。小园春葱沾露，鲜韭朦胧，鸟儿争相鸣叫，似乎在讨论昨夜的天气。山腰不知何时腾起烟雾，其浓如乳，渐渐弥漫开来，群山登时如诗如幻，说神话中的仙境不是从这儿偷去的灵感，谁信哪。

朝阳升起，才发现田野中有农民已劳作了好久。一颗颗种子随着他们的美好期冀播入土地，然后小心翼翼地埋上，等待秋天的收成；雾渐渐缩成一缕，视野随之开阔，那翠绿的树木顺着山坡攀爬，一直站到了山的顶端；映山红不甘寂寞，从山崖走下，怒放于河岸、小径边，胆子大些的，居然把头探进了农家院落！突然发现，万绿丛中点出一簇簇鲜红，那种红，比杜鹃纯正，与绿叶挤着搡着，也一路挤到山巅。

忍不住问当地人。答，那是山杏。

我知道杏花，但不知道野杏花更艳，更不知道它泼辣到毫不恐高的地步。

“豆——腐——”

陆续有卖豆腐的叫卖声传开，带着乡音，那字就变了音，成了“都发”或者“大发”。三道沟的豆腐非常出名，好吃。听着此起彼伏的叫卖，我驻足观看竖在镇政府门前的两面规划图，有个中天集团要开发这儿的旅游资源，将三道沟打造成旅游商务小镇，塞北水乡，龙山湖要面目全新地接受游客的赞誉……三五年后，这儿就是一座微型的现代化花园城市。

“都——发——”

那么，这变调的豆腐叫卖，莫不是一种兆示，抑或人与自然心理上的默契？

捡易拉罐的男孩

乘271快车自京返回，在梅河口会车。

透过车窗，我看到站台上有个衣衫不整的中年汉子，个头儿挺高，极瘦，拎着半编织袋易拉罐，在站台上走，见到猎物，放于地上，高抬腿，把它跺扁，再装进袋里。这是个靠拾废品为生的男人。当他瞅见售货亭的小台上放着一听启开的饮料时，立即抓过，掂了掂，喝上一大口，然后，举在手中，向远处喊了句什么。

到底是拾废品的，别人扔的东西，大庭广众中竟然捡起来就喝。我正这么想，只见从另一处跑来一个十一二岁的男孩，也是衣衫单薄而凌乱，不过，从五官上打眼便可认定是中年汉子的复制品。男孩身上背着比爸爸还多的易拉罐，冲过来，欣喜地抢过父亲喝过一口的饮料，珍爱地用小舌头舔了几下，又喝一大口，紧接着双手递还那汉子，待到汉子再次示意他尽管喝时，孩子才贪婪地喝起来。

我全身轰地一热，鼻子有些发酸。方才父子俩各自先喝一口，是不是为了尝尝有没有毒？多懂事的孩子，他按说该上六年级了，而今大约只字不识，但是，他怨恨过他的老父吗？就凭刚才那真诚的一敬！我自己有儿女，挚友也无绝后者，唯与这孩子不同处，便是我等的儿女们饱读诗书而这孩子可能目不识丁！另一点让我心悸的是，我等的儿子都有个温暖的家，可他们对父母只是索取、掠夺。不是嘛，读完大学谈上朋友的，盘算的主要目标，是老东西的住房与存折！车窗外这孩子——文盲，但他保留的恰是中华民族最珍贵的东西，他贫乏吗？他的家寒冷孤凄吗？为什么生活一旦富裕起来，牺牲的必定是亲情与孝悌？

头昏脑涨，一时不知如何向那男孩致意，猛瞥见车内有一废罐，捡起，奔向车门，呼喊几声，对方无反应，那也奋力掷出。男孩敏感，捡起，于万头攒动隙间，寻到了向其招手的我，他活泼真诚地向我一笑。

这一笑，那样贫穷与寒冷、那样朴素而纯真。下雨了，火车一哆嗦，满车窗沾满泪滴！

我用力扭弯脖颈，窗外什么也看不到。

捡易拉罐的孩子呀，你仍在秋雨中飞跑吗？冷了，便偎依你父亲那瘦瘦的怀中腋下。那儿有暖暖的亲情哩。那儿有深深的父爱哩。可你凭什么又如此残忍，一塌糊涂的肮脏的小脸上，竟投我那样的笑，那朵笑，纯洁如水，灿烂如花，流矢般击中我的心，让我疼痛如许，欲抹去不想，又如何能办得到……

在山城，在雾都

背向长江，我面对一壁悬崖，只觉得有些眼晕，而重庆市的许多楼房便一幢幢朝崖顶盖去。在这么陡的地方盖楼，未到过重庆的人想也不会想。难怪称它山城！

这儿是重庆火车站，全市的低处。如要浏览一番，则必须爬山。为省脚力，有巨缆拴住客车，沿铁轨凭动力直至崖顶。未到过山城的人，谁个见过这索道似的交通工具！

当地人称之为缆车。

缆车？懒车？一笑，我不坐。即来到山城，非亲攀至其顶不可。缆车轨道之侧，便有人行道，石阶。一蹬一蹬，立陡，不怕腿酸的不怕气喘的往前上啊。

江就在身后细下去。猛回身，吓一跳，这就是气吞万里的长江？平平静静地，睡在脚下。不知不觉间，人已升高近百米了。

这时有雾白腻腻地流开，从哪儿起的，欲流散何地，都不知道。在发现起雾了的时候，自己已沐入了雾中。大江没有了。山城看不见了。头上的石阶、楼房，粗看，只有近处两点。而山城恰因为这雾便不知山有多高，楼有几许，越发刺激我要攀到崖顶的欲望。

雾都重庆，舍你谁堪负此盛名？

身前身后，总有行人。素不相识，目标是相同的，向上。小贩的叫卖声这时在浓浓的雾中荡过来，石阶旁无处不见小小的业主们。在这么陡的地方做生意，非挑即担，凭体力赚钱，值。

重庆的楼盖得奇特：其基础不必如其他地方，得挖多深多深的槽子，在这里是依山靠石。倘左边一块巨石，敲一番，天然的基石，右边补上个垛子，楼就坐在其上。我猜想这可能是花岗石，不风化的。顽固一词，在这儿有褒的成分。

忽地有异样的感觉。噢，到极顶了。雾小雨似的，挑于发梢睫毛之上，毛茸茸的，裹在这烟雾中，通点文墨的人，不诗意大浓，真真地说明他毫无灵性！在山城的最高点，想眼前的雾，想脚下的楼，想车站，想大江，哟，这自豪感。

重庆的巷子很窄。短短的扁担，刚好够换开肩。是巷子规定了扁担的长度，还是扁担限制了巷子的宽窄？想想这些有趣却徒劳的问题，方才攀石崖的辛苦马上就稀释了好多。

挥挥手，向山下人致意。没人看见，但我无法不想到山下的人。山上山下，一样的忙忙碌碌，一样的红红火火，尽管有这山、有这雾，生活照样热腾腾地向前走。

再举步，该沿石阶下坡。不知底细，又在雾里，可双脚拘管不住。那就信步前行，到哪步算哪步，只是不想回头。

又是挥不断的雾，又是看不完的楼房，又是窄窄的猜不透的窄巷，又是那缠人撩人的叫卖声。

再走过一阵子，我糊涂得不行：这是哪儿？似曾相识，又不全认得。辨认有顷，这不又走到缆车起点，那边不是车站？

居然转回来了！

糊涂片刻,又恍然大悟:人往高处走,也不妨往低处会;你只管放心大胆前行,无论有山、有雾,保准迷不了路,在山城、在雾都。

初夏访会稽

八千里路云和月。从长白山区汗嘘嘘地赶到会稽山下，这愿望折磨我达30余年。我应《山海经》杂志邀，赴杭参加笔会，未去报到，便迫不及待改道绍兴，乘绍兴市2路公共汽车到终点，就是名震华夏的大禹文化遗踪风景区——会稽山旅游度假区宛委山景区。

石阶弯弯曲曲，依山势而上，到处是兴致勃勃的游人，南腔北调，多种方言混杂，相互点头一笑，就是同志啦。石阶一旁设置着许多造型别致的音箱，放送出悠扬的乐曲，拂去我旅途疲劳。溪水淙淙，野花簇簇，蜜蜂儿梦呓似的吟唱着，于花丛中跌跌撞撞，捧一把溪水洗脸，你保准惬意地长啸一声，远处郁郁葱葱，树木绿与天齐，正不知山涧转过后，更有青山几许！思绪飞回两千多年，那个卧薪尝胆的故事，明知越王典故大约是出在城内的府城公园一带，但面对这满目青山，你没法不生出无尽遐想，的确，这么险要的地形，必是兵家鏖战之所。

发一番感慨，回过身来，便是王明阳读书处，还有葛洪炼丹处，仙师炼丹处留有一眼小井，后人以青砖砌护，内见清水一泓，拍拍井口，追忆先贤，这时候宛若超凡脱俗一般，半生积累的烦恼，顷刻间烟消云散，心胸空灵得就如同鸣着鹧鸪的大山！

怀着一种庄严肃穆的神情，我瞻拜了禹穴。作为华夏人的祖先，华夏精神象征大禹就安睡在这里吧？这位为救民众除灾难而奋不顾身，历十余寒暑三过家门而不入的民族英雄，三千年来激励过多少后来之人啊。从来不信鬼神的我，不由凝神闭目，默默祷祝。没到这儿来过的人，绝对不会确知自己是何等渺小。难怪有数不清的名人雅士，不辞饥饿劳累，到此寻踪觅迹，又留下许多佳作墨宝，大禹精神的魅力，真是无法描述！

忽然乌云一片，带来一阵霏霏小雨，通身大汗让它轻轻一洗，顿觉清爽无比。这时，我在大老鼠塔前避雨，顺便观看工人们修塔，俯视脚下，千沟万壑，烟雾腾腾，若浓浓的牛奶，溢出来，漾开去，又似千军万马，呐喊着涌上山来，闭上眼，你会听到金鼓齐鸣，脑海中活脱脱一幅两军苦斗图，仿佛身在古战场。

又是骄阳高照，麻痒痒地晒我湿衣。这一次游山值得，晴天、雨天都见了。大老鼠塔再前，要到香炉峰，脚下的石条设计得越发别致有趣，就连路边供休息的墩、凳，也搞得是那样独具匠心——还是自个儿看去吧，您哪。

香炉峰，大概为众山之最高处，顶端建一寺院，有“炉峰禅寺”匾额，为赵朴初题写，寺院雄踞山尖，望去倒类似武当山的金顶，当然，这儿是佛家圣地。善男信女，焚香、诵经、敲木鱼，对匆匆来去的游客视而不见，真超脱，诚然，他们又永远难以超脱，这是我的想法。

炉峰禅寺一登临，却才发现原来一山好景，独独此处最佳！向南看去，深谷万仞，人扶着栅栏，就如浮在半空，眨眼要飞升起来，除去气候造成的差异，这儿简直就是布达拉宫，在这里兴建寺庙，先人们能想出来，这主意的确伟大得很哪。

到处都在兴建。“文化大革命”大约把这文化名胜破坏得够彻底，都说“前人植树，后人乘凉”，而“十年浩劫”却是破坏破坏破坏，让后人补贴，参与这场“革命”者，如今羞也不羞？

是勾践弹其长铗，鸣声铮铮，顺风从耳际过？那股英气，千古犹存。我寻声觅去，哦，香炉峰再前，略低处筑一宝塔，是塔上风铃在响呢。二少女娴静如水，坐于塔下遮凉处读一本线装书，人塔相映成趣，美妙至极！这塔名“思远塔”，为港胞王思远女士出资兴建；再前，有青翠亭，碑记略云：“新加坡华人徐春生先生祖籍绍兴，遵先翁海成公之遗愿，出资重建观音宝殿、青翠塔等工程……”过此前行，则不断有港胞、台胞出资建设或路或亭……港胞、台胞思归，国外侨胞思归，此心天日可鉴，而一些人却在簇新的漆柱上乱刻“……到此一游”，真令人不知说什么好了。

这时再度回身北望，一座城市，端端正正地笼罩在暮霭之中，楼房如笼，道路如线，西看斜阳，温柔有加，背后，听得到会稽山的心跳，眼前，能觉出绍兴城的呼吸。天南地北，走过多少名山大川，头一回自掏腰包旅游，头一次如此超然，人生因此而充实了许多。

身在会稽，我心快极！

拜神的奶奶

武当山金殿，把一座黄铜鎏金的庙宇，铸筑于海拔1600多米的天柱峰顶，再供上威名远扬的真武大帝，其神秘便成为天下无双，虽山高路险，朝拜者如蚁。

神没有赐予我力量。登上金殿时如死过一回，简直是一个伤痕累累的战胜者。40多岁的人啦，于是大诵：“老夫聊发少年狂！”

猛然于芸芸众香客中，发现一位白发苍苍的老奶奶，跪在大帝膝下，口中喃喃，不知说些什么。我好奇，耐心地候她拜毕，便上前搭话。

老奶奶79岁，瘦得割不出一滴血，干瘪的嘴里，只剩下三颗牙，竟然步步登高，攀20里山路，来献这一炷信香？而时仅上午9时，她什么时刻动的身？

“左右住店还得花钱，在崖下坐够了，就简直着走，下半夜吧。”老奶奶道。

“这深山老林，不害怕？”

“怕甚？佛爷保佑。再说，不断人呢。”

真令人无限感慨，风烛残年了，为的一种信仰，一种稀里糊涂的信仰。真武大帝是神，她却说成佛爷，这老人哪。

“我今年来过3次。三月份、七月份，这不十月了嘛。今年就这样啦，明年再来吧。”

细问，老人是河南平顶山的，汽车、火车，1000多里呢。

我大吃一惊。如此高龄，这么艰难的跋涉，“一年三其事也”，若没有神仙保佑，任换一种别的工作，即使再轻松上几倍，恐怕没有人撑得下来，不冤死才奇了！

信仰的力量！

面对我的询问，老人极愿意作答，在这里，人们本就有同道之感，全没有平日里挤车、购物时那种夹带仇视的戒备。

老奶奶三个儿子，一个女儿。“他们都不管我，不给我钱；我从牙缝里省着，神不能不拜。没良心的，我来磕头，多咱都忘不了替他们祷告。”

不敢再打听，我怕知道这老人每天还要拜别的神们。她的子女是活生生的，至少供奉她的衣食，而她却宁肯不吃不喝千里跋涉来叩拜这根本不存在的神，究竟是为什么？

老奶奶糊涂？不，老奶奶不糊涂，只有这根本不存在的神，才能毫无缺点，才能无限地满足她精神上的需求，在别处，她无法得到这些。是神们鼓励她风风雨雨中走过，是神们鼓励她满怀信心地期待下一个朝拜，待她寿数尽时，她会含笑而去。

我想起在河南曾看见“送子女上学光荣”的标语。神是一种文化。读书也是学文化。文化与文化竟有如此针锋相对的拼杀！

不该怪她的子女们。风烛残年的老人，这么远，谁放心得下，在经费上支持，等于把老娘往死里陷害；不该怪老奶奶愚昧，再苦再累，毕竟花不几个钱便可以得到一个平等的接见机会，便可以获得一种安慰一种许诺，换个地方，让她去哪儿？

我是无神论者，到这儿纯为游览。但我没有向老人宣传我的观点，而是真诚地说:“老奶奶,神仙定会保佑您,您还能活20年。”

老奶奶开心地笑了,这时我看清,她的牙齿是四颗。

松江上游半日闲

偶然。真是偶然。经不住人家再三邀请，偕刘、李、王三君，顶个毒日头，大汗淋漓地就奔这儿来了。原本是勉强应付，哪知道差不多就当了一回世外高人！

吉林靖宇县花园口镇驱车8公里许，依山傍水藏着这样一块宝地。松花江奔涌直下，到此处打了一个弯儿，遂积下极宽的一片缓流，成为湖也似的水域。早先年木把放排，浩浩荡荡，遇到这样的缓水地带九死一生，前面的排滞留，后来的骤至，拥叠到一起，谓之“插排”，最不敢解救的。有艺高者纵使其疏散开来，可千钧万钧的木排随后拥上来，你却哪里逃命？然而唯独这一处，从无插排现象发生，木把们认为江畔那形象神奇的山峰有灵性保佑穷人，便称其为“仁义砬子”。不管日后这块旅游胜地如何命名，当地人必然要那样称呼。

“湖”面不甚大，较之鄱阳、洞庭、西湖、天池，只算小巫，但它出奇地清、净。“湖”边草棚、茅屋，朴朴实实的小酒家。你沿小径前行，钢丝帘儿上晒的是刚刚网上来的鲜鱼，如今找这样的干净水可不是易事啦。

江对岸一屏峭壁，江水就是让它们阻住，才曲线绕行，山是风化石质，年长日久，锈痕累累，如古铁铸就，看一眼，叹为观止。山峰垂直高有200米吧？这古铁色的峭壁由几十座大小山峰连接成天然屏障，山上间或有片片簇簇小树，因为环境特殊，树枝弯曲细长，形成树冠，托瘦瘦的叶片，远看，似云似雾，飘飘欲飞；山峰隙间露出几团绿树，绿树丛中又钻出几笋山峰，将那百媚千娇倒映在碧水里，令小渔船儿慢悠悠地从上面荡过，弄桨人真不忍点破这一幅好画图！

那就坐上小船，沿“湖”面潇洒一圈。半个圆儿划过去，就离那片仁义砬子极近了，好家伙，真要仰视才见其顶呢。点点翠云，左一斑，右一斑，半含半露，不肯现出石峰真面目；看在眼里的，形态各异，有如雅士对弈，有如淑女望江，有如古猿献果，有如巨鹰喙翅……石笋丛丛，古钟座座，燕子呢喃飞于山腰，似风扬碎叶，更显出大山的幽静与苍凉，说不上绕过一道峰，山后又藏有无数好景致，左品右品，看不完的故事，飞不完的遐想，刚刚领悟了点什么忽又觉得再坠五里云中，当年欧阳公就是让它这么糊弄醉的！大自然神工鬼斧，让你直想扯开嗓子念点什么。

“湖”的下游，大江奔流如旧，携两岸不尽美景，一泻90公里，直到松花江电站。若是真捞着那么走一次，今生又了却一桩夙愿。

从文25年，由杂志社出资参加全国各地笔会已逾40次，名山大川，我游得不算少啦。祖国大好河山，何处不关情？偏没想到，在名不见经传的小小花园口，撞见此等佳境！老实讲，如今的旅游区，一经开发，亭台庙宇游艺宫度假村，乱建一气，如同农家墙上的年画儿，火爆倒没得说，只是俗了些，瞅着闹心！数来算去，只有雁荡山下的楠溪江，才跟这儿能论上各有千秋吧。

吃足了鲜鱼，站在江岸，回头再看那不尽高山，方才就是跟你去进行过一番心灵的对话来着？身后不过几公里，就是那个闹哄哄的尘世，真舍不得转身！

缠在事务堆里，忙死了累死了。天赐半日之闲，荡舟松花“湖”上，细细去研读一峰峰大自然的箴言，什么人生烦恼，尘世喧嚣，荣辱浮沉连同后脑勺上火辣辣的太阳，都一下撇开老远老远，那阵子，我的心清净已极，恰似山腰下的江流，从其间滤过。

背沙的男孩

好家伙，二十多里山路，步步石阶，直抵峰顶。陪老同志，快不得，原以为“安步当车”，可谁知脚板子胀、腿肚子酸，眼下不得不暗叹自己，要老喽，这武当山！

倘若有钱多好，租顶小轿抬到山顶，才150元，那该何等威风。当然，坐轿的毕竟是少数，而我们身边时不时地有挑山工荷重担，喘着粗气从背后超越我们。刚才问过了的，挑的一律是沙子，挑到顶峰去搞建筑，每斤1角，他们一日两趟可以挣18元。挑山工们年轻的居多，也有比我大的，个个又黑又瘦，无法想象那么干瘪的身体却如何能拧出汩汩不绝的汗水！比比他们，轿，坐不起也罢。

这时我看见一个男孩，身背小半尼龙袋沙子，孤零零地往山上挨，被我追过，回头看，黄而枯，头发使他那巴掌大的脸儿更小，他瞅瞅我手中的矿泉水，前冲一步，到我面前：“叔叔，水给我喝吧。”

我马上把半瓶矿泉水送到他嘴边。他咚咚咚吞下，不剩一滴，手背一抹脸，汗更如雨下，说：“谢啦。”我说：“多大啦？”“13，属鸡。”“这是多少？”“60斤。”

我的心忽然一酸，30年前，我12岁父亲也是强令我辍学，参加劳动，怎么今儿又有一个。我劝他："歇会儿吧。"他摇摇头，"背得慢，歇就不赶趟啦。"

我向两位笔友使个眼色："孩子，你歇歇吧，我们给你背一趟的钱。"兜里4元零钱，山东、浙江二公又各凑1元，我不由分说，抓住他沉重的沙包，他顺势仰倒在地，仿佛永远也起不来了。那钱，他抓过，塞入怀中，又掏出来："不要。"我们道："给你的，陪我们说话，当劳务费吧。"小东西笑了，收起钱，又擦汗。

我问："你这么点的年纪，不上学，干这么累的活？"

孩子叹口气，大人似的："上学。今儿不礼拜天嘛。就为上学，我一天挣12块，好交学费什么的，要不，我爸早不让念了。"

"你爸也挑沙子？"

"他瘸，种地。俩小妹儿，穷。"

"你妈呢？"

男孩愣了一会儿，说："在东北，跟人家跑了。"

突然有一种说不出的滋味涌上我的心头。那个女人也许很不幸，如今她跳出苦海，扔下更苦的儿女，她会不会内疚？假如，她留在孩子身边，这男孩就可以不背沙子吗？

"你不要背嘛，13岁正是长身体的时候，国家有法律，保护妇女儿童的。"浙江笔友鼓动他。

孩子没有回答，只用粗糙的小手下意识地捏他的沙袋，我看出，他有些不耐烦，再不走，何时到山顶？只是碍着那6块钱，他忍。

我说："你答应我们，下午不背了，今儿就一趟。"

他点点头。默默地让我把沙袋掀起来。

孩子走了。他小腰差不多只有一对掐粗细，脊背弯成弓状，颤颤地驮着他背上的希望与烦恼，脚步踏得挺稳。

想起我的儿子，20岁，还要我出钱资助他，我穷，常常满足不了他的要求，为此，儿子有怨气。我下决心，今后再对他好点儿。

兜里有几张百元大钞，真应该掏一张送给那可怜的男孩，我把钱掏出来看看，终于又装回原处。脑子乱成一锅粥。默默地走了半天，我突然说："这孩子下午肯定还要背的。"

二文友不答，只顾喘粗气，到顶峰，路老远呢。

李树林遐思

在长白山区靖宇县境内，有湖名龙湾，当地人称小天池。据说那是几十万年前火山爆发时形成的火山湖，风景美死个人。某年的5月中旬，陪几位作家到那里体验生活，大部分时间都泡在这湖边，那水清得让人心疼，撩一把冷水砭骨，就只是脸贴脸和这小天池说话，它不让你离开。

忽然导游说，那边一里来地，有片李树林花正灿烂。大城市里的作家就嚷着要看看去，我们沿崎岖的山路再翻一道小岭，嗬，云也似的，银也似的，远远地便瞅见山的巴掌托起一片洁白的李花！

小路从草棵子里钻过去，拴住两间古老的茅草屋，一位粗手大脚、领着条欢蹦乱跳的大狗的山妹子望着我们不知所措。导游跟她说了句什么，然后领我们钻进树林，姑娘立即随在我们身后。

树很粗，有200多棵，修剪得不甚专业，枝丫你挤我撞的，但花蕾儿照样厚实，花瓣儿照样鲜亮，若无霜冻，丰收是一定的啦。早先，这树是人民公社的，无人经管，东攀西折，成了野果，近几年姑娘的父亲把它们承包下来，据说每年总有几千斤果子上市。

我在山区多少年，对这玩意儿兴趣难以浓起来。此时导游说："这些李子树是当年杨靖宇将军种的呢！”

“什么？”我们十分惊奇，“您怎不早说！”

杨靖宇将军当年率抗联部队打鬼子，敌我力量悬殊，我军只能依靠长白山的深山老林为屏障，与日寇周旋，条件极其艰苦。日军又实行“归堡子”政策，所有的山民全赶到村镇里集中居住，彻底断了抗联队伍的粮。将军和战士们吃的是树皮、山菜和野果，赶上有果子时，就跟过年过节一般地改善改善。一次打完仗转移，途中摘了些李子，到龙湾这地方的宿营地享用。靖宇将军掂着吐出来的李子核儿说，把它们种上吧，以后如再来打仗呢，这边多片果子；要是日本没了，就留给采山的嘛。于是将军很认真地带头种了起来。次年，将军却没有来看他种的树，他在初春时壮烈殉国。然而，这些顽强的种子在自己的国土上萌芽、成林，一代代繁殖。

我默默地肃立良久，仿佛是第一次认识这无法再普通的李树。将军啊，您种的是哪几棵？快告诉我。没有回答，只有跌跌撞撞的蜜蜂儿，疯了样的忙，嗡嗡声听来如梦。

躺在林场招待所的火炕上，当晚我彻夜失眠。从未谋面又相识已久的靖宇将军，其虎虎雄风总在沸腾我周身的热血。将军战死后，日军下令解剖他的胃，里面竟全是枯叶干草！将军啊，种下这些树时，您一定有美好的愿望，您是要来亲手采摘了，喂进您小小儿女的嘴里的呀，只是侵略者没能让您如愿……

采访过一位抗联老战士，他说有一年打汤河，恰恰胜在除夕。遍搜战利，除了弹药、敌尸，只有多半麻袋苞米粒子。那也大喜，有粮食了！赶快炒熟，过年。嚼着苞米粒子，战士们神侃，抗日胜利后想干什么？一定好好磨他娘的老大一堆苞米面儿，煮粥，又稀又黏糊，有的说要喝一盆，有的说要喝一锅。

这件事当时就听下我的眼泪来。那血雨腥风的年代又出现在我的想象中。战士们的愿望那么朴实,他们只想让侵略者停手,回他们自己的家去,这要求过分吗?但就因为这点朴素的要求,多少人抛头颅、洒热血,为了他们怨恨的战争而卷入战争……也许,有的战士刚种上李树,伤口发作,就埋在这儿啦;也许,埋下的李子核还没萌芽,那位战士便倒在了别处。我知道,当年那些伟大的植树者,前来享受这果实的一个也没有!

李树林真应当成为长白山一处景观。可因为它太平淡,却只能因了龙湾湖,才有人来知道它……

突然我想,这长夜,战士的英灵该仍在李树林里活动吧,不是有灵魂夜游这说法吗?那一刻,我坚信人有灵魂。也许,正因为有了这些不眠的人儿,山下的村庄才能如此安宁。待千百只雄鸡一嗓子接一嗓子直把曙色吼出这片林场,战士的英灵才开始枕着晨露酣然睡去。

·暮年闲话

92岁,82岁,68岁。两男一女三位高龄老人,偏偏在这家理发馆让我遇上了。理发馆小得只有一位师傅,大家只好坐下来等。闹了半天,三位老人都是隔一两趟平房的邻居,搬过来总有20年以上的历史,为啥不认识？一个字:忙。

92岁的老头孙媳妇办个托儿所。老头子耳不聋眼不花,整天被吵得头疼。待在家里,每逢接送孩子的家长来上几位,连站的地方都没有。说到这,他叹口气:“不是不让生了嘛,哪来这么多人！”

“你不会到邻居家里？——找我。”82岁老头话说出来,似有点悔,痴痴地看着对方。

“走不开。我得生炉子,扫院子。卫生不合格,孙媳妇拿眼斜我,我受不了。如今可是端人家的饭碗啦。”

“不会不给她干？”我插一句。

“小伙子,就这样,人家还张口闭口总揭你……你(另外)那些孙子好,怎不养你？”

老人家儿子死了,四个孙子推过来搡过去,谁也不愿捡这“棺材瓤子”,四孙子大度,收下了他,他怎敢不“尽心报国”呢？

“老哥哥，”82岁的老头也诉起了苦衷，“我儿子倒都在，仨。我住在老二家，那俩一月寄10元钱，这边见天说他们小气，寄得太少；你不小气，我快死的人啦，有时一天吃一顿饭，能花多少？还值得挂在嘴上？那一大帮孙子孙女，都领了对象，到我小屋里，腚都不沾炕，叫声爷爷，忙不迭地逃开。直到如今，那些孙媳妇哪个是哪个的我都分不出来，记得小时候我个顶个儿地架在脖子上驮，直驮到快念书……”

68岁的老太太，领着外孙理发，憋不住，话比俩老头更多更快：“我这回想开了，拉了一辈子犁，不能再傻下去了。我现在就是想啥买啥吃，谁我也不管，想咋地就咋地。”她迅速地朝窗外瞥一眼，“今早3点，我跟老头子都睡不着了，唠嗑吧。说是咱们这两趟房要扒。扒了，可得借个大的住，现在我们老两口，每天晌午8个人吃饭，上学的、上班的，你看闹不闹心，逢年过节更妥，挤得腚也掉不开。”

“你可以通知别让他们来。”92岁的老头说。

“不让？”82岁的老头沉不住气，“我们那儿，4口人，晌午吃饭15口，这还不说，人家背后还串联，说你偏这个啦，向那个啦。当初生一个多好……可真，在早怎么不实行计划生育呢？”

3位老人都落下泪来，想通了，已经太晚。“小外孙”已剪完头，老太太宝贝心肝地叫着，小心翼翼地领他出门。老太太一步一回头……

龙湾小天池

290 多年前，当康熙大帝的英名威震欧亚大陆的时候，长白山举行了一次火山爆发仪式，鸣礼炮数十响，令天地失色，江河横溢！火山爆发后，有十几个火山口形成了火山湖，其中最大最美的便要推龙湾小天池。

小天池位于靖宇县龙泉镇以南 20 千米处，其实从江源县境内前往，才是捷径：三岔子林业局所属的龙湾林场，步行十几分钟，碧闪闪一泓清水亮在你眼前，龙湾水库到了！

水库浑圆如镜，四面环山，目力所及，清澈见底，大大小小的火山熔岩陈列水下，20 多种鱼儿嬉戏其间。挽起裤脚，其水冰凉刺骨，而背上烈日如火，让你感觉好极！鱼儿狡猾，早躲在一边瞧你热闹，而此时翻开水下之石，随便即可捉到憨厚的龙虾。这里水质天然，无丝毫污染，小动物活得自在，一块 10 公斤的石块下，可翻出好几只龙虾！

小天池不大，它的水从哪里来的？地火过后，准是疏通了巨大的泉眼，大概是这泉眼在釜状小天池的脐部，水深压大，到一定程度受压不复喷涌，因此它才"大旱不减，暴雨不涨"！

四周所环山峦不高，生长着各种树木。小心翼翼地沿水边绕行一周，不过 1 小时多点儿，然而这去处幽静得能让你忘掉一切。倘若擎一支钓竿，静坐于斯，在啾啾鸟鸣中凝视水面，那么，这世间就只存在你自己了。

这小小湖泊，藏匿于群山丛林中，不被人识，直到建立龙湾林场，它才不情愿地抛头露面。龙湾人口不多，民风淳朴，遇上外来客，热情得让人误认为是在做戏。这里嗅不到城里让人皱起鼻子的煤烟、煤气、汽油和垃圾味儿，听不到那讨厌的喧嚣声，只早晨山女一声脆亮亮的“豆腐——”宣告今天正式开始，那喊声也如同被龙湾水涤过，纯得滤不出丁点儿杂质。

清晨，龙湾人尚在酣睡，我们几个外地人披着淡淡雾气，蹚着清清露水，又去看那怎么也看不腻的小天池。水边有硕蚊，又不准生野火，不然我就在这儿坐个通宵！看一眼，激动一番，周身激动，内心却开阔静谧，这感觉真是奇妙无比！贪婪地呼吸，每个人。我想，空气能贮存下一些多好，就像骆驼于食于水，那样，隔段时间来上一次，我必定长寿。

小小天池起风了，轻轻地从水面拂过，将这枚古镜镂上亿万道细细的纹儿。此时，看石，奇形怪状，看鱼，姿态万千，幽幽烟雾缭绕于湖水上，似从湖底蒸出，又似从天空飘下，将湖半遮半掩，如梦如幻。偏这阵子办公室主任寻踪前来请回去早餐，场长要为我们饯行。

我万般无奈地点点头。真是身在福中不知福，多与这山这水厮守一刻多好，惦记那顿酒饭，是不是太俗太俗啦。

登上东方金字塔

吉林省边塞小城集安，以其灿烂的高句丽古代文化闻名中外。早听说有“东方金字塔”之美誉的将军坟就在集安，今秋终于圆了这个多年的梦想。

从市区驱车十分钟左右，即至龙山脚下，将军坟就坐落于此。坟墓面积近千平方米，高达12.40米，其雄伟高大，在火车穿越过著名的老岭隧道时，隔窗即能远远望见。巨坟座基一律用精雕的花岗石砌成，共七级，层层收缩，形成自然阶梯式，整个造型酷似埃及金字塔，中国的陵墓，雄伟独特莫过于它！当它蓦然出现于你面前时，那庞大的躯体，威武的雄姿，加上通体淡粉色花岗石，更透着一种冷峻，不由你不肃然起敬。

这座坟墓的底层外墙是四层石条铺砌，其中最大一块长5.7米，宽1.12米，厚1.10米，重约32吨，中间以鹅卵石填充，为了防止鹅卵石的外力将石阶撑得变形，聪明的工匠们在四周各顶倚上三块巨大的石条；以上各级均为三层，有人数过，七级石阶共用石条1100多块。室墓开口在第五级中部，墓室内宽阔高大，四壁各用六层石条砌筑，砌完又用大石条做一层平行叠涩梁枋，然后以整块巨石盖顶。这块盖顶的巨大石板，平面约50平方米，重达50多吨！室底顺置两个石棺床，长约3.7

米、宽约1.5米。墓上以黄沙土封顶，而在四周石条上凿有等距离的圆洞，直径10厘米左右，似是原来竖立栏杆的遗迹。

这座坟墓的主人是高句丽第二十代王——长寿王。史载，他自公元412年继位，自公元491年去世，为王近80年，可谓显赫至极！

据说，这座名震中外的君主陵墓是在清朝被开山的老百姓发现的，因而，被误叫作“将军坟”，至今未能正名。我不懂考古学。我只知道能站在将军坟上，俯瞰山下，任何人都会产生高高在上的感觉。遥望山脚下，公路如绳，行人如蜂，白练似的鸭绿江，还有隔江相望的朝鲜国民们，都显得那么的遥远，你怎会不产生思古之幽情？

次日去集安著名风景处五女峰游览，我看到了又一个奇迹：这里有古代花岗石采石遗迹，长寿王陵墓所用的花岗石，原来是从这里开采，22公里的路程，将石头一斧一锤地雕琢完工，再一步步运到龙山下，又一块一块地砌上……1500年以前啊，以那时的生产力，劳动人民付出了何等艰辛，在这座巨大的君王陵墓上，凝聚了人类祖先多少智慧！

我想起昨天起雾的情景。浓雾如乳，刹那间涌满龙山脚下的沟壑，东方金字塔半隐在浓雾中，似在仙境。浓雾向后涌，我感觉脚下动了，整座将军坟如同一般巨舰，乘风破浪向前方奔驰……

那是历史在动！

天上王城——纪王崮

攀登着一层层石阶,我感觉自己正一步步接近历史!这种急切的心情,让一年过花甲之人全然忘却了劳累。

仰首遥望,对面横空出世,竖起一道斧劈刀削的悬崖,其高何止数丈。悬崖本不稀奇,奇的是它环绕一周,宛如一只巨大的花盆,将一圈山林高高举起。这就是举世闻名的沂蒙山奇特地貌奇观:平地里陡矗起一圈石崖,不像通常的山岗那样有缓坡可攀登至顶,亦不似寻常山岗那样,顶端是尖尖的峰,它的顶端是一方平地,地貌术语叫“方山”,当地人命名曰:崮。据说崮是我国一种并列于喀斯特地貌、张家界地貌、嶂石岩地貌、丹霞地貌之后的第五种岩石造型地貌,崮唯独山东特有,而沂蒙山共有大小七十二崮,顶数我头上这道为最,其平顶面积约4平方公里,当地人称之为“天下第一崮”的纪王崮是也。

纪王崮只是它的原名,由于旅游品牌的宣传需要,它已被命名为“天上王城”了。

通过检票口,登崮顶分出了两条路:一条索道缆车,可以乘坐直至顶端;另一条从右边沿石阶弯曲攀登。陪行的司机惋惜,说冬天索道关闭了。我毫不介意,就是有索道,我也不坐,登山坐车,那还叫什么登山?

其日刚交三九天，冷风飒飒，但我是长白山长大的，对此只能视作秋风。走出不过百步，便觉浑身燥热，索性将羽绒服脱掉。

我感觉总共迈过不下上千道石阶，伴着一道结冰的山泉溪流，绕过头顶倒垂的巨大冰凌柱，便接近了崮顶。我和司机都气喘吁吁，司机建议休息一下。此时往山下俯视，才知道不知不觉间已距离入口处老远老远，眼下是各种树林的梢杪，层层下铺，黑压压不见边际。右上方，人工修出个仅容一人的观光“阳台”，从山路平托出去。我走过去，扶着铁护栏往前方一看，嗬，足下深不可测，但见千峰垂首，万树朝拜，只一眨眼，“阳台”仿佛在风声中前移，我整个人登时飞起在半空了，真可以说是摄人魂魄！

我现在的方位，离下榻的沂水瑞海温泉度假村大酒店30多公里。据《沂水县志》载，“相传纪子大去其国居此”。崮呈南北走向，海拔近580米，在山下望去，恰似一座巨大的城堡，攀到高处，眼前残垣断壁犹在，可以想象到当年的城墙、垛口、门楼、哨楼、烽火台……一种苍凉厚重之感，顿时爬遍了我每一根神经。

我们绕过一个小小的潭，估计是因喷涌泉水所形成，虽然被冰冻封严，仍然可以想象出夏季生机勃勃的样子，沿山路那一线冰冻，必是从这里溢出的小溪。绕过小潭，再登上一段石阶，眼前出现一方用沙土铺成的操场，据传是当年纪王的演武场。再往后，就是纪王宫遗址了。

纪王崮因纪国得名。

纪国，春秋时在山东是个实力、疆域都称一流的大国，爵位是侯。“纪王”，当是民间传说之误。据传，约公元前695年，纪侯为了拓展疆域，便在崮上筑城、屯兵。崮上有甘泉可饮，有沃土可耕，又有天险可据，可不是屯兵养锐的宝地。

喘息未定，演武场马蹄嘚嘚，飞驰出十数骑古代骑兵。我吃了一惊，当真穿越历史了？司机告诉我，这是为游客准备的表演项目，为的是再现当年纪王与齐国大战的场面。

这天运气还好，安徽一个旅游团过来，约30人。真不知道缺少了他们，还会不会有这场表演。此时，高音喇叭播放解说和配音，骑士们入场，和着配音，骑士们捉对厮杀，或胜或败，不乏精彩处。让我惊奇的是，按照表演再配音容易，而当前是按照配音去表演，那可有相当难度。令人匪夷所思的是，演员们动作娴熟，岂止临阵叫战，包括一砍一刺，甚至马失前蹄，战将落马……都与配音丝毫不差，端的是功非一日！事后得知，这些演员都是专业替身，拍摄过《七剑》等多部大型电视剧，难怪如此精湛。

看完表演，我到纪王宫前参观，又经过养马场，踱至北边悬崖边上。山下风过树林，传来一阵阵尖啸，让人错觉为古代战马嘶、飞镝鸣……遥想纪侯当年，君临其国，傲视群雄，其心潮澎湃也乎？然而，守着这固若金汤之地，也就凝固了他自己，时过四五年后，在齐国的攻打下，纪侯不得不弃崮逃生，结束了近400年的独立国历史。

故步自封，有险可依，同时又是有险在侧呀。高踞崮顶，远离民众，即便是口称拥戴，也不过隔靴搔痒，人心渐失，安得不败？

伫立崮顶，情不自禁地想对长风高歌一曲。此处凌驾于群山之上，如鹤立鸡群，天上王城，此名不虚！当年纪王弃国败逃，他做梦也不会想到，这个刀光剑影、鲜血飞溅的战场，2700年后会成为无数游客的旅游休闲胜地。

慨叹良久，我沿着一条小道前行，望见背向我登顶的对面一侧，有村落隐约可见。司机告诉我，自从纪侯筑城起，此处从来没断过人家，就连这崮顶之上，也一直有六七户人家世代生存于斯，直到4年前辟为游览景地，才将他们迁下山。

荒草萋萋，野鸟啾啾，所过之处，树枝扯人衣襟，我感觉整个人都进入了历史中，这不知名的树木，你抑或当年哪位饮恨沙场的烈士，要与我倾诉苦衷？可我一介现代人，你就是有能力站在我面前，这语言恐怕也是沟通不了的。

前面出现了几处石屋，石块砌墙到顶，看那齐整状，必是旅游局从居民处接收后，认真修葺的。然而，屋顶的“瓦”却让我长了见识。那是一片片薄薄的石板，很精心地铺设于屋顶，足可以遮挡雨水。我恍然大悟，崮顶风大，用茅草苫屋肯定不行，用瓦，漫说搬运不起，就是运上来，怕也抵挡不了风魔的摧残……老话说，一方水土养一方人，斯言不谬。

在这些古朴房屋面前，我遐想不断。松明灯、黄土炕、粗布被褥……这些山民便乐在其中，辛勤地劳动，热情地繁衍，这每一间屋子，不知道演绎过多少故事哩。在这个昔日的微型村屯，我看到了昨天的农舍，磨屋、石碾，还有一家原始的烧酒作坊。这里的水好，酿出的酒味醇正，一斤好的散装烧酒，要卖到50元。淡季游客稀少，酿酒工们照样忙碌着，说是酿下酒封存，明年不够卖的。

烧酒邻家，是一处煎饼坊，石磨推下糊糊，一男子端坐灶前，哟，面前的鏊子不再是我记忆中的固定的，而是一种新式的旋转鏊子，把糊糊浇上，转动鏊子，另一只手则持刮板固定，煎饼就摊好、煎熟。这里的煎饼比山下的贵许多，订购的照样供不应求。随着社会的进步，人们的观念，由维持温饱到追求品位与猎奇了。

到了与纪王崮告别的时辰了。本不想离开，但考虑到司机，人家的车还有用场呢。

迈下石阶，应当是渐离历史了吧？不。我一直沉浸在古代的氛围中，留恋于质朴的民风里。我知道，在以后的若干岁月中，纪王崮会时常去梦中会我，或许有许多许多的谜团，都由它在梦中帮我解开……

乡 音

天大的诱惑，也不及这乡音。亲亲的，软软的，直让你想抱住任何一个说话的，痛痛快快地哭一场！

40年，少小离家，今始归来，乡音忘得光光的。老贺头什么伎俩，能“乡音无改”！

逗留十几天，时时在乡音里泡着。很舒服。故乡，曾时时在我梦中……

墙荫下，到处是绣花的妇女，闲步踱过去。搭讪几句，人便笑问我：“东北人？”我忙说不是不是。我出生在此地，只不过出走30年了。便赢得一片啧啧声：“你看人家，还惦记着家乡……”友好得又几乎让你噙不住眼泪。

从此，到过几个村去看亲戚，每听见有人说话，便冲他们点点头，笑笑。乡亲嘛。

天大的诱惑，也不及这乡音。

我便终日被亲亲的、软软的乡音爱抚着。

一日，到邻乡赶集，不知怎的，浑身一激灵。急忙于熙熙攘攘中捕捉，立刻找到了目标，果然是个东北人在讲话！我赶紧挤过去，跟他谈起来。这人和我一样，也是回山东探亲来的。他住在吉林某县，与我们那里相距近千里，可毕竟是东北人。偌大世界，碰一块儿不容易。谈得真是投机，尽管职业不同。我是搞文学的，他是搞财会的，但是投机。他邀我到他的亲戚家做客，我迫不及待地答应，并记下地址，明天一定！

晚上，很激动，久久未睡。想不到在第一故乡遇到第二故乡人，你说。

明天，买点礼物去看看他，叙谈叙谈。以后，我想我该回去了。

·品读栀子花

近日去汉口协和医院看望生病的老朋友，突然见对面立交桥下蹲着位卖花人，两篮子洁白的花朵溢着清香。没有春雨，我油然想到了“小楼一夜听春雨，深巷明朝卖杏花”的诗句。心疼那么多无辜的生灵被残酷地折断出售，我还是挡不住诱惑，买了几束分插在病房和我住宿的房间里。

夜晚，回房中休息，躺在床上，忽然嗅到一阵花香，是栀子花，借水的滋润下顽强地勃发出生命的信号！登时，我真体会到了两个经常挂在嘴上的词，一是“花香袭人”，一是“暗香浮动”。

栀子花香独特。那香并非一直弥漫于你的嗅觉，而是时浓时淡，不期而袭。无论浓淡，那香气可人无比，沁人心脾，让人有飘飘欲仙之感。静卧于陌生的旅馆中，认真体会，才知道那花香是一阵一阵扑鼻涌来，恰似人在呼吸。暗香浮动，也只有“梅妻鹤子”的林和靖老先生才有此细致的发现。

第二天醒来，我第一眼看到的就是昨天插在瓶中的栀子花，有两朵怒放了，香气又一次袭来。我的心有些疼痛，它本是快乐地生在花枝上的，就为了几块钱，那双手便毫不犹豫地伸向了它。

走到楼下，看到店老板娘也拿回了一束。她冲我友好地点点头："看你买，我也买了，这东西好香啊。"

我摇摇头，说这么好的花掰断了，可惜。

老板娘见怪不怪："好多卖的呢，年年都有。它很泼实（抗折腾）哩，掰了还长，越掰越长。"

我不懂栀子花，不可能验证是不是掰了更长。喝空一瓶"绿茶"，用空瓶沉淀一瓶水吧，据说这样的水对养花有益，让它们在有限的时间内开放得好一些、舒适一些。

又一阵花香袭来。你是在欣赏我的细心，抑或对我的同情给予的回报？

栀子花，你疼吗？我读懂你了，不需修剪不争肥水的栀子花哟，百折不挠是你的另一种性格，我宁愿相信老板娘的话是真的。

似睡非睡间，自己仿佛变成了一棵树，开满属于我自己的栀子花。我把它们举到前面，任凭所有贪婪的手指攀折，那一刻，我激动得浑身战栗……

雾里天池

借地利之便，登长白山看天池不下20次。多了？再去200次也看不厌。看天池的这面山坡地势高在海拔2300米以上，气候变化无常，90%的日子雨雪，所以有“十登天池九不见”之说。想想，从距离最近的白山市区，早晨5点起大早，一路顺利，看到天池也得上午10点半；千辛万苦一身热汗攀到山上，大雨浇你个透心凉，啥也别打算看到，那种扫兴还用形容吗。天池不像西湖那样永远娴静温柔地候着你；天池野，如同不谙风情的村姑，什么时候高兴了，才能赏你个笑脸。就因为这一点，天池就以其格外的神秘而独具魅力，这次失败了下次还来，非看看到底是怎么回事不可！而我去过那么多次，竟然每回都是响晴的天，都是清冽冽笑眯眯的天池，这叫缘分！

我以为读熟了天池，其实大错特错。

去年6月下旬，陪《故事世界》副主编杨清江先生一行看天池。时在盛夏，而天池刚刚早春。登山时，路两侧的残冰还没化尽，一块一块厚达1米左右，在烈日的照耀下，寒气逼人。我们攀了大约10分钟，天气骤变。我心里一咯噔，终于撞上了，怕远方的客人看不到天池的担心成了事实！

租得雨具，我怀着一线希望鼓励客人们继续。雨越发下得烦了，几乎是横着扫过来。山顶上踉跄下来几十名游客，无可奈何地冲我们摆手："什么也没有啊。"

可不，满天浓雾，能看见个甚？此时，若是不信先行者的忠告再往上攀，就有些不识好歹的味道了。客人知道不是我的错，反而安慰我："没事儿，瞧这空气多好。"

当我们站在山峰上俯瞰天池时，我感到了绝望。下面白茫茫一片浓雾，倒似面对着波涛汹涌的大海。所幸雨停了，我们在中朝界碑旁照了几张相，准备喘透这口气，就下山吧。

突然，奇迹出现了。我看见浓浓的雾迅速地往后退缩，恰似舞台上拉开一面乳白色的大幕，天池马上就露出一角！山顶上十几个人都睁大眼睛……

大幕徐徐拉开。哦，刚才大自然跟我们开了一个玩笑。浓雾不知用什么方法，将一个海市蜃楼似的假天池给前移进了我们的视野中！浓雾继续退缩、退缩，假天池变成山坡，最后，雾缩成一团，全聚在对岸邻国的山头上，一个碧澄澄的天池伴着一片惊呼，羞答答地出现在游客们的眼前！这份绿，这份圆，我从来没有见过如此美妙的天池！我的心脏仿佛停止了跳动，简直听得见浓雾流动的声音！

大约3分钟的光景，那浓雾重又弥漫开来，毫不通融地向前推进，天池悄无声息地躲进了大幕后……而此时大雨又变本加厉地横扫下来，我们只好恋恋不舍地下山。

那天过去好久，我梦里常常看见那雾中天池。可惜的是，没有一次能梦到像真正见到的那样美。

美好的东西是无法回忆的，非亲临其境不可……

· 穿越大瀑布

出下榻处步行约半小时，转过一道山弯儿，大瀑布的近景赫然在目，给游客一种莫名的兴奋，在宾馆那边望着它，好像是一幅画儿，而眼下它是一条活生生的龙！我们跟随导游沿山涧下小路蜿蜒着逐渐地贴近它。水汽凛然，气温一步一降……

忽然间头上丽日，眼前细雨。原来是瀑布在跌落途中就被抛甩出无数小“支流”，形成“日光雨”。想想看，头上骄阳晒得脑袋冒油，身上被冰冷的瀑布雨一浇，一种环境，两般感受，真是惬意已极！游人此时沐浴在细雨中，笼罩在彩虹里了。赶上日光好，你的左前方、右前方会拱起好几道彩虹，那简直就是仙境啊。

此为太行山八里沟大瀑布。其源高海拔一千五百米，其落差近两百米，壮观磅礴。虽不及黄果树瀑布之宏大雄伟，但它从大于90度的绝壁上垂直跌落，其形如飞龙弄爪，其声似惊雷过涧，委实是不可多见的美景名胜。8月中旬，与诸文友到那边采风，平生第一次体验了从瀑布后穿越的感受，真是快哉痛哉！

随导游再绕几百步，游客们到了瀑布左侧。导游说了声：“从瀑布后面穿过去，要快。”他率先贴着陡峭的悬崖，钻入了大瀑布背后。同行的都是笔友，我得保持点男子汉气概呀，就闪在一边，“掩护”别人先过，自己缓缓随后。

陡然，我感到一阵暴雨，劈头盖脸挟着风雷向头顶压来，这才晓得步子太斯文是失策。我立即迎风雨疾进。那瀑布雨越发像戏弄我似的，恨不能将底下的潭水掀起来，尽数泼到我的头上！同时，有一股强大的力阻止我前进，冰冷的激流浇得我像要窒息了，我知道不能滞留，便将腰弓下，奋力朝前冲……

终于穿过了瀑布。其实时间不长，而我却觉得经历了相当一段生命时期。文友们哈哈大笑，笑我让水浇得曲线毕露。可是，他们却无法体味我那种独特的征服之快感。

现在我站在烈日下，思维仍然沐浴在大瀑布的暴雨洗礼中。

还那话，瀑布看过数十，形状各异；穿越八里沟大瀑布，为此生感受之唯一！

· 街头秧歌

哇的一声，唢呐叫响，紧接着鼓点追上，冷不丁听来不知要发生啥事，而街头的秧歌迷们才不管这，他们急忙把笑容端在脸上，踩着点儿便扭，在这场合，似乎哪个动作慢了，约等于痴呆！

真不知何时兴起，吃罢饭大伙到街头扭去，不收钱不评星却就是要扭去，我说有病呀这些人。所以从不肯驻足看上几眼。而今夜文友张君非说好看便硬拉着我去了那边。

百八十人的队伍，穿红着绿，老没有老样，少没有少姿，一律戏中人物似的，别说浓妆艳抹，在这儿不俗气，冷不丁有穿正常服装的人夹进去，反倒有些别扭。

吹唢呐的极卖力，捶鼓的也认真。看那扭的，一律欢天喜地，小屁股一颠，任你天大烦恼，我却要扭完了再理会，那种旁若无人的狂劲儿，叫人觉得，不是我们在看他们，而是他们在看我们，场外的人活得比场内的累。不信，你弄把油彩涂脸上试试？你买枝宫花插耳畔瞧瞧？还是吧。

扭秧歌并不单纯是消化食儿，也绝不单单是娱乐，它有极其丰富的内容，可能局外人不暇细细领略。看那些扭得出色的，拼命表现自己。

我就盯准了一位中年男子，那扇子玩得上下翻飞，滴溜溜转，眼睛却不时忙里偷闲往围观的人群里瞥，他是在观察，有人注意他没有？再细瞅，整个团队无一人逢场作戏，各尽所能只有在这种场合才能做得到。也是，有满头白发的老妪，矫揉造作如少女；一脸春秋的老翁，奔放粗犷如少男，没准他们正怀春，怀念昨日的青春。

试想在家里，儿孙绕膝，你穿这样的衣服这样的姿态，成吗？

完全是自发组织的。听说参加者每月要交些许钱给鼓乐班子，多少年没看见人们干什么事有这么大的热情了。其间感觉累，稍息片刻，但哨声一响，呼啦一下，大家伙全振奋起来，就等唢呐了。

于是就扭出一些逸闻来。

某老翁吝啬出名，剩菜残汤，酸了也不倒，豁出坏肚子，平时穿得一系列皱巴衣服，几乎全捡儿孙们不要的穿，加入秧歌队，花 500 多元置一套行头，吓得老伴以为他是反常，要撒手扔她西去……

酒鬼某，与友人在路边一小吃店聚饮，正酣时却不辞而别。以为去厕所，如何这许久，莫非磕了？四处寻找不见踪影，次日才知道，扭秧歌去了……

有一老头儿，亲家初次上门，眼看时间到，老头儿如坐针毡："亲家，喜欢看秧歌不？"亲家说，那死玩意儿有什么看头。老头无奈，托词办点事马上回来，将亲家丢在家中近两小时……

夫妻反目，丈夫百般赔罪无效，要离。一次扭秧歌，表演中的妻子无意中看见丈夫也在观阵，不由心头一热。休息时，说："没到高潮呢，待会儿还有花样。"丈夫佯装吃惊："有比这还好看的？"忙去友人处拿来事先买好的秧歌扇送上。妻大喜，问："今夜喝点儿了没？"是夜双双回家，欢如鱼水焉。

秧歌队中有一老妇，丈夫去世，两儿在外地，留她孤身一人，白天坐马路牙子上给人算命，晚上到这儿扭。否则，让她独对孤灯做什么去？还有一老板，只要天黑，生意也不做，据说他子女往往趁这时砸他点钱，他此时最好说话。

锣鼓点子敲到狂风暴雨般时，连围观的人全受感染，留心观察，每个人小腿处都在轻轻地抖动，和着节奏而动！据传最近这些人自费去邻市表演，每天花销几十上百，艺术的魅力了得！

站得双脚发直，回家久不成寐，唢呐鼓点仍飘在耳边。想想好悔，就下场去扭一次能怎的，我不见得比哪个差！

有生命的雕塑

远远望去，是扇动着短短的翅膀，咧嘴笑迎游客的企鹅，还是几颗象征长寿、连体于青枝绿叶上的仙桃？再揣摩，又像是一颗颗硕大无比的菠萝？虽经反复观察，我还是难以确定它表现的是什么主题。久而久之，熟视无睹，管它，反正这三组特殊美丽的雕塑矗立于儿童公园的西门，已经成了该公园的招牌建筑，每从此处经过，我心里就萌发出这样的想法，漂亮，艺术，不愧是儿童公园。

某年夏天，牵着侄女柔嫩的小手，带她去公园游览。突然，如同风筝遇上了强风，那只小手仿佛是绳儿一下子绷紧，孩子的双脚瞬间牢牢地盯在了公园门口中，倒成了她拉着我了。她呆呆地仰望着那雕塑，片刻，脱口而出："哇，大苞米！"我细细一端详，暗呼惭愧，这组被我看过多少遍的雕塑，可不真的是大苞米嘛，这是寓意丰收、富足的意思呀，我一个出身农村的人怎么就没认出来？小东西的眼光比我厉害呀。

"大苞米"共分三组，每组三枚棒子，呈三角等分排列，上端向外倾斜，如喇叭状。当中一组最高，约三米，矗立于剥开的外皮中，顶端咧开嘴祥和地天真地笑着，这是艺术的想象，难怪被我误认成企鹅什么的。底部的陪衬背景是由上千盆称作"玻璃翠"的花为主，组成梅花图案，大苞米就矗立“花心”中，高贵、典雅而充满活力。它们的前身是钢筋焊就的框架，北方初夏乍暖还寒时，园林工人便搭起巨大的遮阳棚架，然后手捧一把把的稀泥堆到架子空隙上，直到把框架糊满，再小心翼翼地密植上一层五颜六色的小草，大苞米便有了灵魂，在公园门口直站到漫天飞雪。

据说这些雕塑拥有专业的名字，叫作“立体彩化”。而我则喜欢把它们叫成“有生命的雕塑”。它们与概念中的雕塑不同，没有那么夸张的想象力，没有或抽象或写实的自由发挥，是一种按照框架进行“再创作”的艺术品，然而，较之普通雕塑，它不是冷冰冰的固体石头或者金属材料，它给人以美感的同时，浑身上下生长着植物，昼夜有序地吸碳吐氧，孜孜不倦地美化着大自然，为这座城市的净化奉献着自己的所能。

大苞米只是一处代言性景观。步入公园西门，沿小路往东南方向行走，你会发现路边草丛中不时闪出这种立体彩化作品，它们或大或小，造型各异，有面露傻笑、稍带羞怯的恐龙，有养尊处优、神态傲慢的大象，有旁若无人、只顾贪吃的松鼠以及憨态可掬的熊猫宝宝、比目鱼、狗熊……园艺师也与时俱进，路边还塑造了一尊小朋友时下热捧着的喜羊羊。假如你细心，还可以踱入人工湖东侧的“淑芳园”中去，那里大门口竖立着的一排雕塑会让你大开眼界且忍俊不禁，那是一组写实的戏剧脸谱，每个直径比常人都高，可真算得上“好大的面子”呀。

这种用儿童语汇创造的艺术品，怎么可能不引起孩子们的感情共鸣。儿童公园的维护者们倾注自己的辛苦劳动与聪明才智，把这些作品打扮得童心浓郁、天趣盎然。纵然现阶段的小朋友们让功课忙得脚打后脑勺，平时哪里有福气享受这份童年的乐趣呀，然而，一到星期六、日或者法定假日，他们心目中的乐园，非此处莫属。退一步讲，就算是老年人，面对这样活生生的雕塑，他们的心理一准也会变得年轻。

尽管这些有生命的雕塑不如木雕、石雕有那么辽阔的想象空间，塑造时却也绝不是机械地照本宣科，匠心独具的园艺师们在有限的空间里煞费苦心地施展着自己的才华，他们把手中可利用的小草根据色彩进行了巧妙的布局，浅绿或者深绿色的作为雕塑主体，一些较稀有的深紫色的植物，被用来装饰“动物身上的”花纹以及打扮眼睛、嘴巴等处，让小动物们栩栩如生，招人喜爱。比如那九尊“大苞米”吧，就被紫色划分成等分的三块，更显得错落有致，充满动感和美感。

我说过，本人悟性差，有些雕塑反复欣赏，仍是参不透创作者要表达的真正内涵。这不是最重要的，我能感受它们很美，感受到我散步在艺术的氛围之中，这难道不够吗？就好比是阅读一首首新颖的诗，就算有所误解，那不也同样会感受到另一种美嘛。

在这些艺术品前多做些停留吧，园艺师们的创造和才智需要我们去解读、去享受，那如同食客贪婪地吞咽美餐一样的让厨师有成就感。雕塑的生命每年只有150多天，它存在的这段日子里，我们要尽情欣赏、好好爱它，否则，那可真是辜负了这充满诗意的大好时光！

· 看日出

夜宿黄山玉屏峰，与浙江张祖荣兄每晚一瓶黄山竹叶青，俩鱼罐头。喝得高兴，又喜逢大晴天，相约明早去山顶看日出，黄山日出不知倾倒多少文人，如今轮咱哥儿俩啦。

忘记了谁喊的谁，左右酒劲儿顶得睡不踏实。我俩一嘀咕，山尖上冷啊，怕撑不住，索性偷了招待所的被子御寒，反正又不是拿走。

早有20多位先行者不知等有多久了，好像成双的居多。我俩赶紧选择了个有利地势，先站，乏了又坐下，不大工夫，感觉挺冷，将被子裹在身上，四只眼睛盯着天边发直。

那是1984年10月下旬，平生首次享受免费笔会待遇，东道主是上海《采风》，那是我游览名山大川的开端。

猴子望太平，丞相观琴，十八罗汉朝东海等黄山名胜在夜色里越来越清晰了，山峰与天际划出明显的刻痕，一缕浓浓的黑云横在那刻痕中，黑云上就似血似金地红着一抹霞。

霞越红越宽，待其把黑云吃光，太阳就该出来了吧。可那霞变得太缓，以小时计。山风呼呼狂号，扎人肌骨。又陆续有人上来，我和祖荣兄有棉被照例冷得很，便相互依着取暖，看四周抱着膀子急躁躁跺脚的游客们，我俩似乎成了“黄山首富”。

云霞红到一多半时，干脆固定在一个模式上了。日头爷丝毫不体谅我们的苦衷，你越急它越不急。山风更大了，几次揭起我俩的被角，呱嗒嗒乱抽乱拍，纵然有点热气，也让它拍没了。

这工夫天已大亮，人的鼻子、眼全看得囫囵，山尖上簇拥的人足有一个营，沿小径向上向下的人仍络绎不绝。我暗叫惭愧，在长白山长大的人，咋弄黄山来冷得浑身哆嗦？瞅瞅身边一对南方情侣，衣服不多，更何谈被子，而人家抱在一起动也不动。我后悔不迭，倘若这阵子才上来，哪个会抢看了你的去？

抬头望天，所有的云彩全浓缩成一条长带，通体外红内黑。谁知道它还要熬到什么时候？就和我的伙伴说，莫如先回，旅馆里该查被子啦。祖荣兄估计也有同感，也说，走，先把被子送回去。

我们将被子挟起，跟约好了似的各打一个激灵。接着，我前他后，几步一回头地走下山，小径上仍有数不清的人或进或退。

正当我们走到招待所门前10余米处时，山上骤然爆发出狂潮似的欢呼声，我俩呆了，刚钻出招待所欲去看日出的三位文友也呆了。

到底不曾让我俩看到日出。咳，世上一些事，迟了不行，早了也不行。

· 父与子

卧铺车厢里见这么父子俩，儿子去哈尔滨打工当水泥匠，父亲要去陪着，这才忍痛买了硬卧票。儿子发现对铺旅客翻看一份故事杂志，那眼睛就不转地盯着，待人家一放下，他立刻赔着笑脸："师傅，借我看看行不？"杂志拿到手，儿子迫不及待凑到父亲身边，低声读给父亲听，父子俩的亲热劲儿，感染了周围的旅客。

见那父亲去了厕所，旅客们问儿子，你父亲喜欢听故事？

儿子说，母亲去年刚走，父亲孤苦无依，为了生活，他又不得不背井离乡赚钱，真是身在南朝，心在北国呀。谁知道父亲又得了绝症。父亲那病怪，一听他拉胡琴，疼痛顿时消失，所以，他这回决定把老人家带上，每天晚上给他拉一阵子。可车上不能制造噪声，所以，就改成念杂志。"我爸说，听我念书，他就一点都不痛了。"

这么孝顺的儿子。旅客们大受感动，纷纷把自己的杂志送过来："你都带去，拉烦了胡琴就读杂志。"

又过了一阵子，儿子去厕所。旅客们又问父亲："你儿子胡琴拉得好吗？"

"好什么。"父亲轻描淡写，"才学会两三年，比推碾子强不了多少。"

“那你还喜欢听？”

“唉，你们有所不知。”老人说，“孩子长多大，他也是孩子。去年他妈走了，闪下他没着没落，钱赚得少，见人抬不起头来。我夸他胡琴好，能止痛，就是让他感觉他有特长，给他树立那种……”老人描述不出来了。

“自信心。”有旅客提示。

“对了，就是那个……自信心。”老人说，“我陪伴他、鼓励他，儿子就会更坚强、就会更有主意。只可惜，阎王爷留给我的时间不多了。”

原来他知道自己的病。

旅客们都很同情：“你跟在儿子身边，不是更给他增加负担吗？”

“不会。”老汉说，“我尽量自食其力。比方说，捡点破烂什么的。再说，我死在这边，他就不用跑回去发送了，就地处置，还省车费呢。”

“真是个好老人。”众人感叹不已，“假如您有一天不在了，儿子……”

“活着，我是他爹；死了，我也就不算是他爹，是死尸了。自信心也像钱财，得一点点积攒。我活一天，必须帮他积攒一点。”

唉，父亲，哪怕是到了山穷水尽的那一步，他为之煞费苦心的，仍然是儿女。

幻像蒿子湖(两章)
——瞻仰吉林桦甸蒿子湖抗联密营旧址

靖宇将军

突然间我就进入了角色,一种采访的冲动无法扼制。站在蒿子湖抗联密营旧址,刚刚接受完一场红色革命教育,沉重的神思万不该溜号,可我就是走了神。

我望见靖宇将军站立于瑟瑟寒风中,远没有大门口塑像那种威武英俊,他胡子拉碴,衣衫褴褛,高大的身躯骨瘦如柴,他手中似乎没握枪,始终冷着脸。

怎么啦将军,是我惹您老人家不高兴了?

将军没说是,也没说不是。

将军,您长我44岁。假如我们是邻居,我应当叫您一声爷,是吧。但我仍然喜欢称您将军,尽管没有人给你授过军衔,可你当年威震敌胆,让好多日寇的将军们“谈杨色变”,这是连诸多正宗的将军们都望尘莫及的。

将军依然不语，他抬眼遥望远方。

没有什么异样呀。我收回目光，小心翼翼地问，将军，您是在感叹殉国太早，是不是仗没打够？

将军终于开了口。扯淡，谁乐意打仗，打仗要死人的。天天面对死人，有日本人，更多的是自己的战士，我能喜欢那种事吗？喜欢打仗、喜欢侵略的是日寇疯子们，怎么可能是我？

千真万确呀，将军。我能想象得到，眼看自己的战士倒在血泊中，倒在敌人罪恶的枪弹之下，您作为长官，好比亲眼看见自己的子女死去，用肝肠寸断、心如刀绞形容都毫不过分。

你错了。将军目光里略有责备的成分。没经历过那种斗争，你拿什么想象。死在战场上是战士的运气。可恨我们的战士大多不是死在战场上，是死在这恶劣的环境中。你知道这儿冬天有多冷，站在寒风里数十个数，棉衣就会被冷气打透，何况好多战士没棉衣。打死一个敌人，趁尸体没僵硬时扒下带血的衣服往自己身上穿，那就是天大的优待，给你你敢比画吗？你知道当时有多饿，我们十天半月见不着个米粒儿，你能想象出是什么滋味？

这个……想象不出是什么滋味，但我能清晰地认识到，我做不到。漫说战争的恐惧，就是让我过那种日子，一天都撑不下来，我不知道面临那种考验，我会不会成为叛徒，真的不知道。

唉，我们饿得头昏眼花刚想倚着树眯一会儿，别的都不奢望，就眯一会儿，可日本人打过来了！端不动枪，你也得端；挪不动腿，你也得跑。好多战士倒下后，谁都说不准是冻死还是饿死的。国际歌里唱饥寒交迫，其实只挂在嘴上，那滋味描述是描述不出来的。

我理解。天天面对牺牲的战士，无助无奈，最痛的是领导，尤其您是最高指挥官。

那还用说。将军眼角似乎有泪溢出，我心疼那些小小年纪的战士。一开始我暗暗落泪，后来就木了，就习惯了，光难过能把鬼子哭跑吗？

不能。

还是呀。说实话，我不是个喜欢仇恨哪个的人，我盼望天下人都能相敬相亲，可日本人不让我实现这个梦呀，你越老实越善良，他越欺负你屠杀你。所以难过就化成了仇恨，越来越懂得必须朝小鬼子讨还血债，杀一个够本，杀俩赚一个。性命只有一次，你说这世上有哪个乐意跟别人兑命的吗，都是逼的。

话说回来，我不想死。老话道，好死不如赖活着。可日寇不让你活，将军说，战死容易，就那么一眨眼的事，过去就过去了。但是，难的是长年累月的斗争。面对的是神出鬼没的敌人，身边是赶不跑甩不掉的饥饿。连囚犯临砍头前还要供一顿饱饭呢，可我们不如囚犯，许多战士就那么空着肚子，或者是装了半肚子野草树皮就到了那边。照比那些年纪轻轻就死去的娃娃我算长寿了，有什么可抱怨的。

将军挪动了一下双脚。风吹起他凌乱的头发。我的心尖一阵绞痛，我感觉他比第一眼时更瘦了，除了那层薄薄的皮肤，似乎只剩下骨头。

是啊，无论再如何瘦，也瘦不掉骨头。何况将军的骨头坚硬无比，足以惊天地泣鬼神！

就是这样一位顶天立地的英雄，在罪恶的子弹面前，照样轰然倒下，太不公平了。我鼻子发酸，将军，您最大的遗憾是没有看到日寇完蛋吧。现在我向您报告，小日本儿无条件投降了。

看到了。将军说，没有亲眼看到，可我早知道他得完蛋。不然，这仗还打它干什么。我看准了，他们垮台是铁定的事，只不过差个早一天晚一天。就是这个信念支撑着我跟日寇和他们的走狗周旋，我多活一天，他们就难受一天，值。

原来是这样啊。将军浴血奋战，为的是让日寇完蛋的日子尽量提前一些。想了想，我问，将军，想当年您和战友们在深山密林中饿着肚子跟日寇作战，可是，老百姓少有支援，更可恨的是，有些中国人丧尽天良当叛徒出卖你们，一帮生龙活虎的壮士只要一个叛徒出卖就会失去生命，太可恨了。

唉。将军试图坐下，但他最后还是放弃了。不要抱怨民众麻木，民众是愚昧的，更是软弱的，他们需要靠山，靠山找不到了他能不慌乱吗？再就是人心难齐。如果真正能做全民抗战，那日寇也打不进来。要恨，我更恨侵略者，没有敌人，哪来的叛徒？我们抛头洒血其实也为的把包括叛徒在内的民众拉出亡国奴的圈子，一边救他们，一边再恨他们，这个我做不到。

就是这样的骨气，这样的意志，这样的胸怀。刹那间我自惭形秽，一些诸如气壮山河、惊天动地、空前绝后的精彩辞藻恰如高峰期的车流，一下子全塞住。慌乱中，我感觉至少得说句将军最想听的话，我说，老杨同志，我服你。

泪眼模糊中，我看见将军笑了，笑得是那么天真，将军更喜欢听人叫他老杨同志！此时，我肩头感到重重的一拍，清晰地听到一个久违了半个世纪的称呼："小兔崽子。"

李二桥畔

前边不让走了，桥面扯了禁绳。可我的心已踱到了对岸。

树丛后隐约有一个十多岁的孩子，个子瘦小，一脸菜色，我知道，他无疑是李二。

你是李二……对不起对不起，革命先烈、民族英雄，我没礼貌了。

按您出生年代算,我至少要称您一声叔叔。

李二笑了。你不用赔不是,俺不叫李二叫什么呢?战友们还有首长都这么叫,叫别个,那就不是叫俺了。俺活了十多岁,从来没有人叫过叔叔的,你要是那么叫,俺还真就不会答应。

您是年龄最小的战士?

这个……记不准了,一般大的不少呢。李二挠挠头,头上掉落下许多渣子,有草屑、碎枯叶、头皮,更多的是虱子。小……叔叔有多久没剃头了,抓乱的头发看上去仿佛脑袋上顶着个硕大的鸟窝。

您受苦了。我搜肠刮肚甚至找不出一句得体的安慰话。

李二点点头,受苦是受苦,更苦的是没把日军打跑。

我说现在好了,日本人投降了。

俺知道哇,杨司令不闲着说。杨司令看事儿一看一个准儿,他说啥俺信啥,他说日本人长不了,那就长不了。

李二笑了,咧开一嘴有些变形的黄牙。我想,他正当发育的年龄,营养严重缺乏,并且天天啃树皮嚼草根,牙齿怎么可能不变形。这念头一萌发,心口阵阵剧痛,倒像是我成了他的长辈。

你不刷牙吗?

刷牙?李二眨巴着眼睛,你是说刷锅吧?俺们的锅不常使,使唤一回也是煮野菜,舀点水一晃荡,妥,背着个刷帚怪费事的。

我知道他当年甚至连刷牙这个词都没听说过,心里更难过了。李二,你洗过脚吧。

洗脚谁不会。李二撇了撇嘴,不过,一年七八个月的冬天想也别想,洗脚得赶暖和时候。林子里不缺的就是水,把脚浸在水里,那个舒坦劲儿就别提了。可洗脚也有洗不清闲的时候,有一回,俺刚把脚泡进水里,汉奸清剿队摸了过来,俺把脚拱进鞋里就跑。他娘的,沾湿的脚丫子滚上鞋里的泥巴，没跑多远，溜滑乱拧，鞋帮当了鞋底！俺好不容易捡了双牺牲战友的鞋，没上补丁呢，这么拧不弄坏了？脱下来拎着光脚跑。脚扎坏了能长好，鞋磨破了找哪个长去？谁知道跑了半天，清剿的汉奸甩掉了，俺低头一看，他娘的，手里的鞋跑掉了一只！哎哟，心疼得俺那一顿哭，跟死了爹差不多。

敌人撤了，你没去找吗？

找？李二不屑地望了我一眼，净说外行话。那么大个树林子，一只鞋哪找去？手里的这只不舍得扔，往后，俺就穿一只鞋，走起来有点像瘸子。直到下了好几场霜，才领到一双新的。

你打死过日本人吗？

没有。李二脸红了，俺家巴什不中，就一扎枪头子。俺做梦都想缴获一杆日本枪，俺瞄瞄准儿，巴勾儿——干死一个……可是，没等缴获着，就他娘的叫日军给抓了去。唉，死了闭不上眼哪。

日军怎么抓的你？

汉奸告密。俺告诉你，中国人要是没有汉奸，日本人不会那么狂。要是给把枪，俺先杀汉奸再杀日军……汉奸比日本人更坏，俺就是吃了汉奸的亏。

听说，敌人惨无人道地折磨你，你百折不挠、坚强不屈……

你说的是俺没投降的意思吧？投降俺对不起司令，杨司令亲口夸过俺是好战士，他夸过你吗？

我摇头。那时候我在哪儿呀。就算我出生早，也未必有资格当一名抗联的兵，那考验怕经受不住哇。

我问李二，敌人打你，你不痛吗？

说不痛是假的。脚上扎个刺都整宿睡不着，非抠出来不可。小时候，俺娘一抓起烧火棍要打俺，棍没打着腚上呢，俺就嗷嗷地哭，娘啊，别打，俺不敢了……小鬼子折磨人他哪里是扎刺，哪里是用烧火棍，他们把铁棍烧红了，专往你的嫩肉上烙，那滋味……李二可能回想起当年的情景，他的腿开始哆嗦……我一时不知所措。

李二反倒安慰我，瞅瞅你这点胆子，挨打的是俺不是你。他说，一开始，疼得心都颤哪，俺只要朝他们告一声饶，就没事了。可俺不算正式抗联战士，好歹是少年铁血队员，能朝汉奸、能朝日军告饶？俺就咬牙挺着，过一会儿折磨死我就没事了。哪承想，那些坏种他不让俺死。俺想逃，没路；想死，没步，你说啥滋味……末了，他们还是把俺杀了。就是不杀，放出来俺也是残废一个，打不了鬼子，活着干生气，死了倒也好。

跟李二交流，我感觉更方便些。我说，这里被叫作蒿子湖抗联密营，在吉林桦甸……

桦甸我知道，就是没去过，李二有些难为情，仿佛没到过桦甸是他的错。

我来瞻仰过三次了，每来一次，感触良多……

啥？听不懂。

我猛然意识到李二没上过学，心里这个酸楚啊。如今这种年纪的孩子，哪个不坐在温暖的教室里？这幸福是李二他们拿命换来的。我斟酌了半天，才说，李二，我的意思是，我来一回，感动一回。

李二点点头，那你往后多来几回。你要告诉那些活着的人，得把眼珠子瞪圆了，可不能让侵略者再来撒野。

记住了，将军。记住了，李二。记住了，蒿子湖。由于所站的位置不同，你们的看法不尽相同，可你们的民族骨气和英雄气概是大同小异的。因此，我的敬仰不会变，我对爱国主义弘扬、宣传的历史史命不会变。

再次向烈士们鞠躬。

第七辑

温暖的旧车

打那以后，无论遇到什么坎坷，我心里就想起那辆旧车，那辆风雨中的旧车。它曾经给过我多少自豪感、优越感，在那个大雨变冰雹的夏日里。我想，如果当初嫌它破旧而错过它，会是什么样呢？凡事要辩证地看呢，每当遭到不幸，不妨想想，那些连旧车都挤不上的人，他们若是有一辆比我那辆更破旧的车来接纳，该是多么欣喜！

温暖的旧车

有一天，下班后等班车，不知怎么搞的，等了好久好久，才摇摇晃晃驶过来一辆旧车，而且里面挤满了乘客。我根本不想上去了，多遭罪，下一辆肯定比这强。可正在我犹豫时，后面的乘客着急，问我上不上。我就这样糊里糊涂地被拥上了车。

上车后，那旧车出了故障，一时间发动不起来，我那份后悔呀，何苦呢，等下一辆，新车，说不定还有座位呢。我想下去，可人挤着，串动一下，谈何容易！

就在这时，情况发生了变化，车终于又晃动起来的时候，天突然降下了大雨，雨点子老大老大，砸得窗玻璃啪啦啦响，看车外的人，一个个缩头遮面，仓皇逃窜，有一位还摔倒在地，这地方条件差，连个候车遮雨亭都没有，瞧他们狼狈的！

那一刻我充分体验到了旧车的温暖。车外树下有几个人，眼看藏不住了，在他们的目光里，我们旧车里的人简直就是贵族。随着一片惊呼，外面下起了冰雹，有小指肚儿大，紧接着，什么也看不见了，只听见车顶棚、窗玻璃被砸的声音。

站在旧车里，我再不抱怨人挤，我甚至感谢那几个把我拥上这旧车的乘客……

打那以后，无论遇到什么坎坷，我心里就想起那辆旧车，那辆风雨中的旧车。它曾经给过我多少自豪感、优越感，在那个大雨变冰雹的夏日里。我想，如果当初嫌它破旧而错过它，会是什么样呢？凡事要辩证地看呢，每当遭到不幸，不妨想想，那些连旧车都挤不上的人，他们若是有一辆比我那辆更破旧的车来接纳，该是多么欣喜！于是，工作被炒，我想，还有连尝试都不曾有过的呢；炒股被套，我想，咱套进去这几万块钱算什么，那些倾家荡产的不照样活？靠着这种阿Q精神，什么大雨乃至冰雹，我挺过来了。现在，我已经有了住房，有了一笔数目不大的存款。不跟优越的比，我很有信心地生活着，因为，我心里有一辆风雨中的旧车……

畸形的花枝

家中养一盆花，名水媚儿。花朵秀雅却无香气，自然是上了不台面的那种“民花”。而我却钟爱如珍品，因为它无论冬夏，长开不败，并且没有“贵族”们那些娇气，楼外大雪纷飞，室内春意盎然，看着它心里亮堂，这还不够吗？

春节期间修剪，看到一枝畸形侧歪，煞觉难看，无法恢复，决意剪掉。剪子刚伸过去，猛然发现它中间岔出一畸形小枝，垂直向下生长，畸枝弱小，它顶端却有珍珠大小的花苞。我想，那就容它开过后再剪去吧，它孕育一回，也不容易的。便仅将畸枝上端母枝剪掉。

半月后，那畸枝的花蕾盛开出两朵。那时天寒室温也不好，花开得稀疏，这两朵尤觉明艳！

我因此认真地注意它了。但见叶子顶端，更簇拥着五六粒花苞，不由笑道，挺勤奋地，还真打算不让我下剪子啦。

于是畸形枝便得以生存。它改变方向，逐渐向上，形成“U”形弯，倔强地挺了起来。不及其他的高，但它同样是向上的呀。它顶端的花苞一直此起彼伏地长，花朵一直前赴后继地绽放，两个月过去，我观察，整株花中顶数这畸枝最勤奋。

直到今天早晨，我呆呆地盯着它看。两朵出现枯萎的前兆，而后面的花苞，大小已有十几粒了。看了良久，心有所动，终于决定，不剪它了，随它怎么长。

畸形的花枝啊，不以孱弱、丑陋自卑，以你独特的坚忍与勤奋，到底超越群芳，得以长存，并使你以下的那半截母枝也受到保护。我想，假如一个人具有这样的精神，任何世俗、偏见都置之度外，他怎么可能不成功呢？

不过是善念一动

几年前的冬天，农村一位朋友投奔我，想赚点钱回家过年。他早晨去批发市场批点青菜推街上卖。卖光了，赚点钱，卖剩了，我就买下，也算是卖了。就这样，两三个月下来，过年的钱也就有了。

这天傍午，我去市府办点事，走到街上，见好些小贩沿街乱跑，专钻胡同，原来是被城管执法人员追赶的。那时候，执法比较野蛮，见面二话不说，先抢你秤砣，锁你车子。我站住一看，糟糕，朋友让人给逮住了。他蹬那么重的一辆车，车上大半车蔬菜，反应又迟钝，如何逃得掉？我不能躲开，就迎上去。朋友正可怜巴巴地冲人家又是鞠躬又是作揖呢。城管的人哪听你这个，早把车子上了锁，冷着脸掀开车上的棉被，把蔬菜往雪道上乱扔，让人好不心疼！

我带着笑容走过去，开始跟那个执法人员说好话。这位城管见我是当地城里人，稍稍客气了点儿。但仍然冷着脸："你说满街到处卖菜对不对吧？"我连忙说不对。"知道就好。待会儿去大队交罚款领车子，说别的没有用。"

我知道，如果让他把车子拉走，没有几百块是别想赎出来，他们就等着这执法的机会揩油呢。我就尽量挑好的说，那个人不耐烦了："给你脸,你要不要了？你想妨碍执行公务是怎么着？”

这是个罪名。刚刚听说不久的,闹不好拘留、判刑都不一定！我不敢硬抗,又不好撇下朋友不管,于是就这么僵持着,接下来会发生什么,我心里没底。

这时候,过来一个很胖的中年人,也着执法人员的装,一只手按在车子上,边歪起头看我:“顾老师是吧？”

这时候遇上个大盖帽,简直就是碰到了救星！我机械地点头。可我又不认得他呀。那人笑笑,问我这人是谁？我说,是我好朋友。这人对同伴低声道:“放了他吧,顾老师是我恩人。”

恩人？我恍恍惚惚,记忆里没这个人,并且我也没救过哪个,给谁当恩人？眼见得朋友轻松给放走了,我惊喜道,八成认错了？管他,先逃掉再说。这中年胖子见我在敷衍他,就又问:“您不认识我了吧？建井队……你想想。”

我原来居住的那个山沟须走10里山路才能接触煤矿区,建井队在那里盖了唯一一幢两层的建筑物,因此,二层楼就成了建井队的代名词……那地方我也没熟人啊。我摇摇头,反正人放走了,你即使认错了,也不关我事。

胖子拉我就近到一家小酒店里坐下。老板立即过来,问吃什么。他一挥手:“这我恩人,你随便弄几个菜,实惠点。”然后点点头,“顾老师真不认识我啦,那时我还小。我妈是个疯子……”

噢,想起来了！

将近20年了吧,我还是人民公社社员兼任村小学的民办教师。一个盛夏的傍晚,我去山腰上的小井挑水,刚拔上一桶,过来一位40岁上下的妇女,人长得很清秀,穿一套湖蓝色的衣服,洗得挺干净。那妇女朝我看了一眼,就绕过我,直接往东山方向走去。

我脑子一转弯，这个山沟总共20多户人家，谁家来个客人，没有不知道的，这女人是过路的。然而从这里上东山，先森林后绝壁，没有路，她肯定是迷路了。

我放下扁担，对她说："大嫂，你这是去哪里？"

她站住了，说："我上那个……我上那个……"吐字很清晰，可词语含糊。

此时我发现，她的两眼发直，莫不是受了什么刺激？这个季节，别说遇上野兽，就是树林里的蚊子、小咬，也能把人活活啃死！我连忙过去，说："天黑了，大嫂，你到我家去，明天再走吧。"

我把这女人带到家中，亲手炒了菜。家中没有细粮了，我把仅剩的一点黄米做了给她吃。这时候，我才确认，她是个精神病患者。吃完饭，我还给她洗了脚，她就在我炕上睡了一夜。

第二天，吃早饭时，听得外面吵吵嚷嚷，有几个人找上门来，就是这个女人的儿女，对我说了几句感谢话，就带着疯女人离开了。

说心里话，我当时有些失落。我救了你们的母亲，还吃我两顿饭，连价钱也不问？事后，有人替我了解到，那女人的丈夫是煤矿的中层干部，因为有了外遇，把她气成这样子，那干部巴不得她死掉，我帮了倒忙，他如何肯答谢？我连呼几遍"倒霉"，这事就逐渐给忘了。

现在她的儿子坐在我面前，说他的父母都早已去世，领他母亲时，他还是个孩子，难怪我不认识他。现在，他调入市区工作，并且当了这一带工商所的负责人。他对我说，以后，那朋友再遇刁难，提他的名字就好使。

那天晚上，回到家，朋友对我更是高看一眼。喝上点酒，他直说是我帮了他大忙。原来，他看那城管吹胡子瞪眼，盐酱不进，就暗暗把秤砣攥在手里，已经准备砸对方的脑袋了……

第二天上班,听同事们说新闻,我却着实吓出了一身汗。昨天全市统一行动,取缔无证商贩,有个卖牛肉的小姑娘被执法的欺负,情急之下,一刀捅进了那男人的胸膛……

“行下春风有秋雨。”不过是善念一动,20年前无意中埋下了伏笔,给一个柔弱无助的男孩留下了深刻的印象,从而避免了朋友一次灾难。假如朋友当真被逼得动了秤砣,涉及的两个家庭可怎么办呀?

吸烟的弟兄们看过来

如今吸烟的差不多成了过街老鼠,在公共场合下不准入口的,除了法律上不允许的诸如鸦片、大麻之类,也就是烟了。由此很让人觉得那东西的卑劣。我的朋友好多是烟民,那烟吸的。我出面召开个创作会议,这些人就仿佛自己是骆驼,多吸些能攒下似的,得着会议上不花钱的烟,倒是省了火柴。熏得外地来的女编辑拼命地忍……会议的照片中,有吸着烟的,餐桌上,更是不必提及,有时甚至你开门迎客,对方的嘴里也叼着烟,落你门前白花花的烟灰……那争分夺秒的样子,咳。

曾经与朋友同车,途中有乘警来查他的票并将其叫走。不大工夫,回来了,小脸煞白。敢情刚才在车厢内吸烟,被人罚了10块钱!而此君悄悄骂够了乘警的女性先人之后,又点上了。老伙计的样子我都替他愁,将执烟的手小心翼翼地夹在裆下,贼眉鼠眼地左顾右盼,生怕再让人罚了……闹得我感觉真没面子,你吸烟可以到过道去嘛,这算咋回事?

调入省城四五年,习惯了文明些的日子。在长春,你哪怕是挤公共汽车,压根儿见不到吸烟的;如果看到马路上有谁叼着烟,那必是外地人!再回家乡,就觉得不适应。你就是打的,那司机也照样吞云吐雾,视你为无物；至于公共汽车上，那更是乌烟瘴气。我就不明白，莫不成所有的烟鬼都漂流到这城市里来了？难道一个地级城市与省城之间，文明素质果真就恁大差距？

平心而论，我不是那么讨厌烟。当然，我讨厌那种搞得烟民一张嘴臭烘烘的劣质烟，我讨厌不分场合乱吸一气不顾别人健康的自私烟……任何东西要有个度，XO上档次把，您走几步喝一口，也够烦人的不是。

吸烟其实是法律允许的，取消了烟，国家税收损失惨重，我们的高楼大厦靠什么修建，我们的国家机器靠什么推动运转，我们的和谐社会依赖什么去实现？取消了烟，烟厂倒闭，工人失业，烟地荒芜，烟农们空怀着一身技术讨不到饭吃，这社会岂不乱了套？不必细算，就知道烟绝对功大于过，何必要人人喊打呢。

当然，吸烟是件很上讲究的事，有好烟，你谨慎地吸一支；经济差些了，躲到角落里，在不妨碍别人的前提下悄悄过把瘾，都无可厚非。矜持些，悠闲地慢慢品尝，让人感受到谦谦君子的风度，何乐而不为哉！切不可像有些人那样，损人害己，恋到没有是非观没有耻辱感的地步，猛吸一口，呛得哈欠鼻涕，恶狠狠地吞下肚中，半天不舍得喷出来，所到之处，一地烟灰加几支烟屁股……更有甚者，是遇上免费供烟的会议，有些瘾君子一根接一根地恶补，仿佛能把明天后天的量吸出来，那样子，会把自己原来不怎么上档次的品格丢失得一干二净。

烟是静物，它不会教育人怎么做，关键是吸烟的人别辜负了烟，别因为自己的吸相亵渎了烟，它其实是社会的功臣。

·惹啥气呢

说我没骨气，不恼，没就没。一缺力气，二缺勇气，干吗发火呢？

一年前邮局没上微机。偶尔得点稿费，跑邮局的次数便比较多。汇款单的简短附言通常于邮局无意义，你不撕去兑付完他们也要撕掉，于是我就讨好地先撕了。营业员嘟囔，常来取款，最好还是把身份证号码先填上，我一拍脑袋，对呀，这是省对方麻烦献自己爱心的良机。以后填得毫厘不爽，当看到对方将身份证查验后没什么异议就付钱，我也觉得如受到表扬一般。

这一次的汇款单纸质太脆，收到后左下角折裂了一道口，撕下附言页，拐掉一点。那位骨瘦如柴的女营业员见汇兑码少一位数，大声训道："你撕掉号码干什么，我怎么给你查？"

脸上木木的，心里却笑了：干什么！我没目的！只是不小心。还有，少一位数，前九位都在，大不了"1"到"9"而且底账上都挨着的，咋就没法查？但生气发火顶啥？我手伸进窗口老深，笑得比以前更和蔼："那我先拿回去，待其他九位都取走了，剩下就是我的了。"不知为何小姑娘气得更凶，恶狠狠地找出钱摔给我。

莫名其妙，我怎么把她气成这样？她并没因撕掉那个号码而费什么周折呀。我想，这孩子大概刚刚失恋，气不是冲我来的。好在钱摔不缺什么，我乐呵呵地拾起来。回家。

料不到仗没打起来，她反牢记住了我，我敢肯定。下次取款时人多，我攒了好几张汇单，排到我，又吃她一摔："干吗不早来？攒这么大一堆？"

真是愚不可及。我一张一次，你累不累？咱不火，她蠢她的碍我啥啦？"这么攒一块儿不是省劲嘛。"我启发她。

"你省劲，我受罪啦。"她依然摔摔打打。

她难道隔三差五失恋？可怜的姑娘，怪不得你如此瘦。现成的话在嘴边："我这玩意儿该不该付款，合不合手续，你干什么的凭什么摔摔打打，我找你们局长，我写文章揭发你……"但我不说。没具体意义。我笑了："同志，那你付一张或两张，剩下的我重新排队或下午来。"

可怜的姑娘大约不知好歹，脸色煞白（我至今不明白，她怎恁大气呀）。把汇单算完，是658元，她冷冷问我："有2元吗？我给你660元。"

我抱歉地说："我没2元。"

"那我没零钱找！"

这时旁边有位老干部模样的人为2角钱的手续费，与营业员吵得满嘴白沫。何苦呢？你再上纲上线也不会是2角1分。

该我回营业员话了。我说："没零钱？那请您给我650元吧，那8元不要了。"

我真心实意，这话也气人？女营业员把抽屉摔得叭叭响，里面分明有不少零钱。拽出8元，连原先的一同摔出窗外。

我差点要生气了。就是你见天失恋却与我无关！但我没发火。人民内部矛盾这又何必？我拾钱在手："同志，您多给我10元钱。"说着，把多出的10元钱退还给她。

这回真差点儿气她一跟头。

现在仍蒙在鼓里，那又瘦又丑的姑娘哪来那么大火气？难怪她瘦。气大伤肝，这话有几千年了，她真的没听说过？

可是我懂。别争那些有所谓和无所谓的气，要不然我何以年近半百而仍然健在，这是不是得益于不爱惹气的缘故呢，嗯？

杀　狗

树杈也就两米多高，绳子从树杈间穿过，一端攥在年轻的屠夫手里，另一端拴住一条大狗的脖子，人和狗便这么僵持，待狗稍一分神的工夫，屠夫两眼放光，迅速将绳子猛拉，这样，狗只有被吊起来老老实实挨宰的份儿啦。

然而树杈不是滑轮，绳子涩住，没按屠夫的愿望运行，狗却彻底知道：自己厄运降临。便高声咆哮，向屠夫扑咬，只差一点就咬着它的仇人。年轻人吓得脸色惨白，偏越用力越拉不动，松手又绝不敢！狗咬不着仇人，红着眼扒地，又去咬绳子。若是绳子断了，这只大狼狗只一口就可咬透对手的脖子！

饭店门开处，走出一位慈眉善目的老者。老人是附近有名的店主，人缘、态度都好，钱也就与寿俱增。老者冲那狗柔声道："黑子，咋啦？"

大狗如同碰上救命恩人，狺狺地低诉着，身子温驯无比地往老者身上贴，它正不知有几多委屈，平时直直的长尾巴，此刻也耷拉下来。狗是通人性的，我想，它深知险情并未完全排除，若想保命，只能仰仗它的老主人，于是它把一条狗所能做的媚态都表现了出来。老店主亲切地抚了抚大狗的脑门儿，以示关怀。狗立即抿倒一对狼耳，又半闭上一对眼睛做幸福温驯状。老者边拍它的头边牵它往树边凑，待看准角度确已选好，绳子不会再卡在树杈间时，他与屠夫交换一个眼神儿，手猛一提狗项，那边隔树就势一拉，狗呼地一家伙悬空，吊起来了！

大狗左转右摆，四处乱咬。它识破老主人的伪善，冲他吠几声，想了想，又摇尾，大约是乞求对方看在它一贯忠诚的份上，饶了它吧。可是，老者已十分斯文地踱回店里去了。

屠夫却不想掩饰，衔刀在口，扑过去，扯住大狗一条大腿，只几刀，割断动脉，狗血喷溅而出；又如法改割另一条腿。两条后腿淌得差不多了，估计它无力刨蹬，再依次割开两条前腿。狗尾哆嗦着垂下，疼得肌肉乱抖，粪便叭叭撒落。美食家们发现，这样徐徐放尽了血的狗，肉色好味鲜，是上品，因此新潮杀狗法顷刻风靡一大片地区。人们享受了，狗们必要多些苦痛。人和狗从来就属于两个极端，尽管人和狗都崇尚忠义，都痛恨奸狡，可是人讲美食会花钞票而狗这种东西对此却一窍不通，那么它们只有挨宰的份儿。

待我又返回杀狗现场之时，那具大狗的尸体已被端正地放在地上，俩操做工一个按着，一个端喷灯细细地喷焚，宛如在雕琢一件精美的工艺品。又是一种新发现，从前是杀狗剥皮，谓之“食其肉，寝其皮”，而今说狗皮更好吃，便以现代手段，烤尽其毛，连皮也端上桌去。大狗比活着时小了许多，焦乎乎的一毛无存，可它那双眼竟笑眯眯的，残余的尾巴也端正地卷起，它不必再怕哪个或讨好哪个。因为它现在或者是一堆肉、多少盘菜肴或若干钱币，而唯独不再是一条狗了。

新年呓语

第一张贺年明信片悄无声息地飞到我办公桌上，猛地让人一愣：咦，到年啦？

时在冬至次日，所有的台历都冻得嘎巴巴响。

接着第二张、第三张连同分不出次序的祝愿，纷扬如雪，都带着热烘烘的暖意，都带着香喷喷的年味儿。连初入大学的女儿也假惺惺地寄来一张，明知这经费迟早还得我掏，但那种温暖，你能掩盖得住吗？乃拍膝大悔，罪过。怎不觉岁之将终，又被动了不是？

贺卡成堆，日子消减。想想一年即尽，我将与1998年告别了。于是懊恼一番，都做了些啥？如倒运的赌徒，每结账，便吸冷气。可有时又对往事无限留恋，毕竟从那段光阴里走过，毕竟有汗水及泪从那段光阴里流过。往事不堪回首？胡说！可不回首又何谈“不堪”二字。

那就回头，恶狠狠地看，对待失败对待错误。然后朝自己说：伙计，节哀！那都是过去的事了，犹如镜中人脸上的污斑，首要的是想法抹去。

抹。

不是有无数次跌倒吗？跌倒是尝试的起点；不是有无数次失败吗？失败是成功的转折点。一年365个日出，伙计，要算算你在这期间无跌倒无失败更无前进和成功，那才叫亏。你支付一个生命阶段，却换来“虚度”二字，惨不惨？想到便可以侃，咱赢了，伙计。有个姓贝名利的外国佬总说下一个球出色。咱也踢。

回头再看，恶狠狠的劲儿遂渐渐融化，有成功如花蕾，向你笑呢。你的信心顷刻间膨化、坚挺。烧过煤炉子吗？只要有亮色了，别愁，很快就会旺起来呢伙计。

愧悔绝非生活主流，人生重要的内容乃是寻找亮色，创造亮色，投入亮色。

好啊，朋友们，让我们投入亮色。

新年微笑着大步而来，时间又画完一个句号。展现在我们面前的将是全新的天地，像运动员齐刷刷站在起跑线上，每个人机会均等，只待午夜钟声似发令枪般响起，看谁抢先占有明日。

如握一只空杯，潇洒地将往事挥去，不必叹大江东去往事如烟人比黄花瘦，我是我自己。来日方长来日亦无多，就看如何对待。我深知光阴易逝，于是不敢轻易挥霍。

包袱卸去，心情轻松无比。无名草木，年年萌发，何况为人！春天在即。我计划在岁末之夜，一番小酌，然后让狂跳的心律融入午夜钟声。

钟声是召唤，它告诉我一切从头开始，因此，我期待并隆重地接近它。朋友，你呢？

新世纪短歌

有这样一扇门，百年开一次，你看不见、摸不着，只能在心里去憧憬、去体验。那是怎样的深远而不可企及啊！曾有多少人，情愿放弃自己的金钱、权力和爱情：就让我过去吧，哪怕一天，哪怕一眼……可时光老头儿固执得可怕，他毫不通融，“一刀切”。新年钟声“当”地一响，把他们全关在门外，包括总统，包括乞丐。而很多人却如同变了个戏法儿，忽悠一下，就进入了门里。

这扇门就是世纪之门。

有幸进入新世纪的人们啊，相互道一声珍重吧，我们真容易又真不容易呀。疲惫了吗，朋友？你曾经失意，曾经烦恼？可能跟同事、家人存在过无数恩恩怨怨或者有过骄人的业绩？也许你在牌桌上舞池中透支过青春？听我一句好吗？把这些全寄存在昨天吧。你应当很沧桑很遥远地说，那都20世纪的事儿啦，提它作甚！我想，起先人类有四只眼过，后脑勺上还有一双，那样显得多方便。但我们的祖先有卓见，他说，后面那俩删了去。长眼睛就是要向前看的，哪个回头张望，就让他付出扭脖子的代价。

是啊。消费了元旦的台历，你就成为21世纪中的一名股东，你便拥有了这个世纪的春光，一部分，大部分，甚至可能跨过下一个世纪呢。人们啊，要认真地炒作，别轻易放过机会。新世纪，一切都不同往日，细想一下，大家都平等了，黑压压地挤在一条老长老长的跑道上，准备进行一场漫长的马拉松竞赛。你在想什么呢，兄弟？一个人，响当当地在历史长河中蹚过一回，他不想想为自己、为别人都贡献了些啥，那如何面对这新世纪的垂青！

这时候我不能不记起一位兄长。他在松开与我紧紧相握的那只手的最后，只留下一句话，好好活着。站在新世纪的起点上，我突然就觉得这话无比哲理。一寸光阴一寸金。生命是何等宝贵，你活出真正的质量来了吗，朋友？

好好活着。活出个高品位。活出个含金量。仅为自己，虽显赫却暗淡；多为别人，再平庸也辉煌。

好好活着。何等朴实而真挚的祝愿，胜过多少万事如意这样的鹦鹉学舌！新世纪赐予人类这样美妙的开端，拥有了这个世纪就意味着你可能被关在下一扇门之外。无数人都向前奔了，我的朋友，咱们还能等吗？

不敢玩小小说

粉碎“四人帮”后，我觉得应当干点显示我实力的事业，当官没后台，做生意缺手段，于是选择了文学。我1981年动手，次年春在《吉林日报》一下子发表了两首诗歌，因此我劲头信心都足。1985年我因为创作上有些成就被调入市群艺馆任辅导干部。明年，在一次讲座上不小心谈到了小说，惹得一位老师癖很浓的文学前辈到处讲，顾文显知道什么小说，他是搞民间故事的。

我生气。小说不是人搞的？强烈的虚荣心逼着我在省城回归的列车上一家伙写了七个超短，把其中两篇最差的投到本省两家报刊，碰巧都发了出来。我表面谦虚心里得意，就是，小说也是人写的！

从那时起我觉得小小说给我扬了眉、吐了气，所以写作时总不忘给它一些时间。自己在农村的生活积累和进城后的感受这种时候都纷纷挤到了稿纸上。当然，我鄙视照搬原型。一点想象力没有还比画什么小说，尽管在这方面我也是成绩平平。

我小说方面造就差，除了才气不足外还有个机遇问题。决心搞文学时我自己也不知道弄什么才对，反正觉得只要是文学铅字，啥都行啊。我写诗、写散文、写小说，也写民间故事还有曲艺作品。我占卜似的说,哪样先发表了就证明我适合干哪样。结果几乎同时,我上面提到的诗二首还有一篇民间故事都在省级报刊露了相儿。

我得够哥们儿呀,就在这两样上下气力。没料到1984年我写的新故事处女作竟然被《采风》出资请往黄山,连吃带游好一顿风光!受到那次鼓舞我信心大增,我认为自己写故事行。

这样,我一边写故事,一边乱七八糟地经营。还那话,只要是文学就中。新故事篇幅长总得消耗大量时间这是事实吧,我没精力再经营小说可我又与它藕断丝连那怎么办,于是我就与小小说结了缘。

小小说这东西既精短又纯文学,写起来灵便发表又不重名气,试了几次果然顺利,用现在的话我就搞定了。此后我见缝插针断断续续发表了大约300篇小小说,并且也有30多篇混入选刊(集)里面去,还获过几个奖。如此成绩,在小小说界算个普通一兵,本人觉得够不上吹牛。细想起来小小说对于我的新故事创作功不可没,常常我写着小小说就演变成了故事。故而我的小小说故事性稍强一些,说句不好听的话那叫功利主义,好不好听的有恩必报我懂,小小说的好处本人绝对不敢忘记就是。

小小说写是写了可我的路确实不顺。这主要指跟《小小说选刊》和《微型小说选刊》的缘分。以前自己从未奢望作品上那么高档的杂志,可是大约1990年我的两篇东西被一个叫张瑜的抄发在《飞天》上,我很不悦,《飞天》上我也发过小说怎么还劳驾你张瑜!

谁知不久其中一篇叫《六指》的竟然上了《小》刊,并且伊水还为之写了比文章还长的评论!我悲愤过后又想,辩证地看吧,至少说明我有可能登上大雅之堂呢。

与《微》刊相识的起因也跟这惊人相似。1996年我突然想订阅上述两刊,谁知道第一期《微》刊的"创作园地"上便被一位解放军叔叔一字不差地抄发了我的《头发的故事》！合着我后来上选刊还是别人指的路！

虽然搞小小说点儿背，可越是难的东西越是刺激我忍气吞声干下去，我自己也搞不清到底是为了个啥。不谦虚地讲我搞新故事在全国同行中早已成了“腕儿”，散文也好歹出了集子据传反响尚不错，可唯独小小说成绩最小。究其原因，我说，小说代表文学最高档次，否则我怎就那么吃力？吃力归吃力，小小说我还要搞下去这没说的。

在农村当教师兼农民时没时间，我练就了一手硬功，无论什么文章直接往格里捅，写一篇小小说一小时上下绝不再受二茬罪。我现在每周只周六写一天大约出六千字的作品，此外绝不再动笔。文友们说顾老师您在搞文学作坊。我说，各有各的写法。

说千道万我心里清楚。我是事先构思得严丝合缝了才肯下笔，说穿了今天明天或者将来无论哪个怎么忽悠我，我也绝对不敢讲玩小小说，因为我深知，那是个你玩它它就玩你的正宗严肃文体。

水媚儿

当时它蜷缩在一只暖窖栽植瓜苗用的塑料杯中,只4寸高矮,却倔强地顶着一枚花蕾。没考证其学名到底是什么,卖主一说,我毫不犹豫地买回了家。我喜欢它不俗的名字:水媚儿。

植入新的泥盆里,那朵花儿天后就开了。花朵尚不及乒乓球大,但红如玫瑰,花瓣儿层层叠叠,煞是秀气,我心头立刻增添了几分暖色,于是每天都要看它几眼。

仅仅这一次,水媚儿不再有新的骨朵。是妻把废油液倒入盆中,希望沃一下土,然而,沃得过甚,泥土凝结。那天我外出回来,一眼发现,它竟然软塌塌地歪倒在盆里了!我连呼罪过,把它移到阴凉处,接着,去楼下花园弄回点土,重新栽了一回。栽完后,我提心吊胆地盼它能活转过来。

水媚儿在沙发侧缓了几天,竟重新挺立了起来,旧叶落尽,新芽萌出。我的心情比前年治愈了那场大病丝毫不差。赶紧浇水,一天无数遍地探视。可能是大难后再生,这小东西茁壮得不得了,分出了两个杈,根基也粗出好多,打眼一瞅,真正对得起那只花盆了。随着绿叶儿日渐茂盛,不久,叶丫间就有了米粒大小的花苞,十几颗呢。我幻想着它一次开两朵或者接续着开放会是什么样子，心里充满了成就感。

花朵一点点大起来。半个月后，水媚儿再次绽放，然而它是那么吝啬，仅开放一朵，其余的花骨朵都掉落了。

好不心疼啊。望着那些夭折的花蕾，我不啻于损失了许多文字。莫不是它过于瘦小，没有能力把这些花蕾开完？我想起在农村为了保证果实成熟，常需要把瓜纽儿掐掉的经验，再有骨朵簇出时，我心一横，掐掉一些。多出的枝杈，剪去，不能容许它随意生长。

是对于辛勤呵护的回报？国庆前夜，我的水媚儿高傲地绽开，是三朵。它各个枝头上还积蓄了许多小“米粒”儿，我知道，有舍才有得，企盼时尤需冷静，于是，硬着心肠把一些无辜的花蕾掐掉……

于是我添了功课。一早，把它搬到南窗去接受阳光；下午，又挪到西窗。盆子晒得暖手时，便旋转一下，免得植株长偏。写作烦了，在它面前站会儿，就会发现又有新的希望，别提这个惬意劲儿啦。花朵毫不羞涩地怒放，如同对着我真情地表白与倾诉，把我的心头照得豁豁亮亮，把我的生活挤得满满登登！

中秋，朋友来我家小坐。先观赏并称赞金钱树和茉莉，之后，他眼睛落到水媚儿上，说，开得挺多呀。又皱眉道，好像不是什么名贵的花吧？

我没回答。我喜欢就可以了。何止是一株花，世上什么事物也不能除外，只有你认为它名贵了，它才会真正的名贵。

辩证地活着

许多朋友总夸我有涵养:“怎么没见你发火呢?”我答:“并非不想发火。发火多好,可以显示自己的存在与威力,可以得到别人的关注或者哄劝……可是我觉得没有那资格。混得不好，哪有脸发火，即使发了,给谁看呢?”

这话发自内心,也有些含沙射影,周围的人包括朋友,那脾气真大呀,仿佛这世界上谁都欠他的,动不动火一通,惹得家人、亲友要么小心翼翼地揣摩你哄劝(骗)你,要么就针锋相对地与你争吵,这是何苦!

2003年我被聘到省城做了个特邀副主编,杂志社出资为我租了处房子,两室一厅,宽敞舒适,下楼坐七站地就到了单位楼下,相当方便。来我家做客的人都羡慕，你自己住这么大房子，在省城也进入中上等了,就是稍远了点儿,若是在杂志社附近就更好了。我说,远了不是坏事,单位同事总爱打麻将,要来你不好意思拒绝吧,那烟臭、脚臭谁受得了哇。这样,上班时熟悉省城风景,中午随同事们一起吃顿饭,有利于交流,还调剂了生活。

心满意足地住了一年。房东儿子要结婚,我被赶到杂志社附近住,新房子旧且小。我对自己说,其实一个人要不了那么大个住处,光打扫卫生就累个半死，现在上班步行只需6分钟，中午饭后可以回家睡一觉，舒服啊。我把从前坐车那段时间抽出来，专门写东西，年终一算，可以额外多赚上万元稿费。房子小，可我的空间大了！

2006年那房子拆迁，我再次搬家。这回好，比第一个还远，中午甭打算睡觉，坐车也不方便。索性利用这次机会锻炼。只要不下雨，我就兴致勃勃地步行。就是嘛，稿子总写也单调，生命在于运动，颈椎症因此得以缓解，失眠的毛病也治好了。跟身体比比，稿费算个啥哟，祸兮福所倚！

最后，我自己买了房子。按原先与领导的协议，买房子时，应当帮助我一部分甚至全部的；但当时杂志不景气，结果，不但一分钱没掏，连从前租房报销的450元也不给了。

无人不说这领导言而无信，做得太冷人心啦，口头上只说跟你多好多好，纯粹是发虚！

我说，领导为难我有意思吗，他必有更大的难处。就因为我毫不计较，领导才跟我好，说我好。仔细算算，即使花多少钱，能买到这样一团和气？

心理平衡了，我仍然兢兢业业地忙杂志，获得了同事和作者们的交口称赞。有了成就感做支撑，我活得轻松而潇洒，哪有心思去计较房子、房租那点事？

最后，年龄不饶人，我终于退了下来。有人就替我抱不平，你那领导就这么巧使唤你五年，到底还要你自己掏钱买了房子。

我答，怎么能是巧使唤呢。人家每月给两千多元工资，少吗？全国大多数人都自己买房，何差我一个。更重要的是，房子买了两年半，已经增值12万元，以后还会涨……不叫杂志社聘了我来，哪里会有这笔外财，我感激还来不及呢，可不敢抱怨。

古人云，知足常乐。事物总有两个方面，利弊都存在的，只要你把目光放柔和些，一定会找到那些让你欣慰的地方，这也算一种辩证吧。人得辩证地活着，别总认为自己不幸，别总钻那不愉快的牛角尖。生活就像你的朋友，只有你宽容它、热爱它，它也才会反过来宽容你、热爱你呀。

不能光躲避

最近听一位文友讲了他自己家的一个故事。

文友祖籍江苏，住在淮河岸边，祖上几代都是打鱼的。听他自己的父亲讲，家中五代单传，自打曾祖父起，一辈一个男人都死在水上了。文友的父亲生他时，年龄已经很大，文友七八岁时，父亲又被水夺去了生命。母亲按照父亲的遗愿，带文友流落到东北改嫁，但嘱咐文友，你若是我的儿子，切记别跟水打交道，咱斗不过天呀。

文友深知老母亲延续自己家族仅存一脉的不易，果然极听老太太的话，他家房后不远有一条河，尽管同伴如何怂恿去水里玩，他是绝然不听。可是，文友娶过两房媳妇，生了 3 个女儿，好歹第四个是儿子，他自己年已五旬，又被计生单位罚了超生款。文友虽然感觉基本国策正确，但是，他家的确有特殊情况，罚款，这儿子还得生！

有一天，文友做活回家，突然听邻人告诉，你儿子玩水去了，玩得极好。文友脑袋立即大了一圈，跑回去一看，儿子正顶着一头湿发，得意忘形呢。不由分说，他挨了老子一顿胖揍！我这里忘了交代一句，文友的妻子死了，家里只剩下老少两条光棍。

打儿子的晚上，文友心疼儿子，一夜没睡。他给儿子讲了家族的血泪史，表达了自己不许他玩水的良苦用心。这一夜，他发现儿子也一夜没睡。他想，让臭小子痛苦点也好，若是再重蹈祖宗的覆辙，他怎么对得起九泉下的老娘？

发现儿子喜欢玩水，文友采取了防范措施，他得上班呀，把窗户安上栅栏，凡儿子不上学时，就藏好火柴，将儿子反锁在屋内。就这样，儿子长大，有时领他过吊桥时，都战战兢兢的样子。当父亲的想，害怕点好，总比淹死强，吊桥一年才过几回呀。

哪想到，这里却突发了百年不遇的大水，那条出名平静的小河一下子扩宽了十几倍，文友的平房在半夜间被水卷走。年迈的文友连意识都没有，就随波逐流了。当他躺在一个草滩上被救过来的时候，阳光灿烂，只有儿子守候在身边。

儿子！尚未结婚的儿子没被淹死！文友流了泪，其实他并没怎么在乎自己，毕竟年纪到了。他问儿子："谁把我弄上来的？"儿子犹豫了半天："爸，您别生气。是我。"

儿子向父亲坦白了真相：原来，他从来没间断过玩水。父亲安上栅栏，以为小孩子钻不出去，其实他错了，这孩子宁可节食瘦身，也要扑向那条河！渐渐地，在父亲眼里钻不出的栅栏，他得以进出自由了。

"你为什么没听我的话？"父亲有些后怕。

"爸，挨了打，我真想不再玩水了。可听过咱家族的故事，我想了一夜。水是凶，可不能总躲避呀，鱼为什么淹不死呢？于是，我瞒着您练……"儿子说完，纵身跃入混浊的河水中，很潇洒地游了个来回。

文友现在明白了。他对我说，是啊，对灾难，不能总躲避。我跟老母亲合起来，还不如个毛孩子。我附和道，不管怎么说，您可能也没错，但您儿子更没错。

衰老的茉莉

从汉口回来，几乎是直奔花市“圈楼”买回一盆栀子花，那花蕾丛生，跟小辣椒一般喜人，我顺便又购下一小盆茉莉，宛如旧时大户人家娶妻带陪嫁丫头。

去汉口探望病中老友，滞留半个多月，恰逢栀子花开，我买回一束插在瓶子里，房间飘浮着的那股清香令我如痴如醉，于是，铁了心地要养一盆。买回后，我满脑子是栀子花，天天盯着它看，期待它怒绽并散发出那种清香。

哪知道没过半月，栀子花的花蕾相继从根部干枯，掉落在花盆的土上，一个月不到全军覆没。闭上眼睛一番总结，明白了，换盆太急，说是不伤根，那怎么可能，它给你开花才怪。那就等明年。我想了一些可能是极愚蠢的办法，呵护它超过了一个冬季，我坚信开花无非是一个时间问题。

然而最终我失败了。那株栀子于次年7月连根枯死。伤痛之余我哪里肯服气，每年一盆，结果，连续四五盆，方式不同，结果一样，瞧着是蓓蕾朵朵，回去就落掉，并且最终枯死。

然而，那盆“陪嫁丫头”买回家不久，便悄然开放，指甲大的小白花，只一朵便满室扑鼻香气，并且年年茂盛，大约有9个月的花期。我几乎不用操心，只每年剪一下枝，隔三差五浇点水而已，而它是那样努力地开放，并不管主人心情好与不好。

刚买回它是2007年。那时母亲健在，总要接过来住个百十天。老人家念完经，便站在花盆对面久久地凝视。偶尔发现我在看她，便说：真香啊。我点点头，母亲高兴，我得感谢这茉莉。后来，又买了一盆好些的，送往黑龙江，托它长年陪伴老人家。

茉莉一年好似一年，盆也一两年一涨，后来占据了家中最大的盆。我想，就让它在这只大盆里四季常青吧。

哪知道，三年前它开始没落，花不及最旺盛期，分蘖也年益稀少。上网查阅，才知道，六年后它就应当淘汰，而我这棵八九年了。

我冲着它点点头。它稀疏地开着几朵花呢，等秋后拔掉换新的。同样的空间，我为什么不呢？

我把那只大盆搬到阳台上，浇一次透水，剩下的，管它冷还是不冷，听天由命吧。农民还懂得间苗，你开不动花了，拔掉是必然结果。

今春某天，在市场买回些花土，我想，那盆老花该换了。整个冬季，我几乎忘记了它的存在。

去阳台一看，嗬，一个严冬没把它冻死，薄薄的灰尘遮不住娇鲜的翠绿，那豁牙缺齿般的枝头，居然托举起上百个白点儿，我知道，每一个白点儿，明天就是一朵花！

心头一凛，如同被那干枯的枝条狠狠地戳了一下。衰老的茉莉呀，你是不是有感知有灵性啊，你一定是知道了我要淘汰你，所以才拼力来讨好我吗？原谅我的粗心，一瞬间我忽略了自己，其实我比你更衰老，还有什么资格嫌弃你？你要求如此之低，无非一只盆儿一点点水。这点索取，我怎么好意思吝啬到如此地步？

取过剪刀，耐心地为它修剪，一定别碰落它艰难挺举起来的骨朵。我发现，这貌似衰老的茉莉，它根本不算老！

步入春天

白雪、坚冰、寒风、枯树。

这就是冬季，真正万物肃杀之冬季。而我怎就于文友聚会时，脱口抛出这样的命题，思维乱了不是。

悔够了又想，也对。植物难免枯萎，动物或者休眠，然人是万物之灵呢，人，谁个冬眠过？在冬里有热腾腾之景象，有火辣辣的愿望，有急匆匆的奔走者，创造这些的，只能是我们人。

志得意满了，我没有蒙错。

忙碌一日，躲进温暖的小巢，体味家庭之温馨，想让它内外反差强烈，顶好在冬季。追忆那滂沱的暴雨、追忆鲜花、追忆鸟鸣、追忆野果，这时候，你才知道，冬天，原来竟如此可爱。一年终了，新桃要换旧符，让你喘一口长气，数一数 365 个日出中你的得与失，难道不应该？造物主啊，你比三万个臭皮匠更聪明。

出门入门，体味两个季节。在北方，我听到树根之血液在逆着风之方向而流淌，我听到种子之喉咙在冻土下齐呼“一——二——三！”……偶尔阳光捎来春天的问候，竟感动得古老的屋檐挂满泪滴！

春已在远处迎着我们走来。

忘掉昨日，目视明天吧。30年前学写诗：“冬，紧闭住冰冷的门扇，锁住骚动不安的春天；是谁将无数把黄金钥匙，同时插入亿万个锁眼？”这是写冰凌花。30年后才知表达得并不精确，步入春天的乃是冬自己。

朋友，还等待春天走向我们吗？迎上去吧。只要你心中充满春意，你便不存在悲哀，不存在阴影，你便早早地拥有了春季，周围的天气再寒再冷，管它。

说什么交九天最残酷，我说：“九”是数字至极，而物极必反；“九”是通往下一个季节的长廊，在“九”里可以大踏步穿越。那还等什么呀，快迎着春天走上去。

莫叹：“人生易老”，且歌“来日方长”！

朋友，脚下快一点，冬便软下来远下去；脚下快一点，歌便暖起来亮起来。

来哟，让你、我、他，他，他，他……携手步入春天。